Os 1001
e-mails

Cynthia Dorneles

Os 1001 e-mails:
Sherazade conta histórias eróticas a um marujo solitário

EDITORA RECORD
RIO DE JANEIRO • SÃO PAULO
2003

CIP-Brasil. Catalogação-na-fonte
Sindicato Nacional dos Editores de Livros, RJ.

D757m Dorneles, Cynthia
Os 1001 e-mails: Sherazade conta histórias eróticas a um marujo solitário / Cynthia Dorneles. – Rio de Janeiro: Record, 2003.

ISBN 85-01-06374-6

1. Ficção brasileira. I. Título.

02-2117
CDD – 869.93
CDU – 869.0(81)-3

Copyright © 2003 by Cynthia Dorneles

Capa: Porto+Martinez

Direitos exclusivos desta edição reservados pela
DISTRIBUIDORA RECORD DE SERVIÇOS DE IMPRENSA S.A.
Rua Argentina 171 – Rio de Janeiro, RJ – 20921-380 – Tel.: 2585-2000

Impresso no Brasil

ISBN 85-01-06374-6

PEDIDOS PELO REEMBOLSO POSTAL
Caixa Postal 23.052
Rio de Janeiro, RJ – 20922-970

EDITORA AFILIADA

A Bruno Tavares, meu leitor mais paciente e maior crítico, com muito amor

Sem Chico Ferreira e sua incrível trajetória não haveria inspiração. Mas sem Paula Nogueira, Isabel Lustosa, Luciana Chagas Teles, Marília de la Roche, Irene Skyvalakis, Guilherme Silva não há graça em escrever livro algum. E sem o apoio de Luciana Villas-Boas o livro iria ser só um projeto interessante. E a Cairo de Assis Trindade a oportunidade de ter participado da Gang de Arte Pornô, que foi com certeza a semente deste livro, lá atrás, nos idos tempos das nossas vidas. Então, a todos vocês minha gratidão e o desejo que possamos estar sempre juntos!

Prólogo

Tive um cliente que um dia leu num livro as histórias pessoais do seu autor. Com um certo ar de desprezo, meu cliente me disse que tinha muitas histórias e que as histórias dele eram muito melhores do que as que esse autor contava. Acredito que sim. Apesar de achar também que o que acontece com muita gente é ter o ego inflado como um mamute. Tais pessoas não suportam ver outras obtendo êxito em coisas que elas mesmas não conseguiram, por incompetência ou por simplesmente nunca haverem tentado a realização de suas fantasias. Meu cliente nunca escreveu uma linha sequer. Suas histórias poderiam ser melhores, poderiam ser piores. Se ele nunca as escreveu, quem poderia julgá-las um isso ou um aquilo?

Mas, de qualquer maneira, acredito que viver é arte e que todos os que hoje estão vivos são artistas, artistas da vida. Cada olhar com que hoje cruzei na rua, cada corpo que com o meu esbarrou era o corpo de alguém que está respirando arte. A arte que está contida em todos os momentos, em cada coisa viva no planeta, em cada fato. Todos plenos de beleza, todos plenos de sentido, todos únicos e raros.

Li numa camiseta que a vida foi feita para virar livro. A diferença entre o artista e os outros é que o artista é aquele que realmente se propõe a execução desta tarefa — às vezes enfadonha, outras não — de fazer a vida virar livro, ou canção, ou poema, ou tela, ou foto ou dança. Ele não é melhor nem pior que todos os que o cercam. E a tarefa, por sua vez, não é nada além de uma tarefa, igual a todas as outras tarefas.

O artista é como qualquer um sobre a face da terra.

Mas ele senta e bola: como é que faço para este trecho de minha vida virar uma obra de arte? E faz. Ou tenta fazer. Todo artista é um pouco louco, muito embora não baste ser louco para ser artista. E, fora isso, não basta querer fazer arte para se fazer arte. Fazer arte passa por muitos e tortuosos caminhos, incluindo agradar marchands e críticos de arte. Quem é que não olha se o bonequinho está sentado ou em pé para sair da frente da sua televisão hoje em dia?

O artista, desprovido eventualmente até do simples e objetivo bom senso, executa o que os outros não têm tempo ou disposição para fazer. Ou, simplesmente, o artista é mais cara-de-pau, não se importa de pagar o mico, o mico tamanho *king size*, o mico King Kong de se deixar emocionar pelo maço de cigarro fumado, que, jogado no chão, é pisoteado pelos pés dos passantes. O artista nada mais é do que a pessoa que, no ócio, em vez de ligar a tevê, rumina a percepção do seu dia-a-dia e dá o testemunho do seu tempo. E inventa um monte de detalhes, que podem ser mentiras, fantasias. Mas o que é o real senão as subjetividades dos olhos de quem vê? O que é fantasia senão o desejo?

A história que vou contar é a história de um resgate. E a história de um desejo, cheia de lírios e margaridas, do delírio de duas pessoas felizmente loucas.

O que seria do mundo sem seus loucos? Um tédio, por certo. Resgate de um homem. Um homem que escolheu morar num veleiro chamado Obore. De um homem afundando em suas próprias lágrimas.

Resgate de uma das pessoas mais admiráveis que já conheci. Não nos víamos havia pelo menos uns três ou quatro anos. Nos conhecemos há quinze.

Mas, neste nosso reencontro mais recente, tudo começou num telefonema, troca de e-mails, e daí o universo paralelo. Um universo onde tudo é ar, anjos e relatividades permanentes. Nada é simplesmente o que é, tudo pode ser outra coisa, a realidade ideal para uma geminiana como eu, acostumada a querer no mínimo duas coisas de cada vez, alguém que gostaria de ter dois corpos para viver no mínimo duas coisas ao mesmo tempo, e seguir no mínimo dois caminhos e descaminhos simultâneos. Sou uma criatura de ar acostumada a transitar no universo da fantasia tão à vontade quanto passear pelo apartamento.

No universo virtual, tudo é possível.

E tive então, finalmente, como sempre sonhei, dois corpos para viver uma vida só. Dois corpos para viver à beira do abismo, ao som do Lobão, tão perto, tão longe.

Nesse universo, nem eu sou eu, não exatamente eu, a autora, mas uma outra, que chamarei de Lilian. E ele não é apenas ele, mas o herói que a partir dele se constrói. Um outro. Que chamarei de Lucas.

Perto do coração. Longe dos olhos.

Vi com meus olhos e com os dele. Todos os dias, muitas vezes ao dia. Cada vez que conectava a Internet.

Acordava no Rio, ia malhar, olhava a vida do inverno na cidade, caminhava pela Lagoa suas luzes e nuvens, via os pivetes, as madames e seus *poodles*, os mendigos e seus vira-latas, a malemolência das meninas e meninos bonitos, jovens e todo-poderosos, a bala perdida, o assalto no ônibus com direito a tiro e transmissão via satélite para o mundo do assaltante a ameaçar estourar miolos de uma jovem estudante, o medo do cidadão em todos os botequins da cidade.

Dormia na Flórida. Olhando golfinhos, dando comida para um cisne chamado Honk e constatando que a lua de lá era a mesma daqui. Que o tempo não era o senhor absoluto. O senhor absoluto desses domínios era simplesmente o afeto, levado pelo ar, testemunhado pelos anjos.

Agora que ele não está mais comigo, que seu celular se desconectou e ele não está mais na rede, creio que anjos, os mesmos que nos assistiram por todos esses meses, velam por ele, lá na Gulf Stream ou onde quer que ele tenha ido parar. Ele tem tudo para estar bem e feliz, já que está fazendo exatamente o que sempre sonhou. E quem segue seus sonhos tende naturalmente à felicidade. Com uma forcinha dos anjos, ele e seu amigo, o barco, chegarão a seu destino em segurança. Para completar um belo quadro.

O que nos mata é quando morrem nossos sonhos.

O sonho dele está vivo. E ele está no meio dele. É muitíssimo provável que esteja feliz, mesmo que a tal corrente de Gulf Stream não esteja dando nenhum mole para meu marujo predileto.

Os 1001 e-mails: Sherazade conta histórias eróticas a um marujo solitário

— *A Lilian* está? — aquela voz masculina, grave, cheia de melodia, que eu conheço tão bem, há tanto tempo, e que sempre me enche de alegria. Dando muitos pulinhos de felicidade respondi:

— Lucas, é você?

— Olá, morena! Como é que você adivinhou? — ele sempre tem esse ar maroto, moleque, até por telefone. Ele sabe muitíssimo bem que eu reconheceria sua voz até se ela viesse do inferno.

— Imagine, Lucas, estou careca de conhecer sua voz. Quanto tempo! Onde é que você está?

— Estou na Flórida.

— Na Flórida? — me espantei por ser uma ligação internacional, fora o fato de que não falava com ele havia anos. Só tinha tido notícias dele através de conhecidos comuns desde o dia em que havia aparecido no Rio para se despedir de mim antes de embarcar com sua família. Um projeto ousado que incluía a escolarização de um menino de quatro anos por um período que ele calculava ser de três anos, em que supostamente daria a volta ao mundo no seu veleiro. Desde então, nunca mais havia falado com ele pessoalmente. — O que você tá fazendo aí?

— Eu moro aqui. Há um tempo. Estou indo ao Brasil no carnaval, vou para Curitiba e aí vou passar pelo Rio. Queria muito te ver.

— Puxa, claro! Você me dá uma ligada e a gente se vê. Que saudade! Como é que você está? — sinto uma genuína saudade e não consigo entender muito bem por que ele está me ligando da Flórida.

— A Inês foi embora. Um furacão chamado Irene quase afundou meu barquinho e eu fiquei péssimo. Passei por uma barra pesada, não vou negar. Fiquei um trapo, tive vergonha de mim. Não comia nada, entrei na maior depressão. Mas agora já estou melhor — quando ele falou isto, tudo fez sentido para mim. Senti uma certa tristeza. Inexplicável. Ou talvez não tão inexplicável assim. O que me pegou foi que já havia visto esse filme antes.

Quando eu o conheci no Bar Ritz de São Paulo, ele era solteiro. Mas esse tipo de homem não costuma ficar solteiro por muito tempo. Desde a primeira noite que nos vimos, namoramos. Fascinante como sempre foi, Lucas me seduzia com seu jeito exagerado, com suas piadas de humor negro, com sua visão da realidade meio cética meio poética. Engraçado, bonito, original em tudo o que dizia e fazia, completamente urbano, das suas mãos até suas orelhas de abano, tudo nele me encantava. E demente, daquela demência sã, uma loucura necessária nesse mundo excessivamente corrompido por tanta gente matematicamente programada. Lucas, para mim, era um oásis no meio da mesmice.

Na época ele era uma espécie de *punk* paulista, magrela, muito branco, fumando feito uma chaminé, fazendo fotos para viver, mas ainda não tinha nenhuma notoriedade em fotografia como mais tarde veio a ter. Magrela, desconhecido, me apaixonei por ele desde a primeira vez que o vi. Um clássico amor à primeira vista. Sempre tive certa facilidade para me apaixonar, mas algumas paixões batiam mais do que as outras. E esse era o caso. Trepamos uma meia dúzia de trepadas fantásticas e voltei para o Rio. Ele em São Paulo e eu no Rio, a história da gente era mais uma possibilidade do que uma realidade. A coisa mais bonita que ouvi na vida foi a que ele me disse então: que ele me acharia no Rio nem que tivesse de procurar debaixo de cada grão de areia da praia de Copacabana.

Naquela época, quando veio atrás de mim na cidade maravilhosa, reclamou sem parar de tudo por aqui, numa postura típica de paulista. Até que seu fusca foi roubado na frente do lugar onde estava hospedado em Santa Teresa. Se ele detestava a cidade tanto assim, a cidade deu o troco. Lá se foi o fusca.

Nesse mesmo dia, quando sugeri que ele tomasse um banho de sal grosso para descarregar possíveis maus-olhados e uma pequena pirâmide de cristal que eu usava explodiu, ele ficou apavorado e tomou o caminho da roça *back to* São Paulo.

Não sei se ele ficou apavorado com a explosão de minha pirâmide de cristal durante seu banho de sal grosso, ou com o fato de eu estar tão apaixonada a ponto de chegar a falar em suicídio em pleno Morro da Urca num dia de sol, nunca saberei. Mas essa era eu naquela época. Quando ficava muito apaixonada e percebia que o objeto de minha paixão me escapava, sempre pensava em morrer. Não muito diferente de outras mulheres apaixonadas que já conheci, mas talvez um pouco mais enfática, com cara de quem realmente seria capaz de aprontar.

O que sei é que voltou correndo para Sampa, sem maiores explicações.

Fiquei torcendo para receber notícias dele, dando um show inteiro cheio de músicas que havia composto tendo ele como musa. Ele completamente desaparecido. Acabou indo parar no Amazonas, sei lá por que cargas-d'água. Na verdade, nem fiquei sabendo que ele iria ao Amazonas. Soube que ele havia ido quando já tinha voltado e fora parar no Rio, a cidade que tanto dizia que detestava. No Amazonas conheceu uma moça, engravidou-a e, como ela era daqui, foi assim que acabou parando justamente na cidade maravilhosa que tanto detestava.

Com seu filho ainda bebê, ele me procurou. Acabamos virando amantes, apesar de eu ser contra ser amante de homens que têm bebês pequenos. Sempre achei isso uma covardia, o tipo de disputa cruel, mas Lucas era um cara que me deixava fora de mim, fora do controle, além do meu próprio julgamento sobre o bem e o mal. E nossa história havia ficado pendente, lá atrás. Afinal, desde então, o amor que sentia por Lucas pouco é que não era.

Ele poderia até ter encontrado outra pessoa, o que aconteceu, esta mulher em quem fez um filho e a quem amou. Mas ela não tinha por ele o meu amor, este amor que desde lá, daquelas priscas eras, tinha dimensões de coisa sagrada, cara de coisa que sempre foi e sempre será. O meu amor ele só teria comigo. Para se alimentar dessa fonte, só buscando a minha pessoa. Mal ou bem, ele percebera isto de algum jeito.

Fase dois do nosso romance. Na verdade, não muito diferente da fase um, já que, todo o tempo, o que realmente acontecia era um encanto eterno. Pelo menos da minha parte, que isso tenho como garantir. Dos outros a gente ouve e entende o que quer ou o que eles desejam que a gente entenda. Então, só falo por mim. O efeito Lucas sobre minha pessoa sempre foi o de tornar tudo

brilhante, vivo. Fazer a vida virar uma festa permanente. Mesmo quando ele não estava bem, a presença dele só me trazia prazer.
 Quando sua primeira mulher o abandonou, ele me telefonou de madrugada, no meio de uma dessas tempestades de verão do Rio de Janeiro. Dessas em que não há táxi que venha te apanhar.
 No telefone, ele disse que estava desesperado, que tinha uma enorme dor de cabeça, que não conseguia dormir sei lá há quantos dias, que havia uma arma dentro de sua casa e ele tinha medo de fazer uma loucura.
 Tenho síndrome do pânico. Não costumo dirigir porque tenho medo de ter medo e abandonar o carro no meio da rua, ou de causar algum acidente. Então não dirijo. Muito menos em túneis, que me dão uma sensação de não ter para onde correr e nem como parar sem que o carro de trás te enfie uma porrada na traseira. Já até larguei um carro que estava dirigindo no meio do Rebouças, numa dessas paranóias, e saí andando túnel afora, a pé.
 A casa dele era na Lagoa; a minha, em Laranjeiras. Túnel no meio. Primeiro tentei o radiotáxi. Nada. Nenhum queria vir me apanhar. Quando não restava outro jeito, apelei. Fiz o que jamais faria, nem por minha mãe, se ela me pedisse.
 Peguei o carro, debaixo de um temporal histórico, concentrei-me bastante, me enchi de coragem e fui túnel acima rumo à Lagoa.
 Lá chegando, o espetáculo que meus olhos viram não era nada bonito.
 As paredes estavam manchadas de sangue. Os dedos do homem estavam feridos. Ele havia se cortado com uma faca de *sushi* entre os dedos da mão e socado paredes. A pele suada, a fala grogue, os olhos vermelhos e inchados de tanto chorar. Assim o encontrei. Do lado de uma mochila, um revólver de verdade. Coisa que eu nunca havia visto na vida até então.

Acredito que água é um santo remédio. Um bom banho quente sempre ajuda a relaxar. Carreguei-o para debaixo do chuveiro, sob protestos não muito veementes da parte dele, que nem protestar direito conseguia. De roupa mesmo. Aliás, ambos estávamos de roupa. Achei que o banho ajudaria a restabelecer o senso em Lucas. Então, roupa molhada foi a última coisa que pensei.

A maior queixa que ele tinha então era de uma enorme dor de cabeça e que não conseguia dormir há muitos dias. Que estava brigando com a mulher durante muito tempo até aquele momento. E que ela havia pegado o bebê e ido para casa dos pais. Pouco sei até hoje sobre quais eram as razões da tal briga. Mas vi o efeito da briga. Aquela mulher, de quem ele tanto falava mal, a quem ele tanto desprezava, no momento em que tomara uma atitude, transformara o homem num farrapo humano.

Por que será que é tão raro ouvir da boca de uma esposa ou marido que trai que o seu parceiro tem qualidades? Todo homem ou mulher, quando está sendo infiel, costuma falar muito mal de seu cônjuge. Salvo raras exceções, em geral o cônjuge que está dando sua puladinha de muro, movido a culpa ou por genuínas insatisfações ou para melhor seduzir terceiros, nega que o companheiro ou companheira um dia os encantou por uma qualidade da sua pessoa. A impressão que dá é que as pessoas casam porque foram obrigadas pelas circunstâncias a casar, sem nenhuma escolha possível. Quem ouve um relato desses pode sempre pensar que as pessoas vivem juntas na mira de uma espingarda carregada. E não é bem assim que acontece, senão jamais um pau subiria ou uma xoxota se molharia, ninguém teria filhos e tudo seria muito diferente, porque debaixo da mira de um fuzil com certeza não há tesão que se manifeste.

Lucas se arrastava, não conseguia sair de um estado de torpor absoluto nem debaixo de água.

Logo depois do banho, tirei as roupas dele. Ele não fazia nada. Aquele homem de 1,82 metro estava ali, totalmente entregue, incapaz, chorando como uma criança. Era como se eu estivesse cuidando de um enorme bebê.

Disse para ele se deitar e comecei uma massagem, na intenção de acabar com sua dor de cabeça. A dor de cabeça não sei se curei. Mas ele ficou com tesão e eu também. Considerei isso bom, porque, se ele estivesse mal demais, nem tesão iria rolar. Gente muito deprimida não tem tesão nenhum. Naquele momento, metade de mim era amiga, a outra quase metade era amante, e um nadinha era a profissional de massagem, a terapeuta, a pessoa que lidava com curas. Para a amiga e para a terapeuta, o que importava era que Lucas recuperasse seu bem-estar. Para a amante, era mais uma chance de ter prazer com o homem que amava. E todas concordavam que ele era um tesão de homem.

Era uma situação tão fora do meu controle que não me importava se de repente a esposa adentrasse a própria casa e me encontrasse lá embolada com seu marido, e acabasse me dando um tiro com a arma que estava na sala esquecida, acabando o lugar por ser cena de um assassinato, em vez de suicídio. Nada disso contava.

O que fazia diferença eram as lágrimas que saíam aos borbotões, que nem as lágrimas de personagens de desenho animado, em esguichos, dois chafarizes nos olhos de Lucas. De todas as trepadas que dei com ele, certamente esta foi a que mais me marcou. Aquele homem chorando de abandono por outra mulher enquanto me comia. Aquelas lágrimas me comoviam tanto que, lá pelas tantas, eu chorava junto. Mais por mim mesma do que por ele.

Chorei porque vi como eu não importava para ele, como tudo que havíamos passado nem existia. O meu sentimento, o maior que alguém poderia sentir, nada contava. Para ele, o que existia de verdade era aquela mulher. A megera de quem ele só falava com um ar de pouco-caso, como se a criatura não tivesse nenhuma qualidade a não ser o fato de ser mãe do filho dele. Esta figura, a quem supostamente ele não dava nenhum valor, era por ela que ele agora se desesperava. Mas ele nunca percebeu nada desse meu sofrimento. Nem sei se percebeu o quanto chorei junto com ele. Porque lágrimas em meio a lágrimas ficam sempre invisíveis. Assim como nunca percebeu a extensão do meu amor. Ele chorava pelo fim do amor de uma mulher ausente. Sem ver que a que estava presente o amava tanto a ponto de pouco se importar com a própria vaidade de mulher. Ele estava em pedaços e fazia em pedaços todas as minhas ilusões amorosas.

Nessa noite e dia infinitos, acabei bancando o chofer para a própria ex-mulher, que lá pelas tantas apareceu, junto com uma irmã de Lucas, que havia tomado um avião de Curitiba quando soube da separação do irmão. A primeira me pediu para ajudá-la a retirar seus pertences do apartamento e levá-los até o Leblon; a segunda, para ver em que condições estava o irmão e quais providências tomar.

Arrumei psiquiatra e acupunturista para tirar Lucas da crise. Dirigi muitas horas debaixo de chuva para lá e para cá sem ter nenhum ataque de pânico. Tendo, sim, muitas revelações. É uma grande chance poder ouvir da boca da esposa que ela sabe que o marido tem uma amante, você ali, bem sendo a própria, ou talvez uma das muitas, porque afinal nunca se sabe: se um homem tem uma amante, pode ter muitas outras.

O que ela sabia a meu respeito é que eu era uma grande amiga. Me contou, em pleno desabafo por estar no meio de uma grande tensão, muitos detalhes da sua vida sexual com Lucas, que eu só tinha ouvido falar pela boca dele. Percebi que nem tudo era exatamente o que me havia sido descrito. O ponto de vista de cada um sempre traduz exatamente o que cada um tem como mágoa. Ou como objetivo. O objetivo de Lucas era um pouco o desabafo e outro bom tanto a sedução. Lucas é um grande sedutor: é de sua natureza. Um pouco era como ele havia descrito. Outro tanto não. Um pouco não é tudo. A verdade inteira até hoje não sei, mas pude saber mais do que a maioria das mulheres nessa situação, graças a esse surto de depressão e ao meu ar inofensivamente terapêutico que facilitou aquele desabafo da esposa, completamente esgotada pela relação.

Logo depois ele viajou para São Paulo.

Só tive notícias dele muito tempo depois, quando ele já estava casado com sua segunda mulher e pai de seu segundo filho. E, quando então apareceu na minha frente, tive de prender o fôlego: o magrela, depois de ter virado professor de mergulho e aprendido a mexer com barcos, tinha virado um sujeito musculoso, bronzeado pelo sol, um autêntico exemplar de semideus passeando entre os mortais. Tive de olhar muito para o chão e para as estrelas para não ficar olhando para ele embasbacada. E nem podia respirar direito para não dar bandeira do que estava se passando comigo.

Mas, desde sempre, Lucas brilhava para mim como um sol.

Talvez por isso eu me tornasse invisível, ofuscada por sua presença de tanta luz, luz que brilhava mesmo no meio da mais negra escuridão.

Ou talvez simplesmente Lucas não conseguisse me ver porque isso não importava, o meu amor não tinha importância para ele. Apesar de nos conhecermos há tanto tempo, há coisas sobre as motivações do outro que serão sempre mistério para nós.

Não importava para ele me provocar dor e abandono. Apesar de ser um homem sensível e delicado, a minha dor para ele era um ponto cego.

A depressão é a doença dos que não conseguem ver. Quem está próximo de alguém que está deprimido pode dar do seu próprio sangue, pode dar sua vida pela vida de quem está deprimido. Quem está no meio de um surto desses vai achar pouco, ou nem vai perceber nada.

Ou Lucas não me via porque estava muitas vezes deprimido quando nos encontrávamos ou ele não me via porque simplesmente não me via e pronto.

De qualquer maneira, por duas vezes o meu amor não foi suficiente para fazer com que Lucas ficasse ao meu lado. Por maior que fosse este meu sentimento.

Por duas vezes sofri com a ausência dele, completamente só. Sem poder trocar figurinhas com ninguém sobre o assunto, já que Lucas nem era daqui do Rio, só quem o conhecia era minha amiga Irene, de Sampa. E ela estava em Sampa, quase nada podia fazer a não ser ouvir minhas lamúrias ao telefone.

Mesmo assim, sempre que me procurava — e ele acabava sempre me procurando —, minhas células reagiam antes de minha memória. Minhas células ficavam felizes. Estonteantemente felizes. Misteriosamente felizes. E ele telefonava, aparecia rapidamente, dava uns alôs. Tudo muito rápido neste novo casamento.

As aparições que fazia sempre eram importantes. Para mim, com certeza. Tão intensa era a presença de Lucas que a memória, por mais lembranças ruins que contivesse, não registrava a dor que ele havia causado. Raramente se acendia em mim qualquer luz vermelha, qualquer sinal de alerta tipo "este homem é um perigo", "cuidado, sofrimento a estibordo" — nada. Apenas uma estúpida alegria. E nada mais.

Que não mudou, mesmo eu tendo casado e tido um filho. O que mudou foi que neste tempo consegui resistir um pouco mais ao apelo sedutor da figura de Lucas. Por coincidência, no mesmo ano em que a nova mulher dele tinha um filho, eu tive um também. E, por coincidência, meu filho se chamando Mauro e o dele, Maurício. Nomes com sonoridades semelhantes. Sem que nós nunca tivéssemos conversado a respeito.

A outra incrível coincidência era o fato de que esta mulher com quem ele se casara também tinha... síndrome do pânico. Exatamente como eu. Mais tarde foi Lucas quem me chamou a atenção para o fato de nossos filhos terem um nome com o mesmo radical. Mas a mim chama a atenção duplamente o fato de, com tantas mulheres no mundo, ele escolher justamente uma que tinha a mesma disfunção neuropsíquica, sei lá das quantas, que podemos chamar a síndrome do pânico, que eu. E isso não foi ele quem reparou primeiro.

Os e-mails estão postos aleatoriamente. Eles contam uma história, mas faço como se estivesse jogando tarô, escolho e-mails ao acaso, e eventualmente invento e-mails que nunca existiram antes, porque real e fantasia são apenas velhas categorias inúteis no universo virtual, o único universo onde só o que existe é o desejo de existir e tudo acontece exatamente do jeito que a gente gostaria que acontecesse se não fossem tantas contas a pagar e tanta mesmice no mundo. Basta ligar o telefone e conectar a Internet. O universo virtual é o universo por excelência do tesão que abandona os corpos e vira pura energia, desvairada energia, espalhada em vão no monitor. É o melhor suporte para coisas muito eróticas. O erótico finalmente livre dos corpos e da massacrante realidade. Quem já viveu isso sabe do que estou falando.

Os contos eróticos propriamente ditos estarão intercalados entre os e-mails, mas na verdade tudo remete ao erótico, dos e-mails aos contos. Um erótico semelhante à vida. Não é aquele erótico de revista *Fórum*, só com sacanagem e mais sacanagem, como se ninguém fizesse mais nada na vida a não ser trepar. Não é este o erótico que se encontrará aqui. Os personagens falam sobre política, ecologia, espiritualidade, falam sobre seus medos e seus anseios, tão despudoradamente quanto falam sobre sexo.

Tudo em primeira pessoa. A primeira pessoa é para mim a que dá mais força a uma narrativa. É assim que escrevo com maior fluência. Por isso escolhi usar a primeira pessoa. No mais, é aquele papo Brecht: quando todo mundo entende uma história é porque ela não foi bem contada.

PRIMEIRO CONTO ERÓTICO

Sid and Nancy

São Paulo, terra da garoa. Em algum ano no meio dos anos 80. Em algum bar fantástico, daqueles que ninguém no Rio nunca tem idéia de fazer. E, se tem a idéia, não tem aquele público. E, se tem o público, não consegue o charme. Sim, por mais que eu adore o Rio, há coisas que só em São Paulo. Mas isso todo mundo já sabe. Faz tempo. A minha fase Clara Crocodilo já havia passado e o Rumo ainda não havia nascido, ou então já havia nascido mas eu ainda não conhecia. Do que eu gostava? Gostava de dançar com minha minissaia preta de couro. Adorava rasgar de propósito meias de seda coloridas. Usava um brinco de borracha, molengo, que era uma rã pequenina verde. Idêntica a uma de verdade. Bem nojentinha, adorável. Gostava de calçar umas botinhas pontudas que para mim pareciam botinhas de bruxa. Adorava tripudiar sobre todos os homens românticos que conhecia. Detestava quando me faziam juras de amor. Não acreditava em nada. Tinha um namorado com quem eu não praticava sexo desde sempre. Usávamos um ao outro como escudos contra a solidão. Com esse namorado, eu baixava a guarda e era quase uma moça normal. Até brincava e falava como uma. Tirante o fato de que não aceitava que ele me comesse de maneira nenhuma. Inventava desde as desculpas banais que toda mulher tem para não praticar sexo até filosofias metafísicas sobre a eternidade do amor quando não havia sexo. E praticava o sexo regularmente com todos os outros, desde aqueles românticos que execrava até existencialistas pelos quais me apaixonava loucamente e não me davam a mínima — até porque seguiam a mesma cartilha que eu. Ele andava de pau duro atrás de mim da hora em que acordávamos até a que íamos dormir. Hoje pode até parecer estranho, mas na época, de tão habituada a isso, achava que eu e ele éramos as únicas pessoas normais do mundo inteiro. Até o dia em que fiz essa viagem a São Paulo e o deixei no Rio. Até o dia em que assisti a *Sid and Nancy*. Achei aquele casal do filme sensacional. Entre vômitos, heroína, um quase nada de sexo, crises homéricas de abstinência de heroína e um incêndio no fim, aquilo me pareceu o supra-sumo do verdadeiro amor, não a xaropada que sempre nos vendem como amor. E saí do filme me sentindo muito Nancy em busca de Sid. Mesmo nunca tendo usado um grama de heroína. Pra mim, a heroína era só detalhe. O que importava era a viagem dos dois. Juntos contra o mundo. Juntos apesar de si mesmos e da sua própria loucura. Ia chutando latas com minhas botinhas, cheia de atitudes e poses Nancy — mesmo que a verdadeira fosse meio uma plastra de vômito e eu fosse um bichinho cheio de energia e disposição. Minha abstinência era outra que não a de heroína. Era sexo mesmo. Com meu namorado que não me comia e uma profunda aversão aos ideais românticos, misturados a medos irracionais de rejeição, o que de fato acontecia é que havia na minha vida muita masturbação e pouco sexo. O que era incrível e extraordinário, dado o fato de que minha figura absolutamente feminina e meus seios fartos não indicariam nada disso. Por uma questão de estratégia contra os babacas, preferia não desmentir a minha imagem. Nessa noite, sem lua que trouxesse uma luz e a confiança que a luz sempre traz, conheci o homem que seria o homem da minha vida — se tivesse sido. Cheguei ao bar. Tudo o que eu queria era encontrar um homem que, de algum modo, tivesse esse ar de Sid inexplicável que tanto havia me tocado. Dei de cara com ele. Ou melhor, dei de cara com uma estranha tatuagem. Ora, como carioca que sou, ombros de rapazes tatuados é coisa que não falta. Geralmente, bíceps bem desenvolvidos, bronzeados, acéfalos, dragões, cavalos alados ou alguma figura agressiva de foice na mão. O que eu vi: um gato arrepiado num ombro alvo e magro. Nada de músculos lá muito desenhados. Não. A tatuagem naqueles braços era tão inteligente, bem-humorada, contrastante com o que costumava ver por todos os pontos da praia nos rapazes. Fiquei por um tempo seguindo com os olhos os movimentos da tatuagem. Até ver orelhas de abano e lábios de Mick Jaegger num rosto extremamente masculino. Cigarro no canto da boca. Um jeito muito homem de segurar o copo de chope. Ouvi a voz. Foi ali, assim, que me apaixonei perdidamente pelo gato arrepiado. Fui atrás. Cruzava e descruzava minhas pernas com minhas meias rasgadas e minha minissaia de couro preto curtíssima. Ria mais alto pra ver se ele me notava. Até que finalmente o sujeito me viu. Me viu, pra lá de me ver, foi tratando de me seduzir espaçosamente. Que risada, que voz, que pele branca mais bonita. Estava com uma amiga de quem automaticamente me despedi. Aquele homem era meu e ponto. Nem amiga magoada me faria desistir desse homem. Numa madrugada chuvosa de São Paulo, num fusca alucinado que teimava em colar em todos os pára-choques de todos os outros carros ameaçador, dei meu coração e o tudo da pouca esperança que tinha para um menino mais doido do que eu. Mas que, graças a Deus, me comia e dizia algo que me soava bonito e real. Mesmo que de real pouco houvesse, já que nós, dois jovens demônios, éramos mais dados a enigmas do que respostas prontas. E que nosso futuro como protagonistas de um *Sid and Nancy* tropicais nunca se concretizou. Nunca fomos parar num quarto em chamas, nunca nosso amor foi tão louco, fomos apenas comedidos na realização de todas as nossas fantasias. As loucuras, se ele as fez algum dia, nunca foram comigo. E as minhas, tampouco com ele. Ele some de vez em quando e aparece vez por outra. Não criamos expectativas. Não causamos decepções. Essas coisas são para os outros e outras. Nós viramos amigos. Somos amigos e continuaremos sendo, a não ser que um de nós fique pessimista no circo das possibilidades. Eu, desde meus tempos de rãs penduradas na orelha, continuo detestando eternidades. Prefiro que tudo seja fugaz. Como os peitos de uma moça que sempre caem muito antes do fim. Ou o quarto e o amor em chamas que consomem sonhos sem presente nem futuro. Apenas porque é da natureza das labaredas consumir o que há para ser consumido em suas entranhas de fogo. O desejo por esse homem é um inferno de gelo totalmente impossível. Que impossível continuará sendo. Desde aquela época, tudo sempre acaba em poesia. Porque tristezas caem sempre bem: na poesia. E somente na poesia. Que ele, graças a Deus, jogou todas fora. Poesias e poetas são animais cansativos e ridículos. Disso não tenho dúvidas.

Primeiro e-mail
De Lilian
Para Lucas

por partes
Acho que já te disse estas coisas mas acho que certas coisas devem ser sempre reditas.
  Sabe, Lucas, todos os caras com quem já tive qualquer coisa no passado, dos bonitões aos feiosos, dos inteligentes aos burrões, dos talentosos aos palermas, enjoei de todos. Mesmo que eles se vestissem de ouro e aparecessem sambando de pau duro para mim, com certeza eu nem olharia para a cara dos ditos. Sei lá. Eu sou assim. Eu enjôo das criaturas. *Depois que eu vejo o filme, não quero ler o livro.* É uma coisa minha que vem desde garotinha. Sou assim — mesmo que nem ache certo ser assim.
  Você é o meu único ex em quarenta anos de vida que me encanta até hoje. O único no meio de uma galera. Acho você um homem incrível e não consigo entender por que as tuas mulheres deixam você ir embora. Você, com esse seu jeito de lobo do mar (que antes era lobo do asfalto, mas sempre teve cara de lobo) é o meu paradigma do masculino. Sua angústia, suas obsessões, suas manias, o jeito de você se lançar na vida, sua ousadia, sua coragem, seu jeito de seduzir, sua fragilidade, seu talento e humor são tudo o que imagino que um homem deva ser, ou deveria ser. Mesmo quando conheci o Cláudio, vi que em certas coisas ele se assemelhava, e em outras não, a você. E o Cláudio, por sua vez, está se transformando no meu referencial intelecto-ideológico, se é que existe tal palavra.
  Bom, por enquanto chega. E seguem poesias. Beijinhos e abraços
Lilian

Os poemas:

AMOR FODA E RESPEITO
a luz da razão parte de um mesmo cenário
no escuro entre quatro paredes
soberanos de diferentes critérios
O amor se torna respeito
no jardim por onde caminham dois companheiros
Mas a boa foda clama por outros efeitos
pede por outros mistérios que nem cabem em civilizados jardins
Quem esbanja em amor extrapola em pudor
e se atrapalha com os furores do corpo esquecido
Quem escolhe a sacanagem como guia
transforma o espírito em deserto árido
o corpo coisa na coisa do corpo sem voz
feliz é aquele que sabe
que os caminhos são muitos
e são apenas um
que caminha na companhia de todos
e às vezes de nenhum
desses tiranos que só reinam porque pulsa o coração

NATALINA
Me traga o presente como presente
Me traga o futuro como semente
Acredite no possível não como conceito
mas como clarão do dia depois de dias em agonia
Faça hoje o que te faz feliz e corra o risco de ser único
pleno e inteiro
como primeiro e último ser no navio da criação
Construa castelos de areia enquanto faz o café
empine a pipa de azul em meio a pilhas de papel
Dance asteriscos reticências e exclamações na tergiversação
[da alma de si

para com anjos calados
que habitam o palácio do ser
A vida é sonho e matéria que flutua
atravessa paredes ultrapassa limites
e se faz riso e lágrima
do primeiro ao último parágrafo na sinfonia do caos
Quero de Natal apenas continuar querendo
e poder querer cada vez mais
porque é de querer e de quereres
que desenho o fio do caminho que leva ao além
e me traz para mim
numa dança de vai e vem dos pássaros a construir um ninho
da boca a dizer e cantar
palavras de luz

De Lucas
Para Lilian

estou abrindo, sim.
Querida morena,
Desculpe-me pela demora em te responder. Mil coisas têm se passado e a cabeça tem girado como um pião. Tenho adorado seus e-meios. Não pára de escrever, não. Estive no Rio por apenas duas horas, semana passada, peguei meu filhote e segui viagem, motivo pelo qual não pude te procurar. Ainda não sei quando voltarei à América. Estou armando um montão de coisas por aqui, profissionais, e tudo isso está acabando com o resto de minha energia. Engraçado, era pra ser justamente o contrário, pra animar, mas fato é que tenho andado com aquela terrível sensação de que tudo o que faço é por obrigação. Prazer mesmo só sinto em te escrever. Creio que só viajarei após o carnaval, mas antes te ligo. Te adoro.
>Não faço a menor nem mais vaga idéia de se você está ou não abrindo o

>seu hot mail. Mas aí estava aqui ouvindo uma dessas cantoras que cantam
>umas musiquinhas românticas e fiquei pensando... Pensar é livre, né?! Na
>vida real, morro de medo de quase tudo o que você possa imaginar. É
>complicadíssimo ser eu. Sou cheia de esquisitices. Não é de propósito. Mas
>o que acontece é que, se não respeito essas minhas limitações, meu corpo se
>revolta, meu cérebro dispara, meu coração se confrange e, simplesmente,
>pifo. Esta é a minha irreal realidade. Minha realidade flutuante. Relativa
>pra chuchu.
>Mas na imaginação já comprei um veleiro e fui velejar, assim, que nem
>você, destemida, ousada, enfrentando furacões e maremotos. O que é
>engraçadíssimo se olhar para minha vida cotidiana, cheia de travas de
>segurança.
>Há uns biólogos que consideram que a inteligência no ser humano não
>passa de uma disfunção orgânica. No meu caso, quase acredito.
>O fato é o seguinte: conviver é um mistério, porque conviver
>significa conviver as doideiras de cada um com as maluquices do outro,
>assim, perto demais, compulsória e compulsivamente. É muito difícil
>mesmo. Ainda mais porque a gente tem mania de querer eternidades, que não

>existem em plano nenhum da existência. Não deveríamos fazer nada que
>implicasse tempo somado a tempo e mais tempo. Não deveríamos nem fazer
>filhos. Porque tudo é provisório. Só que os filhos definitivos, que tão
>definitivamente precisam de nós por toda a vida, são uma coisa maravilhosa,
>que pobres dos que não os tiveram. Então, contra a razão que determinaria
>o contrário, contra a lógica moderna do ser tudo descartável e nada ser nem
>eterno nem duradouro, fazemos filhos. E agradeço a Deus por ter tido este
>impulso, de forma tão firme.
>Imagino que neste momento você deve ter estado perto do seu filhote.
>Deve ter sido ótimo.
>Rezo a todos os deuses para que você esteja muito feliz, que você se
>entenda com a sua mulher e que, se isto não for possível
>vocês estejam aproveitando o momento, de algum jeito, porque
>qualquer maneira de amor vale a pena, mesmo quando se segue por outros
>assuntos. Num certo canto da memória, se está sempre junto. Já dizia o
>poeta.
>Mil beijinhos
>Lilian

De Lilian
Para Lucas

então é assim

Safado, safado, safado! Não é que você está mesmo na Flórida?! Amazing, amazing.

Baixou a mamãe de gente grande: estas caixas de Prozac não foram automedicação não, né? Remédio, mesmo que seja feito das ervinhas mais naturais do Himalaia, tem de ter indicação de algum médico. Cicuta é uma ervinha natural e mata, né? Que dirá estas buçanhas alopáticas. Sou a favor que se tome remédio, sim. Mas sempre com alguém responsável que conheça do riscado nos aplicando. Veja lá, homem, o que faz com o seu corpinho, filho único de mãe solteira e a princípio única morada de nossa alma nesta dimensão do cosmo.

Essa história de ter horário, não tem jeito não, nesse momento da vida tem que ter. Não tenho nenhuma agenda cheia, não. Mas tenho, todas as manhãs, obrigações de que não posso sair passando a bola assim de bobeira, sob o risco de ver meu minimundo cair. É um minimini-mundo este meu. Mas é nele que vivo, é nele que deposito toda a minha energia. Sempre arrumaria um tempo para te ver, sem dúvida. Mas, como estou sabendo que o seu tempo ainda era mais curto do que o meu, achei melhor lhe dar as coordenadas do meu, para que as coisas se encaixassem.

Fiz mal em tentar ser minimamente organizada? Acho que você não ficou verdadeiramente chateado por eu lhe dar horários, mas, de qualquer jeito, peço uma coisa a você, em função de nossa longa história para que esta fique ainda mais longa: sempre, sempre mesmo, que algo que eu fizer chatear você, por favor fale, claramente, em alto e bom som. Esse negócio de intuir, adivinhar o que o outro sente, às vezes dá certo, às vezes não. Posso ser uma besta completa nas subjetividades

das convivências. Não sei onde vai parar a minha tão falada sensibilidade e inteligência nessas horas (chego a achar que sou mesmo uma besta completa de verdade eventualmente). Como já pisei muito na bola nesta vida, prefiro de cara pedir essa transparência. Dá para ser?
Meu filhote acabou de dormir. Ele é tão lindo. Como são lindos os pequenos mamíferos! Os grandes também. Mamíferos são lindos. Todos, pensando bem.
Quanto aos furacões e você achar que já não é mais o mesmo, bom, coragem é uma coisa de momento. A gente só sabe se tem na hora H. Nem adianta teorizar. Eu, por exemplo, sou a maior das covardonas que conheço. Mas em certas situações tive esse tal de comportamento corajoso de que as pessoas tanto falam. Noutras não. Mas sempre foi assim: uma coisa de momento, algo que, se eu fosse pensar antes, não faria na hora. *Coragem é a única coisa que não se treina. O resto, sempre é questão de treino. De sexo à meditação, passando por inteligência ou voleibol. C'est la même chose.* Só coragem é que não. Coisa esquisita a coragem, né não? Mas você é o homem dos furacões e maremotos, sempre vi esses furacões nos seus olhos. Os furacões de dentro não são menos assustadores do que os de fora, só porque estão lá dentro, e você, meu herói, tira todos de letra, tenho certeza.
Então é isso. Instale logo esse seu aparato eletrônico para a gente ficar menos longe um do outro, ok? Para mim esse negócio de Internet resume-se a isso: diminuir distâncias entre os que eu quero bem. Quando o livro sair, te mando um exemplar. Idem o CD.
Mil beijinhos e abraços bem apertados
Lilian

De Lucas
Para Lilian

não foi falta de coragem...
Querida morena,
Francamente não sei que catzo aconteceu com o e-meio que te mandei mas acho, ou melhor tenho certeza, que você não recebeu. Como você já deve ter percebido, aqui estou eu, back in my boat, a cabeça um pião e o coração nem fala. Aquele aperto de quem não conseguiu fazer tudo o que queria, ou melhor, não resolveu nada. Fato é que chegou um ponto aí no Brasil que não dava mais pra agüentar ficar se escondendo da realidade, ou chorando as pitangas aos quatro ventos. Daí, a solução: algumas caixas de Prozac e um carimbo no passaporte. Não ache que você me assustou; nada mesmo, vindo de você, me assusta. Na real o medo está aqui dentro, e não sei como falar dele. Vou confessar: esse cara de que você falou, esse que enfrenta furacões, tubarões, maremotos e o cacete talvez já não seja tão forte assim, ou talvez até mesmo nunca tenha sido, apenas estava bem disfarçado. Hoje quando acordei e vi meus olhos no espelho, por um instante pensei que fosse um coelho, medroso de sair da toca. Até agora não entendi direito como tudo isso foi acontecer, mas já não sinto mais a mesma segurança de outrora em minhas decisões. Perdi a confiança naquela energia, aquela dos filmes de Hollywood, onde tudo acaba bem. De repente minha vida está mais pra filme *noir* e eu não percebi. Deixando de lado estas besteiras existenciais, que você saiba que, dentre todas as coisas que tenho lido (inclua aí livros, revistas, contos, bulas de remédio e manuais de eletrodomésticos), as mais interessantes estão em seus e-meios. Verdade. Não pára de escrever, não, viu, continua me escrevendo. Seguinte: estou tomando algumas decisões

por aqui, ao menos tentando e logo te comunico o rumo da minha vida, sei que ainda vamos nos esbarrar em algum canto desse planeta. Entra numa caixinha do Sedex e vem aqui me dar um beijo. Te adoro morena. Lucas P.S Agora em nova versão com lobotomia química.
>Subject: estou suspeitando que você já está lá longe
>Será que você ainda está em Curitiba ou já se mandou?
>Francamente, Lucas, se você tiver ido se embora... Ai, ai, ai. Espero que
>não.
>Será que fui eu que te espantei de alguma maneira? Espero que não, mas
>acho a sua cara ter ficado preocupado com alguma coisa e ter se mandado
>assim, sem tchau nem nada.
>Como é que pode: um homem que enfrenta mares revoltos, tubarões, tufões e
>o caralho não ter coragem de aparecer e dar um abraço na amiga carioca?!
>Lucas, Lucas, não te entendo.
>Mas continuo te amando.
>Lilian

De Lucas
Para Lilian

Promete pra mim que a gente nunca vai perder essa cumplicidade que a gente conquistou, aconteça o que acontecer? A gente conseguiu essa tolerância um com o outro que não quero perder de jeito nenhum. Tenho tantas memórias boas contigo, acho que você é a única mulher com quem tenho essas lembranças boas. A única com quem não terminou tudo em brigas e recriminações. Alguém com quem posso ser absolutamente sincero. Mas aí me vem essa vontade de te abraçar, de te morder o cangote e tenho medo do que pode acontecer.

Lucas

De Lilian
Para Lucas

menino menino, olha o que você está me dizendo
Acho que as histórias só acabam quando alguém bota o letreiro "The End" no final. Isto na prática só se dá quando a energia entre duas pessoas se esgota. Quando a energia se esgota, é porque acabou. É triste, mas é da vida. Nada é eterno porque a vida é mesmo efêmera. Mas o fato é que nossa história pessoal só está começando, a julgar a energia que rola.

Quanto a sua idéia, de que este caminho que nos adotou é o melhor porque assim mantemos uma boa lembrança, acho que se um dia você me achar uma imbecil — ou eu a você —, não importa quantos mil anos já tenham se passado, se isto acontecer, também será aquela coisa triste, o tal do "The End".

Agora me conta, o que foi que pegou entre você e a Inês afinal? Morar num barco é morar fora da terra, não importa em que país se esteja. Isso é o óbvio. E imagino que vocês já sabiam disso. Mas o que deu errado afinal? Ela por acaso não falava inglês ou quê? Não era essa a proposta inicial, viajar num veleiro tirando as fotos do mundo?

Estou, como mulher que sou, querendo entender o que se passou com ela. E continuo tentando entender por que raios ela te deixou, ainda mais porque nessa idade de sete anos do filho de vocês é super-hiper-importante a presença da figura masculina, e ela já deve ter se dado conta, caso não tenha percebido antes.

Lucas, não desista do amor das mulheres. Somos muito chatas, muito neurastênicas, temos pentelhos a dar com o pau,

somos umas malas sem alça nem rodinha quando estamos "naqueles dias" (felizes dos gays masculinos), mas, francamente, queridinho não desista de nós. Se até homens como você desistirem, o mundo vai se acabar mais rápido. É o que acho. Depois pergunto mais. E acho mais umas tantas coisas.
Beijocas
Lilian

**De Lilian
Para Lucas**

hoje fui ao cinema e no filme tinha um rosto parecido com o seu
Eu e meus quereres.
Gostaria de ser rica e desocupada. Se assim fosse, ia fazer um spa de duas semanas no seu barco. Assim, periodicamente, atazanar vossa paciência. Acho que em dois dias de convivência você me atiraria ao mar para ser comida de peixe. Mas que eu ia gostar de poder perturbar um pouco a ordem, ah, isso ia.
Gostaria de entender por que umas pessoas marcam a gente mais do que outras. Tive um monte de amigas depois da Irene, por exemplo, mas a Irene, cada coisa que ela disse ficou na minha memória. Esse jeito como as coisas acontecem, estas casualidades, essas linhas cruzadas de afeto, isso me intriga. Me intriga exatamente porque não tem lógica nenhuma. Não é porque eu seja capaz de dar a vida por alguém que este alguém necessariamente seria capaz de fazer o mesmo por mim.
O Mauro estudou numa escola em que ele entrou bebê e só saiu em 98. Lá ele conheceu um menino, chamado Guilherme, que é até hoje um verdadeiro marco para ele. Mauro teve de repetir o CA (a escolinha era cara e era uma merda de escola, por pouco o cara não saiu do CA analfinhas da silva) e o menino foi para a primeira série. Ele só quis estudar no São Vicente

porque o menino foi estudar lá. Queria fazer basquete porque o tal garoto faz basquete. Uma coisa. E sabe qual é a impressão que tenho? Que o tal do Guilherme até gosta um pouquinho do Mauro. Mas é só isso. E meu filho idolatra o Guilherme. O que é uma tremenda diferença. E, na verdade, o Mauro tem tanto a ver com o tal do Guilherme quanto ostras podem ter a ver com nuvens. São naturezas diversas. Nem são opostas, o que explicaria a atração. E aí, veja você, daqui a pouco mais não vai haver nem cheiro de Guilherme na vida do Mauro, mas o Mauro terá feito um monte de coisas da vida dele em função deste menino. Que ele adora. Adora do jeito como crianças adoram, um sentimento vibrante e absolutamente gratuito.

Acho curioso isso tudo.

Veja o nosso caso: você é uma tremenda referência masculina. Digo masculina porque feminina é que esta referência não é, de jeito nenhum. Desde quando conheci você foi assim. E nem por isso a gente casou, ou teve filhos, ou trabalhou junto, ou fez qualquer projeto junto. *É uma tremenda energia que se expande e se gasta no vazio,* independente do que eu ou você pensemos sobre o assunto. Lembro-me de frases suas, gestos, caretas, um monte de pequenos fragmentos do que poderia ter sido prelúdio de uma puta história de amor — que ficou no prelúdio de história de amor. Virou uma história de amizade.

Me lembro que tentei te ganhar para mim. Mas lembro que você foi embora, sem eu entender exatamente por quê. E tenho certeza de que nunca vou ter esta explicação porque a vida nunca dá estas pistas. A vida sempre é assim: misteriosa. Qualquer explicação, é sempre a gente que inventa.

Aí ficamos assim. Você bordejando pra lá, eu bordejando pra cá. Sempre cada um pelo seu canto imaginando o que teria sido bordejar junto. Mas ninguém querendo arriscar este palpite.

**De Lilian
para Lucas**

aproveitando o telefonema

Você me perguntou se estava bem da cabeça, do coração. Da cabeça não sei se estou bem, até porque desconfio de que nunca estive exatamente bem da cabeça algum dia. Então estou mantendo o meu padrão, nem melhor, nem pior.

Do coração também estou bem. Amo o Cláudio, o Cláudio me ama, amo meu filho. *Nossa história é uma história assim, de construção, de dia-a-dia, de passo a passo. Cheia de momentos felizes e outros nem tanto assim.* Às vezes fico de saco cheio de tudo. Às vezes questiono a relação, a minha vida toda, e acho que nada faz sentido. Aí passa a angústia, vira-se a página, segue-se o caminho. Tenho lá minhas carências e insatisfações e creio que o Cláudio deva ter também momentos assim. Nem sei se tem, presumo que sim. Ninguém conhece ninguém a esse ponto de poder ter certeza do que acontece com o outro. Não é porque se está próximo que dá para se afirmar que se conhece o outro. A gente conhece aquilo que fica visível. O resto: presume-se que. Presume-se que o parceiro está feliz ou triste, satisfeito ou insatisfeito, e assim por diante. Ainda mais com um cara como ele, calado, tranqüilo, que não fica reclamando das coisas nunca. É difícil saber o que se passa na cabeça de alguém assim.

Na minha cabeça muitas coisas passam, e passam assim, na velocidade da luz. Mal dá para saber o que são estas tantas coisas. Às vezes agarra-se o pensamento. Mas tudo é muito rápido, pode ter certeza.

Volta e meia me sinto meio que sem objetivo na vida. O nascimento do Mauro me deu a eira e a beira que nunca tive antes. Mas nem por isso tenho clareza de quais sejam os objetivos da minha vida. *Fico com a impressão de que só sei para que*

estou neste planetinha quando estou apaixonada. Ou quando consigo transformar minhas doideiras em um show, ou num livro. Preciso de coisas arrebatadoras ou de projetos palpáveis para me sentir útil, necessária, vital. Caso contrário me sinto uma angústia ou uma contradição ambulante. Algo assim.
Estou despejando esta ego-trip em você porque estou com uma franca necessidade de ser mais real para você. Gostaria que você entendesse este momento que estou vivendo. Na sua presença, sou capaz de ficar só ouvindo. Aliás, costumo adorar ficar em silêncio ouvindo suas histórias. Aí entrei nesta, de fazer um *strip tease do ego*. Depois você me diz o que achou.
Beijos e mais beijos

Lilian

PS: E só para dizer uma coisinha que não disse no último e-mail:
VOCÊ É UM TESÃO

Aliás, sempre foi. Ou você acha que eu saio agarrando sujeitos em bares de bobeira na minha vida? Tá certo que a tatuagem do gato arrepiado era original, coisa e tal. Mas, se você não fosse o escândalo de gostoso que é, e não tem como deixar de ser, você tem a ilusão que eu te agarraria numa noite fria, num bar estranho, em São Paulo, que é uma cidade que me dá claustrofobia?
Sujeito como você, bonito, louco, criativo, sensível, ousado, carinhoso, gostoso, deveria ser proibido de entrar em qualquer crise que fosse sem ter uma dúzia de gueixas em volta para acalmar. É isso que acho.
E digo mais: qualquer um ou uma que disser o contrário do que eu disse, é por pura e simples inveja. Deus não dá tantos

talentos para um único ser humano sem que isso provoque inveja nos que não foram tão afortunados.

Levanta a cabeça, meu nego. Você pode até estar meio perdido, mas isso passa. Você tem é de firmar o ponto. Ver o que realmente é importante para você na vida e aí se mover nessa direção. Você é um homem incrível, que tive a felicidade de ter conhecido um dia. Ainda bem que tenho bons olhos e um cérebro que funciona. E descubro as pessoas que valem a pena.

Não fique se massacrando. O mundo já massacra o suficiente para você colaborar.

Pode se sentir lindão. Você é. Pode se sentir inteligentão. Você é. Deus lhe deu o consentimento de ser safadinho quantas vezes você quiser, e prosa, e tudo o mais.

De Lucas
Para Lilian

Olha eu aí de novo na janela, morena, louco pra fofocar com você. Seguinte, pura coincidência, tava ouvindo teu CD, fui checar o hotmail e estavam lá tuas mensagens. Caramba, essa saudade tá ficando platônica. Liga não, em breve estarei mais ocupado e vou te aporrinhar um pouquinho menos, mas só um pouquinho, tá? Gata, não sei como te responder a todas essas perguntas, mas vamos tentar. Quem sabe com o Miles Davis na "vitrola" eu ache um pouco de inspiração. Enquanto as respostas não pintam, vai aí uma questão: esse papo de perder peso não tá ficando meio *obsessive* não? Vai ver que foi isso que inconscientemente me assustou de ir ao Rio te ver (risadinhas!!!). Pára com isso, viu, na real sei que você ainda deve estar a mesma gata, mais gostosa ainda. Olha, quer saber a verdade, já me perguntei várias vezes o porquê de não ter ficado contigo, acho que agora você deu uma pista, esse papo de geminiana, tudo em dobro. Careta, não é? Mas fato. No fundo nunca achei mulher de um homem só, e nem deve ser, afinal, nenhum homem tem direito a ser tão mesquinho e querer tudo isso que você é só pra si. Pode ficar vaidosa, você tem direito. Acho que lá no fundo, bem profundo, eu *sempre sonhei com um amor eterno, moda antiga, igual àqueles de propaganda de margarina*, família junto tomando café da manhã, ninguém tem problema, ninguém tá atrasado, a toalha da mesa tá sempre limpinha e as pessoas não acordam com remela nos olhos. Um amor daqueles meio Jorge Amado e Zélia, velhinhos, mãos dadas, andando na praia. Hoje, não só não acredito mais que isso possa existir como acho que isso deve ser um saco. Um puta tédio. Não posso deixar passar batida uma crítica a essa sua manifestação bairrista, diga-se, tipicamente carioca. Isso de idolatria ao Rio me parece um pouco de amor de corno, aquele que faz que não sabe. Brincadeirinha também. No fundo, tenho um tesão grande pela Cidade Maravilhosa, só que, na minha atual fase de bicho do mato, digo, do mar, viver em qualquer grande centro urbano me enlouqueceria. Você me perguntou o porquê da Flórida. Não é segredo de ninguém que a cultura americana é muito mais aberta aos imigrantes. Na época, cerca de três anos atrás, achava que tudo que precisava fazer era juntar uns trocados, me mudar para a península, achar um daqueles trabalhos de limpar privada de gringo, comprar e reformar um barco velho e sair pelo mundo afora. Foi o que fiz. Deu certo, apenas o cronograma fugiu ao controle. O que imaginava ser tarefa para um ano acabou levando dois. Mas, de repente, tudo pareceu sair do esquadro. Minha mãe descobre um câncer em estado bastante adiantado. A esposa descobre que deve retirar ovários e parte do útero, o casamento de dez anos vai por água abaixo em meio a uma daquelas lavadas de roupa suja sem precedentes. A natureza capricha na lição de mostrar sua força aos insolentes e manda logo dois furacões, e todo tipo mais de pequenas aporrinhações passam a tomar seu lugar no cotidiano. Por um instante senti-me como se os deuses estivessem a apontar um dedo inquisidor straight in to my eyes. Por muito tempo achei que poderia negociar com a situação, sozinho, aqui de dentro da minha caverna, literalmente sem abandonar o barco. Santa arrogância. *Jamais imaginei quão tênue é a linha que nos separa das diferentes realidades, pra não falar em sanidade e loucura.* O resultado você já sabe. Caí em depressão profunda e só depois de muito tempo resolvi jogar a toalha, sair da toca e procurar ajuda. Nunca fui do tipo mais chegado às terapias, sejam elas freudianas, junguianas ou de livros de bolso, daí a opção de atacar diretamente os "micróbios da tristeza" com as Carbamazepinas e Prozacs da vida (*doença de branco a gente trata com remédio de branco, doença de índio com erva e pajelança*). Esperei pelo fim de meu inferno astral, fui ao Brasil, visitei meus filhos, fiz check-ups médicos, pedi colo da mamãe, chorei, trepei, comi farinha e voltei. Tinha de fazê-lo. Agora aqui estou eu de volta. Meu barco está impregnado de memórias, aquelas mesmas memórias que tanto bem me fizeram agora me fazem chorar. Aliás, nem a isso a porra da medicação te dá o direito. É uma verdadeira lobotomia. A tristeza está lá, mas a lágrima não vem. Agora o que me resta fazer é me organizar e decidir se vendo ou troco de barco, se volto ao Brasil ou vou até à Europa, se me caso ou compro uma bicicleta. Que te parece? Aí embaixo vou colocar uma foto do Obore pra você conhecer. Quem sabe você topa uma vaga a bordo. Precisamos de massagista, cozinheira, terapeuta, amante... tem vaga pra qualquer serviço. Se topar, não manda nem curriculum que a vaga já é tua. Beijos, Lucas

De Lilian
Para Lucas

Entro e saio na rede. Sabe, sou uma anta cibernética. Tenho o péssimo hábito de mandar e-mails antes de checar os que chegaram. Aí já tinha mandado um quando dei de cara com o seu. E fiquei feliz, feliz. Tinha um cliente na portaria interfonando. Botei o sujeito na mesa e pedi para esperar e fiquei aqui te namorando por um segundo. E namorei seu barco também. Lindinho o seu barco. Tenho tocado muito uma música do Edu Lobo que é superatual, chamada *Bancarrota blues*, vou ver se mando em CD para você se divertir. O cara tem uma fazenda, com água fresca, tem filhos lindos, e bota tudo para vender (depois de dizer que ninguém levaria por nada, manda botar o preço que leva). É bárbaro o blues da bancarrota. Mas vende o barco não, Lucas. Paga as contas e cai fora. Vai ver como anda o mundo, como estão todos por aí. Depois me conta tudo.

Lucas, sou mulher de um homem só. Tanto quanto você é homem de uma só mulher. **Fidelidade é coisa que acontece. É fase da vida.** Se uma relação é longa, a ponto de se ficar velhinho do lado da pessoa, com certeza tanto esposo quanto esposa serão, inevitável e matematicamente, infiéis num dado ponto, por um dado período. Sexo é energia, energia se move, muda de direção, volta, vai, eventualmente desaparece. Amor já é outra história. Acredito que amor pode durar uma vida. Inteira. Mas só se for amor. Amor de verdade dura uma vida inteira. Se não durar, é porque não é amor. O Nelson escreveu. Eu concordei. Mas, quanto ao aspecto fidelidade, acho que se dá uma importância desmerecida a isso. E nesse momento, com uma epidemia transmissível sexualmente, aí é que estas questões passam a ser ainda mais complexas. A fidelidade passa a ser tão mais importante porque, quanto menos sexo, menor a possibilidade de contágio. Aí se fica romantizando a fidelidade, porque em verdade é difícil se encarar o fato de que a camisinha nunca foi bem incorporada pelo homem brasileiro. Especialmente para aqueles que se dizem hetero. Estes parecem viver em outro planeta, onde não há uma epidemia que se alastra vertiginosamente graças ao comportamento leviano que ignora os fatos. Mas, em si e por si, fidelidade nunca me pareceu ser o que de mais importante poderia acontecer com um casal.

Lealdade, que é prima da fidelidade, mas não é a mesma coisa, é fundamental para a vida a dois. Mas fidelidade... Esse negócio de associar amor à fidelidade é um equívoco.

Equívoco que tem como origem a Propriedade Privada, a necessidade de saber de quem era o filho, de que pai, da fidelidade compulsória da mulher. Falo sobre isso no livro, por sinal. Ter ciúme não é sinal de amor. É sinal do sentimento de posse. Ser fiel é sinal ou de satisfação plena (que acontece, mas não é permanente) ou de falta de imaginação ou de falta de estímulos adequados. Não é sinal de amor porra nenhuma. Já tive enorme ciúme de homens por quem não sentia nenhum amor. E já vi pessoas com um puta ciúme de gente com quem a pessoa mal convivia. Vai dizer que isso é amor? Picas que é amor.

Mas sou uma mulher absolutamente igual às outras. Só um pouco mais sincera, o que deve fazer sofrer os egos mais convencidos da sua importância no mundo. Mas não tenho nada de diferente de todas que você já conheceu na vida. Nestes aspectos, me sinto bem comum. Só sou menos hipócrita e, por acreditar que o amor e o casamento são possíveis, decido fazer as regras do meu jogo. Com os parceiros, é óbvio. O Cláudio não concorda com um monte de coisas que penso, mas ele sabe que a vida é quem dá as cartas. Acho que sou muito pragmática no que percebo das relações hoje em dia. A vida é a prova dos nove. Se eu estiver errada, a vida vai mostrar, já, já. Se eu estiver certa, idem.

Estou mesmo obcecada com a forma do corpo. Acho que, para sair de dentro deste monte de gordura que me botei, só correndo, muito, atrás. Os feirantes nunca deixaram de me olhar e fazer suas gracinhas. Mas feirante não é critério. O melhor critério é o espelho. Ou o olho de outras mulheres. Quando uma diz para a outra que está gorda, é porque está. O marido não diz que tá gorda, diz que tá gostosa. Até o dia em que uma gostosa de verdade vai lá e passa a cantada certa, na hora exata. Parei de dar mole, Lucas. No ponto em que estava, do alto de 83 quilos, ou tomava uma atitude ou ia ficar doente, ou virar uma dessas matronas que ninguém mais ia querer comer. A não ser o marido. Por pura obrigação. Minha meta é ficar gostosaça, impossível, irresistível. Me aguarde. Obstinada eu sou. Determinação, eu tenho. O corpo, eu construo. É só paciência, que nem a água na pedra.

Acho que entendi melhor sua história com a Flórida.

Aliás, acho que entendi melhor toda essa tua história.

Mas não vende o veleiro não. Ele pode ser palco de tantas outras histórias tuas. Vai vender pra quê? Vender o veleiro não vai te fazer parar de lembrar o passado. Você fez filhos, Lucas. Filhos obrigam a gente a lembrar tudo o que a gente um dia foi, tudo aquilo em que um dia a gente acreditou, com aquelas pessoas e não outras tantas. Não tem como vender os filhos. Só o Chico Buarque, que fez a letra do *Bancarrota*, poeticamente, é que vende. Mas os comuns mortais não vendem filhos. O veleiro ainda tem muito o que fazer contigo e você com ele. Se estes sonhos se foram, outros podem ir a bordo. Você ainda vai ser muito feliz, e também vai sofrer muito — por amor. Vender o veleiro não vai te imunizar contra a dor, ou contra o prazer (aliás, a dor só vem, porque vem o prazer, senão, com certeza, sozinha a dor não viria). Sem

veleiro, você fica sem veleiro. Mas teu corpo continua. E você, como bom descendente dos macacos, vai querer companhia. Para mar, ou para terra. Este seu jeito de falar, meio deprê, meio desiludido, vai mudar, de repentelhamente. Porque virão novos sonhos, novas ilusões. Novos prazeres, novas dores. Novos envolvimentos, novos comprometimentos.
Ou você vira monge budista. Se desapega de tudo e de todos, se ilumina e transcende tudo isso.
É possível também.
Mas tudo combina com o veleiro.
Esta é a minha opinião. Bem queria ter outra, só para ver você por aqui de novo. Mas não sou assim tão manipuladora a ponto de falsear uma opinião só para trazer de volta alguém a quem quero tão bem. Te quero senhor de si, senhor dos seus caminhos. Por isso não falsearei minhas opiniões.
mais e mais beijos

Lilian

SEGUNDO CONTO ERÓTICO

O Anjo

Liguei a TV. Zip, zip, zip. Nada que preste. Desliguei a TV. Liguei o som. Nenhuma música era exatamente o que eu precisava ouvir agora. Desliguei. Motores na noite, cachorros tristes, sons graves e agudos. Céus, por que não cai no meu colo neste exato momento um desses homens rudes? Teria de ser um desses para quem eu jamais dirigiria o olhar em sã consciência. Um homem para quem eu não teria nada de nada para dizer, no máximo quem sabe, uma ordem a dar. O corpo esculpido não em academias, mas sim na estiva de verdade. Um sujeito que a vida tivesse humilhado bastante, que visse em mim sua grande chance de desforra. Alguém para quem o que eu pensasse ou deixasse de pensar não fizesse a menor diferença. Fico furiosa quando alguém não me leva a sério. Pois bem: este homem riria da minha cara quando eu pensasse em abrir a boca. Me levar a sério? Nem em sonhos. Ah, um homem desses aqui nesse exato momento! Ele me jogaria no chão à força e nem abaixaria minhas calcinhas. De roupa mesmo. Nem um pingo de dó, de considerações filosóficas a propósito de se é ou não é o sexo a maior fonte de prazer, nem um pingo de piedade. Só urros e gemidos. O que importa se a sedução é o maior poder que se exerce no universo simbólico segundo sei lá quem, dane-se o poder da sedução. Não quero seduzir ninguém. Tampouco quero ser seduzida. Quero ser submetida. Quero ser dominada. Nem a, nem b, nem mas nem meio mas. Só isso. Submissão. De preferência, nada de pancadas, porque, se mulher normal é quem gosta de apanhar, eu não sou normal de jeito maneira nenhuma. Pancada, olho roxo, tenho horror a isso. Acho boxe um saco. Aqueles homens seminus lá se espancando. Quanto desperdício de energia, cruzes! Falo de submissão. O cara que, com a força do seu desejo e uma cara de poucos amigos, vai lá e te enraba sem pedir permissão, mas também sem precisar usar de violência. Violência é para os fracos. O meu homem não é e está longe de ser um fraco. Ele sabe que é forte, ele tem plena certeza de que pode fazer o que bem entender de mim nesse momento. E ele sabe que ou é agora, ou não será jamais. Vê se vou me meter numa enrascada dessas assim, com a cabeça fria. Nem pensar. É aqui, é agora. No calor das emoções. Nada de planos, nada de futuro. Enquanto estou pensando com a xoxota, que é muito mais profunda que a cabeça. Que futuro? Se me pegar assim no tranco, se abocanhar meu peito que nem um doido, engolir assim, os dois ao mesmo tempo, de jeito, eu vou querer é morrer. Futuro? Coisa de gente que não conseguiu ainda mergulhar de cabeça nesse negócio de doido que é o sexo. Pra mim, se me puser de costas, morder a minha nuca, agarrar minhas ancas, minha virilha, me obrigar ao movimento de vaivém, não quero nem saber de futuro. Bestice, um dia vai, outro que vem, conta pra pagar, cliente que falta, marido que se aborrece, filho que se chateia, mãe que chateia, tia que chateia, uma chatice sem começo nem fim. Gloriosa morte numa foda apoteótica! Claro que, se me perguntarem se quero morrer, obviamente, sem estar no meio dessa tal foda do milênio, não, claro que não quero. Quero viver e, pra dizer a verdade, o filho não é chato, por que haveria de ser chato se é meu filho? O marido, o marido é um marido. Marido bom. Marido que come a minha gororoba sem uma cara feia. Marido que volta pra casa, que não fica de sacanagem com empregada nem secretária. Marido ótimo. O resto é chato, será que os chatos do mundo carecem é de exercício sexual ou a chatice é genética mesmo? Pensar que um dia vou parar de foder e vou passar a foder a paciência alheia me faz ver como na verdade somos seres patéticos. Até que este meu operário-padrão imaginário poderia ser um pouquinho romântico. Ou será que iria atrapalhar tudo? Não, é melhor não. Não vou ficar que nem tudo quanto é amiga minha, inventando qualidades, ensaiando suspiros apaixonados, por uns malas sem alça nem rodinha só para ter uma boa desculpa pra foder com eles. Não. Sejamos claras, sejamos objetivas nem que seja só uma vez na vida pelo amor de Deus: o cara é uma mala mas tem uma mala maravilhosa? Esse tipo de mala, em que cada centímetro faz diferença, e um cara acompanhando a mala, que, em vez de se atrapalhar para usar a coisa, saiba fazer dela um passaporte para o paraíso, esse tipo de chato merece toda nossa compreensão. Além do que, este que caiu no meu colo não seria um chato. Ele é só um rude. Semi-analfabeto. Como o pescador baiano que eu comi pensando que estava fazendo pesquisa de campo antropológica. É. Seria um desses que lá pelas tantas diria, na maior sem-cerimônia, com a parede colada na parede em que dormia minha amiga mais gozadora, sim, o rude perguntaria: "Posso despejar?" Ai, que mico. Até hoje, a peste da minha amiga, quando apresento algum namorado, conta esta maldita história. Pensando bem, melhor que o sujeito não seja tão semi-analfabeto assim. Tesão vai pras picas com uma perguntinha dessas. Isso pra não falar que a vida é muito longa para se ouvir gozações por toda ela. Não. O cara que se materializou aqui tem o primeiro grau completo. Ele não tem ereção permanente. Ele só se excita quando me beija. E esfrega o pau na minha cara. Sou um enorme playground para o desejo dele. Tudo entre a gente é sagrado. Seria vulgar se não houvesse a quantidade e a qualidade de desejo que há entre nós. Mas nessas circunstâncias, em que o coração bate rápido, as pernas tremem, nada é vulgar. E tudo pode. É uma divina putaria, sem eira nem beira. Sem o desejo, que não é qualquer tesãozinho de merda, é um desejo assim, monstruoso, criminoso, hediondo, sem esse tipo de sensação, ia ser tudo muito complicado. A cabeça ia pensar: meu Deus, o que estou fazendo aqui? Esse cara é uma besta, olha bem, ele usa esse tipo de roupa, esse tipo de óculos, corrente de ouro, quanta cafonice, céus. Não ia haver Cristo que convencesse a permanecer nem mais um minuto em tal posição em que Napoleão perdeu a guerra. Não ia ter cafuné em xoxota que resolvesse. Tudo fica justificado, e muito bem justificado, porque é dentro desse contexto, em que muitos matam pra ter o que temos aqui. Gozo. Sinto que estou rachando, um fogo sobe do fundo da barriga, enche o peito, desce, explode na xoxota. Grito. Num último lampejo de consciência, vejo que ele me olha maravilhado. E ele vem. Com cara de cachorro que não come há séculos. Não. Não é essa a cara. É outra. A cara dele é... De homem. Todos os homens são assim. Só que este aqui não esconde a cara. Ele a mostra. Não esconde o grito, não esconde o gozo. É quase um show. E sei que é pra mim. É como se ele dissesse "Veja, sou muito melhor que todos os que você já teve, todos esses caras sabidos, não sabem o que eu sei." Isso me cansa de vez. Como boa fantasia, você deveria ter permanecido mudo, meu chapa. Foi falar pra quê? As palavras têm estranhos poderes. Conferem realidade ao irreal e transformam o irreal em fantasia. Não use as palavras. A não ser que queira sumir. Use as mãos, use a boca. Saiba ser firme e ser doce. Toque de leve, agarre. Há uma qualidade no silêncio que poucas pessoas conhecem. O silêncio é uma bênção. O homem que sabe não diz. O homem que diz, não sabe. Do silêncio, podem brotar belíssimas flores. Com o tempo, finalmente as flores criam asas, se libertam e viram cometas. Será o universo uma flor? Será o gozo dessa flor um sol que reluz? O anjo que caiu no meu colo foi obstruído pela minha razão.

De Lucas
Para Lilian

Teve jeito não, morena. Pulei da cama meia hora depois, voltei pelado pro computador, punk rock pra tocar, tal qual nos velhos tempos; The Clash canta... I can't silence when I'm fucking top... I don't know what I'm fucking doing here... I just know I'm shocking top... Isso tá ficando neurótico compulsivo. Acho que vou começar a estudar psicologia. Faz mais falta que física quântica. Amanhã, se não tiver saco, delete tudo. Já foi uma porrada de cerveja. A noite de repente ficou fria e cheia de vento do lado de fora. *Uma frente fria chegou pela área. Não pensei que ela ia acabar deitando do meu lado.* Escuta, vou aproveitar que estou *drunk* pra te perguntar um monte de coisas. Dessa vez não vou ter definitivamente a menor preocupação com o português. Não apago, não volto, não deleto nada. Pode ser? De repente pode aparecer palavra repetida, em inglês, ou escrita errado, não vou me importar. Manda pro copidesque. Quero saber, melhor ainda, quero te perguntar: como é que tá tua relação com teu marido? Vê se entende, não quero saber se vocês trepam, têm prazer, não agüentam um olhar pra cara do outro pela manhã, ou simplesmente fingem que nada tá acontecendo. Isso não me interessa. Quero saber: você tá feliz? É isso que você tá a fim de estar vivendo? (Não quero saber do resto, tô te perguntando no casamento.) Uma hora qualquer me responde isso. Sabe que mais? Se nunca fiquei com você é só porque nunca tive certeza do que sentia. Hoje não tenho certeza de nada do que já senti, mas se pudesse arriscava ficar com você. Você tem um "quê" de Cleópatra pra foder com qualquer Gregory Peck, oops, Marco Antônio. Se grila não, mesmo com cem quilos a gente arruma uma sacanagem pra fazer com as gordurinhas. Não tenho porra nenhuma pra te oferecer, só um monte de carinho, um canto na minha cama e uma puta vontade de te defender, ser teu macho, teu homem, aquele que vai te proteger quando você realmente sentir um frio na barriga. O resto a gente arruma depois... The world is burning... Lá fora as nuvens passam correndo... de vez em quando uma estrela aparece solitária... correndo... Pergunta número dois (essa é realmente foda): você não acha curioso que seu filho se chame Mauro e o meu Maurício? A origem semântica é a mesma. Pergunta numero três: que porra você tá fazendo aí que não aparece pra eu poder te dar um "agarro"? Vou dormir. Dar um *send* antes que me arrependa e delete tudo. Um beliscão na bunda

De Lilian
Para Lucas

Hoje tem casamento da viúva. Lindo chuva e sol. Luzes muito bonitas na minha janela. Ontem à noite me peguei tendo interesse num boletim meteorológico da CNN sobre o tempo no mundo. Hey, você sabia que está havendo um furacão em Madagascar? Não aponta o Obore para lá não, OK? Você ia ter encrenca.

Fiquei repassando seus e-mails na cabeça.

Um detalhe me chamou a atenção. Não sei se é um detalhe significativo ou não, é só um detalhe. Vou tocar no assunto, mas depois a gente segue, tá?

Você lembra como é que você ficou há muitos e muitos anos, no fim do teu casamento com a outra? Naquele momento, você talvez não lembre, mas ficou bastante alucinadinho, pintou a realidade com cores exageradas e entrou numa puta depressão. Não o vi nesse outro episódio de separação, mas, pelo que descreveu, foi uma coisa assim que tirou você do centro.

Quando uma coisa acontece uma vez, não quer dizer que se repetirá. Mas, quando uma coisa se repete, isso estabelece uma tendência. Uma coisa que acontece duas vezes pode acontecer três. O jeito para que não aconteça de novo é você tentar entender você mesmo, por ângulos diferentes dos tentados anteriormente. A cautela é fundamental, Lucas. E cautela, no caso, não é não se envolver e se comprometer de novo. A cautela é você passar a si mesmo a limpo. Não importa se com analista ou sem. Mas com certeza é necessário você entender como é que você entra em parafuso quando um casamento acaba. Se você não entender por si mesmo, coragem e racionalidade é saber onde procurar ajuda e assumir que não se é autotudo, que o outro pode ser de extrema valia. Talvez seja por isso que a gente veio para uma dimensão tão cheia de gente. Tão cheia de outros que não nós mesmos.

Quando meu casamento com o Marco Aurélio acabou, fiquei péssima, mas o meu péssima é diferente do seu. Quando fico péssima, viro uma chantagista de marca maior. Ameaço, de um monte de maneiras, a pessoa que me abandonou. Se vejo que a pessoa me quer bem, digo que vou me matar — mas só digo, não chego nem perto disso. Nunca efetivei nada. Só da boca para fora. Tenho um puta instinto de autopreservação, que se mantém mesmo no meio da perda. Não paro de comer, nem de dormir, nem de tomar banho. Já fiz tentativas de suicídio reais, mas não quando casamentos acabaram. Minhas tentativas de suicídio eram relativas a outras questões. Na adolescência, no período em que comecei a transar, não conseguia gozar. Aí achei que era definitivo e então, abri o gás do chuveiro da casa em que morava. Vedei todas as saídas de ar. Só me safei porque era verão, fiquei com muito calor, não agüentei ficar fechada no banheiro, pus o biquíni e fui pra praia. Ainda bem que morava no Rio. Outra tentativa real de suicídio foi quando já estava com síndrome de pânico e achei que viver assim, tendo ataque, atrás de ataque não valia a pena. Tomei um monte de Lexotans, uns seis talvez. Dormi para caralho, passei mal do estômago à beça e não morri. Se tivesse morrido, além de não ter te conhecido, também não teria descoberto que há tratamento para o meu problema e que se pode ser feliz, mesmo não sendo uma pessoa totalmente nos trinques como eu.

Tudo tem solução. Só a morte é que não.

A fome e a miséria existem. O mundo oferece mil contrastes. Num momento o que ele te oferece é a visão paradisíaca de um macaquinho pulando entre as árvores comendo uma jaca, numa turma de alvoroçados macaquinhos. Noutro, é uma mulher na sarjeta com um bebê no peito. Todas essas visões são oferecidas para cada um de nós. Ou você acha que só porque alguém está no meio de uma guerra esta pessoa também não vai ter visões de real beleza? *O que acontece é que, dependendo da quantidade de luz e energia em que o espírito da pessoa se encontre, ela não verá o belo. Mas há beleza em tudo. O mundo é cheio de beleza.* Há beleza até em coisas em que se supõe que não haja beleza. *As crianças são maravilhosas, dentre outras razões, porque ainda não estão afundadas em preconceitos e conseguem ver o mundo mais como ele realmente se apresenta: divino.* As crianças ainda têm muito de cosmos dentro delas.

A gente não pode fugir da gente mesmo. E aí, ou a gente resolve o problema, ou o problema acaba com a gente. Cada um tem o seu carma, cada um tem o seu aprendizado para fazer. O meu, veio nessa forma. O seu vem em outra. Uns vêm com xoxota. Outros com caralhos. Todos completamente diferentes uns dos outros. Todos especiais. Todos comuns. Podendo se ajudar uns aos outros, ou atrapalhar uns aos outros.

Tenho de parar de me levar a sério.

Beijos

Lilian

De Lilian
Para Lucas

Desculpe estar enchendo a sua caixa. Sou prolixa. Mas depois dessa vou ficar um pouco quietinha, pra não te encher além da conta.

Mas me lembrei de uma coisa e quis comentar. Algo sobre mim no passado.

No tempo em que era casada com o Marco, você sabia que ele não me comia? Te contei, por acaso, que às vezes a gente passava mais de seis meses sem trepar?

Não é que eu fosse mulher de mais de um. É porque não havia o um. O Marco e eu éramos uma neurose ambulante, uma muleta um do outro para enfrentar a solidão dos dois. Qualquer cara que tivesse chegado a fim de assumir um compromisso comigo teria me levado. E eu, de certa maneira, estava bem consciente disso.

Simplesmente não houve esse cara. Muitos devem ter pensado o que você pensou: que eu não era mulher de um homem só. Deviam achar que eu tinha um cara e que, se eu saía com outros, era porque eu era uma devoradora de homens. O que era muito longe de ser verdade. Estava casada porque havia cansado de ser só. Só para ir ao cinema. Só para dormir. Só para acordar. Só para sair na sexta à noite. Só para existir.

Não segurei a onda de ser só, como, aliás, até hoje não seguro. Quando meu casamento acabou, fiquei por um ano só. E detestei. **Sou descendente dos macacos, sem dúvida. Não sou como os tigres, que ficam pela selva sozinhos numa boa. Meu negócio é a tribo.** Dou meus dedinhos todos por uma boa companhia. A única coisa que rolou de bom em ficar só foi ir à Holanda e conhecer homens com parâmetros diferentes dos do homem brasileiro.

Não acho graça em ficar só. Não acho graça em galinhagem permanente. Não acho graça em não ter ninguém para dividir o que se vê.

Amo o amor. **Amo o amor, mais do que amo a paixão.** E olha que adoro me apaixonar, mesmo que depois tenha de lamber a sarjeta na dor. Vejo que minha capacidade de me entregar, de viver as relações com a intensidade que vivo, é uma capacidade maravilhosa, que nem todos têm. Aliás, muito poucos se apaixonam no grau de doideira que eu consigo, graças ao bom Deus. *Deus gosta de mim. Tenho certeza. Me deu o talento de amar — enlouquecidamente.* De ver, sentir, com meus únicos sentidos, um biziquilhão de coisas inexplicáveis, quase impossíveis.

Estou com o Lobão na vitrola. O último CD. O que nenhuma gravadora quis e que ele gravou independente com distribuição independente. Tão tristes as músicas dele, tão densas as letras. Acho que ele tem a ver comigo. De algum jeito. Bonito, bonito. Porque é um quadro sensível e generoso das coisas. A humanidade a essa altura do campeonato precisa de quadros generosos assim. Você foi ver *Beleza americana*? Parece um poema japonês, o pedaço que o menino fala sobre um saco de plástico voando. É lindo assim. Sem moral, sem uma ordem imposta, retrato do caos da sociedade atual. Lindo. Sensível.

Um milhão de beijos. Sempre acabo aos beijos com você.

Beijos

bem pertinho, bem longe, na beira do abismo, no fundo sem fundo da sua alma

De Lucas
Para Lilian

Caramba, morena, senti a maior energia no imeio das 10:30. Vamos com calma, que o coração aqui até deu uns pulos. Já passa da meia-noite e eu tô naquela de pós-punhado de cerveja e antidepressivo sem estabilizador. *Dá pra subir no mastro só pra ver estrela mais de perto.* Fiquei muito feliz com os coelhos que você matou, e mais ainda da força que senti quando veio dividir comigo. Esse papo de nitroglicerina na mão é legal. É só saber onde dar uma "mexidinha" que o efeito pode ser legal. Pô, morena, vai dizer que não sabia o que tinha na mão? Com o que tava mexendo? Quer saber, nem li o livro, mas imagino, pelo que conheço, a maneira como você escreve e já consigo imaginar o balaio de gato que isso pode dar. O título é bastante sugestivo. Se você conseguiu passar pro livro metade dos seus conceitos, valores, visões e experiências, você vira "polêmica" fácil, fácil. Tá na obrigação de datilografar cada detalhe depois. Entre outras obrigações. Seguinte, sei que você não dá a mínima, deve estar com a cabeça toda ocupada, ficando famosa (risadinha), mas meu dia acabou legal. No final da história, em sua homenagem, aquele papo da graxa que a gente vai comentar depois, acabei resolvendo o problema do Bola 8 que tá funcionando igual relógio suíço. Redondinho. Foram horas de concentração zen-budista, dezenas de parafusos e *motherfuckers* e ele mostrou pra que veio. Uma verdadeira cirurgia gastro nas tripas do coitado. Sei que pra vocês urbanos, terrestres, isso não faz a menor diferença, mas pra gente, os terrestres da água, a falta de um brinquedinho desses acaba com o dia. Remar contra o vento ou em dia de chuva pra buscar água, fazer supermercado ou mesmo comprar cigarros pode se transformar facilmente numa via-crúcis. Porém, mais importante mesmo que o conserto da porra do motor de popa foi descobrir o problema aqui no computador e poder continuar trocando "letrinhas" com você. Às vezes acho que essas "besourinhos" têm vida própria. Sozinho — e juro, não fiz nada —, o cara aqui resolveu mudar uma configuração, ou sei lá qual o nome dessa merda que rolou, e simplesmente não conseguia mais reconhecer o *modem*. Passei horas quebrando cabeça e dando dinheiro pra companhia telefônica do celular, até me lembrar de ligar pra um desses empregados do Bill Gates, lá na tal da MSN, e ele, como um bom professor ensinando a uma besta cibernética, indicou passo a passo o que fazer para ter uma vida normal. Virtual, mas normal. Sobre a graxa, não vou te falar muito agora. Acho que você não tá com cabeça pra isso, mas no teu último imeio a gente falou do papo de conto erótico, aí eu te falei de ter estado sujo de graxa e isso já despertou fantasia. Tem tudo a ver, é meio simbólico na cabeça de homens e mulheres esse papo com graxa. Já vivi uma história meio maluca quando trabalhava com turismo em meu antigo barco. Na época, estava fazendo manutenção do motor, todo sujo de graxa e óleo. Então toda uma história acabou se desenrolando. Não vou contar agora, mas viu como se a gente quiser resgata esses ícones das fantasias de macho e fêmea? O resto é técnica e poesia. Isso você tem. Tô ficando meio grogue. Não sei se é o vento, a cerveja, você ou o Caetano cantando João: "...eu, você, nós dois, já temos um passado..." Quero, sente o imperativo, um imeio bem legal, bonito, cheio de energia, porque sei que você vai ter um dia bem legal, e eu te adoro.

De Lilian
Para Lucas

hum-hum

Nada, só besteirinha. Reli seu e-mail, muitíssimo feliz por estar recebendo mais um, e dei de cara com você, sujo de graxa. Ai, essas pequenas coisas... Você sujo de graxa e malhumorado deve de ser a coisa mais tesuda da face da terra.

Continua no gengibre. Limão também era bom, sim, para sarar mais rápido.

Por favor, nada de soja, que soja pode ser bom para resfriado, mas brocha.

Beijos

Lilian

De Lilian
Para Lucas

Adorei seu e-mail. Com exceção de você sair desconsiderando o Rio, na mesma leva que desconsiderava Sampa para viver. Que você desconsidere o Brasil para viver, eu entendo — uma puta crise, um bando de ladrões no poder, corrupção pra todos os lados —, mas botar o Rio junto com Sampa é injustiça. Acho que cê tava de mau humor por causa da sua ex, aí não via nada direito quando morou aqui.

Para você ter uma idéia, estou naquela puta crise (que suas palavras, sábias, aliviaram, mas não resolveram) da qual já te falei. Aí o que faço? Pego este meu corpanzil e vou andar a pé pela Lagoa. Ou pelo Aterro. Ou pelo Leblon. Ou pelas Paineiras. Sabe, com os visuais desta cidade, não há mau humor que não melhore, crise que não alivie. É uma cidade linda, até para quem está sem um tostão e sem perspectivas. *Há cidades que são tanto mais lindas quanto mais dinheiro se tem para gastar. O Rio é sujo, fedorento, pobre, mas é bonito de qualquer jeito, em qualquer perspectiva.* O que te faltou foi boa companhia, meu caro. Vê se da próxima vez, em vez de ficar pra lá e pra cá, cai na minha rede (a de pescar peixões). Te levo para conhecer o Rio, numa perspectiva mais tesuda, OK?

Minha crise permanece.

Não pretendo parar de fazer shiatsu, nem de escrever, nem de cantar. Sendo que eu canto porque canto, e escrevo porque escrevo, faço isso por pura fome disso (desde pequena, pouca coisa maior que o Mauro, comecei a escrever, poesias, bilhetes, diários, cartas que nem doida, aliás, doida de fato, graças a Deus, só a loucura nos salva do tédio, é o que às vezes acho), mas fiquei com vontade de crescer, de ser mais, de ter uma outra história para contar no fim. Sei lá. Quero acrescentar, somar. Sem ter de jogar fora nada, porque dessas coisas eu gosto. Estou jogando outras coisas fora. Estou jogando fora tralhas, coisas inúteis de fato. Quilos extras. Peso, em forma de matéria pesada. O que me faz viajar, o que me dá prazer, isso, não jogo fora não. Como não jogo fora tudo o que é bom desta vida.

Como boa geminiana que sou, prefiro ter dois. Dois de tudo o que é bom. Pra que culpa? Culpa é tralha. Faz peso, não traz luz. Então, fora. Prazer? Dá-me dois.

Conheço bem os efeitos dos remédios alopáticos. Sou totalmente a favor da lobotomia que não é de verdade, esta que só serve para gente descansar da gente mesmo e arrumar forças para virar a próxima página. Minha única observação é que, na verdade, tanto os alopáticos quanto os homeopáticos, naturais ou químicos, devem sempre ter algum responsável que os prescreva, até porque, se o remédio não estiver cem por cento correto, podemos recorrer a alguém. Nos tempos de hoje, com a velocidade em que as coisas estão acontecendo, é impossível uma pessoa saber de tudo, ter informações sobre tudo. A gente tem de estar dividindo com outras pessoas, que saibam o que nós não temos como saber, porque cada um corre atrás da informação que lhe importa no momento (nós também saberemos de coisas que estas pessoas não saberão). É bom estar dividindo a existência com o mundo.

Seus mais belos sonhos. Gostaria de saber ao certo de que sonhos fala você. Puxa, não sei quais são seus sonhos. Desconfio, mas não sei se sei. Lucas, *não tenho nenhuma técnica de remendar sonhos, mas sou uma sonhadora nata. Se a gente fosse mais próximo, te emprestaria algum dos meus para a gente tecer novos sonhos juntos.* Mas, como estamos distantes, te digo: *a matéria de que são feitos os sonhos de cada um vem da vida de cada um.* Sua vida neste momento é no mar, ou perto dele. Seus sonhos, portanto, poderão ter muito ou pouco a ver com o mar, mas com certeza algo deste elemento estará presente nos seus sonhos. Olhe bem para as coisas à sua volta, respire, e deixe que o coração se cure com esses brilhos, com esses aromas. *Os sonhos virão como peixes brincar com suas pernas depois.* Eu garanto.

Adoro você, mesmo. Entende isso? O que tenho por imagem de quem é você, se isso é real ou não, não importa. O que tenho certeza é que, quando você está perto (mesmo que fisicamente não seja assim), o ar é diferente, ganha outra qualidade. Essa onda emana de você, de nós. Você por acaso não viu isso quando a gente se encontrou? Sentindo o que sinto, tudo o que vier de você me desperta curiosidade, ou desperta solidariedade, tesão, admiração, respeito. *Porque o meu ser, com você, fica sem preconceitos.* Porque eu, com você, me sinto mais livre. E me predisponho à aceitação sem reservas. Com pouca gente nesse mundo funciono assim. Entendeu?

Quero você sempre perto, nem que seja só na telinha do monitor.

De Lucas
Para Lilian

Morena dos meus sonhos, como diz o Lenine, minha diva, meu divã. Vamos por partes. Primeiro, tô adorando ver meu inbox cheio de Lilians... é vero. Dá um puta dum prazer ficar aqui imaginando quanta tagarelice boa a gente ia fazer se estivesse junto agora. Acho mesmo que até dava pra dar uma trepada conversando. Não pára... Não pára... continua... Deixa eu te explicar uma coisa, é claro que não esqueci aquele buraco em que caí nos anos 90. Tampouco a maneira como você me ajudou a sair dele e como hoje olho pra tudo aquilo com uma certa vergonha da imaturidade emocional dos meus idos 26 anos (isso não quer dizer de maneira alguma que agora, à beira dos quarenta, já tenha amadurecido). Mas, é sério, desta vez tudo foi bem diferente. Igual mesmo talvez só a dor da solidão. Talvez tenha sido exatamente aí que me fodi. Se tivesse gritado ao mundo que ia me matar, como aquelas crianças que dizem "então eu não vou mais respirar", talvez tudo isso tivesse desopilado meu fígado, coração, tripas, almas, sei lá, mas não, desta vez nem mesmo murros nas paredes, objetos arremessados ou caretas diabólicas me permiti. Achei que devia tomar uma atitude diferente, madura, não explosiva, contrária àquela resposta a que meu cérebro estava acostumado a liberar quando sob intensa pressão. O resultado? Tilt. Talvez agora tenha aprendido que o barato não é controlar, mas liberar de uma maneira controlada. Deixar de lado a impulsividade agressiva e tentar transformar toda essa energia em algo mais sábio, mais produtivo. É engraçado mas, enquanto te escrevo, já fui ao menos três vezes ao lado de fora gritar uns *motherfuckers* a um bando de lancheiros e jet-skis fazendo uma puta marola aqui onde estou ancorado. Voltando ao papo... bem, acho que é isso... A repressão de todos os meus sentimentos, raiva, inconformismo me levou a um quadro de desespero. Imagina, eu, Lucas, descobri que minha mão tremia, que tinha medo de estar só, que fracassara mais uma vez na tentativa de ser um bom menino, bom trabalhador, bom pai de família, bom companheiro, que, enfim, eu falhara. Que estava no fundo revivendo uma história de desequilíbrio que já conhecia, a da minha própria família, a dos meus pais. Lembro-me de que em um de seus primeiros imeios você me perguntou por que as mulheres me deixavam. Bem, até onde sei, boa parte das reclamações estão relacionadas a esse temperamento explosivo, essa facilidade que tenho para apertar o botão do foda-se sem pensar nas conseqüências. Tudo isso veio à minha cabeça e achei que as pessoas tinham razão. Eu não era assim. Apenas aprendi a reagir assim e precisava urgentemente mudar. E mudei, não de todo, afinal isso seria tão radical quanto aquilo tudo que eu lutava contra. Bom, vamos deixar isso pra uma próxima sessão de análise, de preferência uma em que o paciente (mesmo impaciente) possa deitar junto a analista no divã, e vamos falar de outras coisas... (filhas da puta, parece que tô te escrevendo de dentro de uma Brastemp na centrifugação, essa porra não pára de balançar, já caiu cinzeiro, livro, CDs e o caralho) Não tive a chance de conhecer esse cara, o Marco, Marco Vacilão. Que desperdício, hein? Vai ver não gostava da fruta. Agora sou eu que peço desculpas. Sabe o que é, fico aqui dentro do barco sem a menor vontade de sair, também não tô com o menor saco de continuar lendo, não quero fazer porra nenhuma, só brincar de estar falando com você, daí essa sopa de letrinhas no computador. *Sempre gostei de estar sozinho, exceto quando na solidão me sinto solitário.* Aí é terrível. Essa porra deste país, esta cultura de alienígenas, é um saco. As pessoas aqui agem como se fossem de outro planeta. Elas se trancam para o mundo do lado de fora, medo talvez, e passam a viver essa realidade artificial, em que tudo é controlado. Elas têm medo da chuva porque molha, do sol porque é quente e do frio porque faz sentir frio. Como será que é no planeta deles? Sem insetos, grama pra todo lado, toda a natureza pode ser controlada através de um painel? Que saco. Fico aqui olhando esse bando de babacas passando apressados com suas lanchas e seus motores potentes e me pergunto aonde será que eles vão com tanta pressa. Nada disso combina com o estar no mar. Acho que você tem razão quando diz pra não vender o Obore. No fundo, minha relação com isso tudo aqui é muito mais existencial do que parece. A humanidade, penso eu, está dividida em dois tipos de homens: os específicos, aqueles que aprendem a apertar um tipo de parafuso e vão fazê-lo por toda a vida, e os versáteis. Infelizmente na nossa sociedade tecnocrática o *homo especificus* é o que funciona. *Talvez o mar seja o último território do homo versatilis. Aqui é preciso saber de tudo um pouco, mecânica, elétrica, carpintaria, medicina, culinária e o cacete.* Isso me atrai. Pra não falar de outras considerações. Acho que essa moçada perdeu completamente a noção de velocidade. A velocidade biológica de cada espécie. O tempo que levamos para perceber o que se passa ao nosso redor. Por vezes me perguntam se não tenho medo de furacões, grandes ondas, tempestades, toda essa sorte de estereótipos hollywoodianos que os diretores de cinema sabem tão bem como colocar nas cabeça das pessoas. Claro que tenho medo, só que, e aí está a resposta, mesmo a pior das situações que enfrentei — sem falsas modéstias, não foram poucas — me deram tempo suficiente para refletir, avaliar e então tomar uma atitude. Mesmo os furacões são previsíveis (ouso dizer que mais até que as mulheres, ao menos as interessantes). *A velocidade de quem navega ao vento é absolutamente compatível com nossa velocidade de percepção.* Já não posso dizer o mesmo dos automóveis nas autoestradas, onde tudo acontece em frações de segundos. *Seremos tartarugas tentando nos locomover à velocidade de colibris?* A maioria das pessoas encara com naturalidade seus temores ao embarcar em um avião, voar a dez mil metros acima do solo em uma máquina da qual elas não têm a menor idéia do funcionamento. Tudo é controlado por "besourinhos de silício", os tais dos chips, tudo controlado por uma tecnologia estranha ao seu conhecimento, mas se cagam de medo ao terem de lidar com o vento, ondas e um bocado de cabos (ou melhor, cordas) da mesma maneira que nossos antepassados o fizeram. É... acho que não vou vender o barco. Desculpa encher o saco com tanta abóbora. Isso de repente é pra te convencer a vir velejar comigo. Te adoro. Não pára... Não pára...

De Lilian
Para Lucas

Acho interessante você me dar umas dicas sobre o que um homem gostaria de ler num conto erótico feito por uma mulher. Escrever, no caso, quanto mais orgânico for, melhor. Se a gente fosse transar, algumas iniciativas eu certamente teria, mas detesto estar sempre por cima. Até pelo contrário. Gosto muito de estar por baixo. Prefiro a submissão do que a dominância. Então, se você disser um pouco do que seria interessante para você, como homem que é, ler, essas pistas que você poderia me dar, seriam como trepar ou como fazer dança de salão, em que é sempre o homem que guia a mulher na pista. Essa coisa de o homem usar sua força para obter o que deseja, essa energia de ação, essa energia de guerreiro, nossa, isso, só de pensar, me deixa sem ar e faz o coração bater mais rápido. É bonito um homem feminino em alguns aspectos. Mas, para uma mulher como eu, se o cara for feminino demais, eu janto em dois segundos. Tem de ser um homem yang. E eu não grilo de escrever sacanagem se imaginar que o primeiro leitor será você. Me ajuda então? Pode até ser coautoria sua, oficial, que tal? Você já tá aí, com a mão na massa. Seria divertido.

Como é que vou fazer um livro erótico se eu sou a criatura mais silenciosa que conheço na cama? Não sei, juro que não sei, falar sacanagem. Sei fazer sacanagem. Mas falar... Tudo bem que é escrever, mas para escrever algo assim tem de ter o espírito coloquial, não é não? Sou uma negação no falar sacanagem. Ai, ai.

Adoro você

Lilian

TERCEIRO CONTO ERÓTICO

Inveja do Pênis 2 a Missão

Juro que vou processar esse cara por propaganda enganosa. Vivia me dizendo que adorava chupar bucetas, que as mulheres gozavam como loucas com ele. Ai, porra, assim não. Tá pensando que meu grelinho é o quê? Mas, enfim, Armando é meu amigo há um bom tempo. Ele é desses caras que acham que amiga é homem. Que pode falar tudo quanto é sacanagem que faz com as outras e que eu vou ficar ouvindo sem achar que é comigo. Tive de esfregar minha xoxota na cara dele pra ele acreditar que eu era mulher. Numa daquelas tardes em que não se tem nada de bom para fazer, chamei ele pra minha casa com as mais péssimas intenções. Vesti uma camiseta que o decote dá para ver até o meu umbigo. Me encharquei de um perfume que não conto para ninguém qual é a marca, que não quero que desvendem meu mistério. Esse perfume é batata. Quando uso o dito, homens na rua ficam desesperados pra me comer, só farejando pra que lado foi a mulher que tem esse cheiro.

Pois bem. Armando foi, ingênuo, direto para a boca da loba. Crente que ia me contar de um sarrinho besta que tirou com uma perua chata que ele me apresentou outro dia. Armando é um Deus de gostoso. Que isso fique só entre nós, porque homem quando descobre que é gostoso fica invariavelmente insuportável. E a perua só ficou esnobando o Armando, tirando o corpo fora, inventando desculpas pra não dar pro infeliz. Mulher jovem é muito boba. Pensa que terá eternamente o mundo a seus pés e irá pra cama com o Brad Pitt mês que vem. Umas antas, coitadas. Pára, Armando, assim não dá. Não é para sugar o meu grelo, pelo amor de Deus. Grelo não é pênis em miniatura, apesar do papo em anatomia de serem constituídos por tecidos semelhantes. Se grelo fosse pinto em miniatura, nós, moças, realmente iríamos ter inveja do pênis. Grelo não se suga, homem. Grelo é grelo, que coisa. O que há de maravilhoso a propósito do grelo é que a gente goza, goza de novo, goza mais uma vez, e, se não desligar o gozômetro, não paramos de gozar nunca, que fica até meio chato, ter tantos orgasmos múltiplos seguidos. Por esse detalhezinho anatômico, nós, moças, nunca tivemos, nem teremos inveja de pênis nenhum, apesar de a mídia em cima do pau ser enorme. Não me esqueço de um terapeuta meu que vivia me dizendo que eu era imatura sexualmente porque não tinha gozo vaginal. Um dia, depois de muitas indiretas e diretas, simplesmente descrevi como eu gozava. Ele me deu alta rapidinho. Freud com mania de querer comer a mãe devia fazer muito mau uso deste nosso pequeno detalhe anatômico lá na patroa dele. Armandinho, em nome da nossa velha amizade, faz direitinho, por favor. Eu te explico. Não é complicado. Menino, isso de falar que chupar mulher é complicado é conversa pra boi dormir ou pra eu brochar. Já transei com quatro moças. Torci para que Deus me iluminasse e que eu passasse pro time de lá. Não houve nenhum problema. As moças gostaram. E ninguém teve dificuldade pra achar nada de ninguém. Infelizmente, eu adoro rapazes, apesar de vocês me deixarem puta com tanta frescura. Para vocês, rapazes, as coisas enveredam por estes descaminhos e de repente as bocetas viram bichos com dentes. Isso, Armando, é mais por aí, relaxa que você acha. Espero não ter que te fazer o resumo do Relatório Hite e te explicar que a maioria de nós, moças, gozamos pelo grelo, não temos a menor nem mais vaga semelhança com os filmes de Hollywood em que a heroína do filme sempre goza com o pau dentro, só entrando e saindo. Por isso é fundamental que vocês entrem numa e nos chupem. E não estão fazendo nenhum favor. Quantas vezes eu já te chupei hoje? Foi favor, por acaso? Ah, gatinho, tá com saudade da minha boca? Vira pra cá que eu faço você feliz. Vem pra mim. Isso. Dá aqui esse pau gostoso. E vai fundo, me chupa, me chupa. Mas, se você errar assim de caminho, eu não vou poder te chupar, porque não dá para ficar falando e chupando ao mesmo tempo. Achar um cara que chupe bem é que nem querer achar uma pulga num cachorro preto. Difícil, bota difícil nisso. Mas não desconcentra não. Se é para falar, eu falo. Vamos lá, gatinho. Está vendo o meu grelo? Olha bem pra cara dele. Vê, ele tem uma direção natural, dá pra perceber isso? Então, não contrarie as leis da natureza. Você ia gostar que eu pegasse o seu pau duro e o puxasse na direção da sua bunda? Claro que não. Ia ser desagradável. Pois o mesmo se dá com o grelo. O ideal é que sua língua se movimente da esquerda para direita em vez de pra baixo e pra cima. Esse movimento é uma delícia, tá vendo como ele incha? Isso,

Armando. É por aí. Ai, não, não, não. Não inventa, não cria. Esse negócio de lambidinha, que nem sua língua fosse de cobrinha de desenho animado, não funciona. Continua como estava antes. Juro que deixo você ser criativo quando você tiver me feito gozar chupando umas dez vezes. Por enquanto, não. Vai por mim. E, além do mais, já te chupei várias vezes hoje. E você adorou. Disse que nunca mais sua vida iria ser a mesma. Então, vamos lá. Homem que chupa bem a minha boceta entra pra uma categoria especial de seres humanos no planeta. Uma amiga minha tinha um namorado que era um chato mas chupava muito bem. Ela terminou com ele, saiu com um monte de caras, divertidos e cheios de charme. Acabou tendo de voltar com o chato depois de dois anos e meio de muita pesquisa de campo malsucedida. Melhor mal acompanhada e bem chupada do que bem acompanhada e mal chupada. Na verdade, acho que vocês não chupam direito a gente de propósito. Só para continuar com esse papo de que mulher tem inveja de pênis. Ai, ai, está vindo, maravilha, maravilha, Armando. Você tem potencial. Agora, sim, já pode dizer que viu uma mulher gozando e não se contorcendo de dor. Ai, que delícia, vem meu amor, me cobre, me fode gostoso, que agora sim, sou toda tua. Huuuuum. Deus é pai. Deu a vocês pau, e a nós a santa paciência.

De Lucas
Para Lilian

tô na rede
Querida morena,
Saudades, muitas...
Seguinte, boas notícias. Agora estou novamente conectado aqui dentro do barco. Fantástico, não é? O que essas caixinhas

de plástico, cheias de besourinhos de silício e arame, são capazes de fazer por nós. A internet a bordo é como a certeza de uma janela para a rua.

Uau!!! Você está ficando cada vez mais, mais demais. Teus dois últimos e-meios me deram vontade de pular no monitor e cair direto no teu colo. Tive de me segurar pra não ligar em seguida para você, tantas eram as obscenidades que passaram em minha cabeça, a vontade de ouvir sua voz.

Seguinte, fica preocupada não, nada do que você possa estar imaginando, se questionando ou pensando que possa ter me assustado a ponto de não ir ao Rio te ver é besteira. Na real, queria muito, mesmo que só pra roubar um abraço e um beijo, estar com você, mas não deu. Aproveitei parte da minha estada no Brasa pra fazer um check-up médico e, quando me dei conta, já estava na hora de voltar. Sabe qual é, aquela revisão dos 37? Ainda bem, tudo em ordem, problemas mesmo, só no coração. Sentimental, é claro. Aliás, agradeço as preocupações, mas não estou me automedicando, pelo contrário, sempre fui avesso a medicamentos, especialmente os alopáticos. Iniciei um tratamento com antidepressivos, e não posso negar que de alguma maneira, por um tempo, essa espécie de "lobotomia química" (alguns chegam a chamar isso de "reequilíbrio neurológico", é mole?) acaba ajudando. Aos poucos as coisas vão voltando ao normal. Entenda por "normal" um estado de caos organizado. Deixa pra lá, é mais ou menos assim: não se preocupa com o futuro do shiatsu, o próximo livro, o orçamento do próximo ano, a carreira, o cacete, que no fim tudo dá no mesmo.

Sabe, não sei ao certo o que quero fazer da vida agora, perdi o encanto com alguns dos mais bonitos sonhos que tinha, e não acho que isso tenha algo a ver com culpas, indivíduos ou inconsciente. Não parece combinar muito com essa imagem que você faz de mim, não é? A única coisa que sei é que tô cheio de contas pra pagar, nada de tirar o sono, mas suficiente pra que tenha de levantar meu traseiro e ir à luta. A merda é que já tô com o saco na lua de estar aqui, e, se não estiver preparado para cruzar o Atlântico antes da próxima temporada de furacões, corro o sério risco de ficar por muitos meses mais ao norte do equador. Voltar ao Brasil agora seria fantástico, mas pra fazer o quê? Catar caranguejo? São Paulo, Rio nem pensar. E viver do que no interior?

Por vezes acho que deveria deixar de ser tão cartesiano, pragmático, e tentar trabalhar um pouco mais o lado intuitivo das decisões. Perder essa mania de homem branco, ocidental, racional, de tudo querer controlar. A presença feminina está realmente fazendo falta na minha vida, você sabe do que estou falando, aqueles sábios insights que só vocês, criaturas perfumadas, são capazes de trazer à tona no momento certo e clarear as coisas. Tá estranhando esse papo? Não estranhe nem tenha medo que ainda, e mais do que nunca, estou certo da minha preferência pelas mulheres. Apenas definitivamente abri mão do grotesco estereótipo do machão por uma postura "masculinista". Tem sido uma merda para nós, homens que não somos machões, menos ainda gays, conviver com toda essa babaquice. Viva as mulheres, é isso aí, viva Afrodite. Talvez quando tomarmos uma posição mais feminina de encararmos o mundo — mais yin e menos yang — a gente relaxe um pouco mais. Falando de mulheres, anote aí, de uma frase genial de uma entrevista da Isabel Allende, a escritora: "O ponto 'G' das mulheres está nos ouvidos... o verdadeiro orgasmo feminino é alcançado com palavras doces." (Ironicamente foi publicada em uma edição da revista *Playboy*.) Acho que Casanova havia muito já conhecia o segredo.

Como lhe disse antes, você tem escrito algumas das coisas mais interessantes que tenho lido. Não pára não. Pensa na idéia de vir me visitar, juro que você ia ser tratada como rainha, que merece. Tesão da minha vida.
te adoro
beijos lambidos

De Lilian
Para Lucas

meu ponto G foi parar nos olhos
Se o da Isabel Allende é nos ouvidos, o meu foi parar nos olhos. Tudo por causa de letrinhas no monitor. Funny.
Passei a tarde pensando em você e, pumba, chego em casa, lá está sua voz na secretina e letrinhas no monitor.
Boa notícia essa do barco. Muito antes de você dizer dos ventos e tal, eu já achava que *barcos são a verdadeira locomoção do futuro. Creio que estamos no fim da era dos motores de combustão.* Mesmo que isso não pareça verdade, serão os barcos que dominarão o mundo. E você e todos os que agora acreditam na vida em barcos serão pioneiros e, como todos os pioneiros, terão suas vantagens. No meu caso é complicado. ODEIO aviões, ODEIO carros e velocidade (principalmente depois do terrível acidente de minha irmã querida que está numa cadeira de rodas), queria mesmo era ser do tempo das charretes, mesmo que as charretes eventualmente quebrassem e fossem parar no abismo. Mas me sinto uma banana amassada pra entrar num barco. Juro que passeio com você (se você *jurar* que vai ter um pouco de paciência e tolerância com as minhas panicadas). Mas ficar num barco por muito tempo não sei se é para mim, esta criatura porquinho, mamífero, doméstica, terrestre que sou. Me falta um certo estofo de coragem, organização e des-

prendimento que imagino ser necessário para uma estada no mar. Mas te dou minha palavra que passeio no barco.

A impressão que tenho é que, para os americanos, tudo ou é muito assim, ou necessariamente tem de ser assado. Preto é preto, branco é branco, a mulata não é a tal, e quem é bonzinho tem de ser ótimo, e quem é mau tem de ser péssimo. *Tudo tem sempre um ranço da moral puritana, que não prevê pequenos desvios, pequenas fugas, degradês de mundo. Quando olham para si mesmos, ou eles se vêem como salvadores da humanidade, ou se vêem como criaturas imorais.* Toda autocrítica cai no humor cáustico, na trama impiedosa de personagens sem pé nem cabeça, que sempre e invariavelmente querem dinheiro, poder, popularidade e mais nada.

O melhor retrato da sociedade americana atual foi feito por um cucaracha, no *American Beauty*, em que ninguém é tão mau assim, as coisas têm um sentido (mesmo que este não seja percebido pelos personagens — exatamente como seria na vida real, em que as coisas não fazem sentido para a gente, mas fazem um sentido se vistas por uma perspectiva maior) e se nego está atrás de grana, nem por isso tudo se resume a isso. E a cena do saco plástico, ai meu deus, fico arrepiada só de pensar, é linda, Lucas, é linda mesmo. O menino doidão que não tem nada de doidão é o mais bonito dos personagens.

Você acabou de telefonar. Essa sincronicidade é espantosa! Sua voz é uma delícia.

Acho que, apesar de telefone ter a voz, acaba sendo sempre (pelo menos para mim) mais inibidor que o monitor. Sempre penso no telefone como um taxímetro rodando permanentemente. Dá nervoso.

O Rio é cheio de lugares que têm a cara de outros lugares que não o Rio. Quem mora no Itanhangá, por exemplo, mora no Rio sem o menor estresse de Rio, e não é caro, dependendo de se morar virado para o condomínio dos ricos, ou virado para o lado dos pobres (que nem são tão pobres assim). Outro dia conheci uma ilha, que fica ali, do lado (moro no Rio há quarenta anos e nunca havia ido lá, veja você), em que as pessoas moram em casas, de porta aberta, e não têm nem muro nem nada, não há assaltos e todo mundo se conhece que nem cidade do interior, só que aqui, encostado a tudo que é Rio. Sensacional. Se eu fosse uma mulher dessas mais descoladas, que dirigem e têm carro, vendia meu apê e ia morar lá, no ato. É que odeio sair dirigindo para lá e para cá, e o Mauro ainda está em fase escolar, completamente não autônomo. Mas que fico babando de vontade, ah, isso fico.

Você não conheceu o Rio na companhia certa.

Você me falou que esta sua segunda crise foi diferente da primeira porque você de repente excedeu-se no controle e pirou. Você *agiu* de maneira diferente, mas o que se manteve igual foi você perder seu prumo, homem, igual ao que você perdeu da outra vez. Aprender a controlar impulsos pode ser importante. Dosar o que sai pode ser importante. **Mas é fundamental entender o que acontece. Entender com os olhos da razão, do coração, da alma. Para poder amar sem medo do momento em que tudo se acaba, saber que é uma história que se acaba, e não você mesmo.**

Perfeito a gente nunca foi nem nunca será. Nem eu, nem você nem ninguém que ande por aqui por esta dimensão. Mesmo assim, cada um tem de dar de si o seu melhor, se não pelo bem de toda a humanidade pelo menos pelo bem dos que nos cercam. Esse mundo é um absurdo, Lucas. Segundo uma pesquisa que um cara fez, um desses socialistas, **aproximadamente trezentas pessoas ganham o que deveria estar distribuído** por três bilhões. Há no mundo trezentos multimilionários, e três bilhões correndo atrás. Nós nesse meio. *Como é que não vai haver violência? Como não haver desequilíbrio?* Se está tudo basicamente tão redonda e estupidamente errado.

Por isso, Lucas, a gente tem de se antenar. Sintonizar direito os nossos olhos, ouvidos, narizes. Prestar muita atenção. A tudo o que nos cerca, e ao que há dentro de nós. Os padrões que a gente repete sem sentir são sinais de que devemos encarar, sem medo, com lanterna na mão. Não consigo deixar de pensar no *Beleza Americana*. No filme, o cara começa todo um processo de transformação interior por causa da moça, que é uma fraude. Pelos motivos "errados", ele faz o "certo". Na vida é assim. A gente sai de uma espécie de letargia da consciência muitas vezes de bobeira, por causa de um rabo-de-saia (no seu caso) ou de uma tatuagem (no meu). O que vai valer depois é ter saído do embotamento, da mesmice, da acomodação. E, se o rabo-de-saia, ou a tatuagem, valerem algum tostão furado, irão nos acompanhar pela vida nova que produziremos então. Senão rodam saias e tatuagens, mas fica a luz, a beleza da vida, o olhar divino em nós e sobre nós.

Já que você queria descrições eróticas, OK, vou tentar. Nesse exato momento, desabotoei meu sutiã de renda vinho, tirei minha saia e estou dando beijos molhados na tela do monitor, que está ficando meio embaçadinho. Meu cheiro é de chocolate (que caí em tentação à tarde junto com as crianças) e perfume francês. Penso que você está nu e isto me dá prazer. Como gosto de músculos, apertaria seus braços, seu peito, seu ventre, só para sentir a textura. E olharia, por muito tempo, bem dentro dos seus olhos. Será que veria o mar dentro deles? O que há nos seus olhos que me lembra furacões muito antes de você sonhar em deixar de ser um punk urbano na vida? *A sua impetuosidade, da qual as mulheres fogem, é a mesma que as atrai, como mariposas de luz.*

E tudo muito devagar, sem tirar os olhos dos meus, me possua. Como se eu fosse sua tábua de salvação numa tempestade.

De Lucas
Para Lilian

você conseguiu

Parabéns, morena, você conseguiu...

É, é verdade. De tanto você falar no *American Beauty*, acho que você vai conseguir me fazer ir ao cinema. Não é que não goste não, no fundo sou super lazy pra sair de casa, ficar horas sentado sem fumar, não poder voltar as partes que gosto, não dá pra ir ao banheiro ou ficar de cuecas coçando o saco enquanto a película roda. Tudo isso me faz preferir o vídeo, mesmo com a tela pequenina. Perdoe a heresia. Eu entendo vocês, cinéfilos. Ao menos tento. Acho que a última vez em que fui a uma sala ainda foi na época do Indiana Jones, os primeiros. Minto, é brincadeirinha, mas, nos três anos e meio em que estou aqui, apenas uma vez, por obrigação (pressão doméstica da então companheira), fui ao cinema. Quase morri, juro. Era o tal do *Titanic*. Foram três longas horas de sofrimento, em que muito antes de os caras naufragarem aquela terrível maquete, o pobre do garoto aqui já estava longe afundado em pensamentos mais profundos (a palavra cabe bem no contexto), algo assim como: será que não existe nenhuma maneira mais inteligente e divertida de desperdiçar 200 milhões de verdes? Mas esse filme em particular, o *American...* me chamou a atenção. Estava no Brasil pouco antes do lançamento e ouvi — isso significa, li — boas críticas a respeito. Fiquei realmente interessado, mas, como sempre, resolvi esperar pelo lançamento em vídeo. Acho que vou fazer um esforço de reportagem e tentar uma sala onde ainda esteja passando, com direito a pipocas e o cacete. Considere isso um elogio à sua pessoa, não costumo usar o referencial de amigos ou críticos, mesmo os mais inteligentes e bem informados, naquilo que escolho para assistir. Imagine, tem gente que gosta até de Bergman... o rei dos chatos...

Se você reparar a hora em que estou te remetendo este imeio, com certeza vai se perguntar: ei, hoje é segunda-feira, esse cara não devia estar trabalhando? É, é verdade, mas hoje a segunda foi mais uma daquelas em que a gente sai da cama chutando o penico, e pior, cheio. Já na saída do barco, isso às 6:30 da manhã, e olha que ontem começou o horário de verão daqui, o meu fiel motor de popa, aquela maquininha barulhenta que deveria empurrar meu bote até um ponto em terra, resolveu não funcionar. Resultado: meia hora remando contra o vento. Tudo isso pra chegar a terra e descobrir que havia esquecido a chave do carro no Obore. Na seqüência, tomei um chá de cadeira por duas horas esperando o cara que havia tratado. Isso também acontece por aqui. Dá até saudade da pontualidade carioca. Juro. Desisti. Voltei pro barco, pra ficar olhando os pelicanos ao redor, relendo seus imeios e sentindo aquele gosto de chocolate de que você falou ontem... Devia existir uma lei proibindo pessoas gripadas de tentar fazer qualquer coisa às segundas-feiras, e às terças e quartas e quintas...

Escute aqui, não falei aquela história sobre aviões pra mexer nos seus mais profundos temores. No fundo, adoro essas máquinas. Gosto de velocidade, só acho um pouco irracional essa seletividade no objeto dos medos. Esses passarinhos de metal ainda são a forma mais rápida e segura de a gente poder se encontrar em qualquer ponto do nosso planeta. Os medos existem para ser superados.

Isso aqui tá virando vício, adiction. Acho que, se deixar, passo o dia inteiro digitando essa vitamina de pensamentos e letrinhas que tem circulado na minha cabeça. Se encher teu saco avisa, tá? Ou simplesmente pára de ler, responder, sei lá... Você já pensou na possibilidade de escrever contos eróticos? É, algo assim meio **Anais Nin cibernética**. Acho que pode ser um bom filão. *Sei que você me disse que escreve por prazer, então por que não escrever sobre prazer?* É um assunto que atrai leitores, e acho que — se tem — são poucos os contos contemporâneos sob a ótica feminina, escrito por mulheres. Pensa no assunto. Se quiser me usa pra piloto, cobaia, topo. *Se correr pro banheiro com o laptop na mão, tá garantido, best-seller.* Só não cai naquela de texto neuroerótico. Isso é pra intelectual bater punheta, igual a filme do Woody Allen, tem de falar de sacanagem, fantasia, conversa feminina de banheiro, essas coisas. Com classe, charme, e isso você tem de sobra...
Beijos mil

Lucas

De Lucas
Para Lilian

preguiça de baiano
Esse imeio vai ser escrito meio "preguiçoso", tô com uma preguiça de baiano, daquelas de querer ficar na rede. Deitado, igual Dorival Caymmi em propaganda de sandália. Resolvi me largar aqui dentro do barco, deixar a máquina ligada, e de vez em quando vou te "falando" algumas coisas. Pensei bastante no seu imeio. O que você acha? Pensa que só você tem medos, neuroses e esquisitices no amor e nas relações e "ralações" humanas? Caetano Veloso já dizia que de perto ninguém é

normal... Fui ali do lado de fora, abri uma cerveja, olhei pro céu, lá estavam as Três Marias, mais um montão de estrelas: Betelgeuse, Rigel, a Cassiopéia, a Ursa... voltei pra dentro do Obore com uma sensação de que tudo isso que fica preocupando a gente é pura "virtualidade". Vem só pra confundir mais ainda o que já é difícil. Não acho que você é nem um pouco mais complicada que qualquer outra pessoa interessante pisando a face deste planeta. Só não pode se entregar, baixar a guarda e criar personagens. Passar a vivê-los, e achar que eles existem. Hoje eu estou "running one of those days... you feel like really down..." O guarda-chuva continua meio atravessado no pescoço. Hanging over. Acho que a mistura de ontem (cerveja e Prozac) não fez bem. Tô até agora justificando pra mim mesmo que foi o imeio da ex-mulher. Acordei às seis, só saí da cama ao meio-dia e embromei o tempo todo. Tô perdido igual barata em rodapé de cozinha limpa. A foda é esse sentimento de culpa, essa coisa "cristã" com o produzir, se sentir útil. Lá no fundo não tô com vontade de fazer absolutamente nada... e ainda tem as contas pra pagar... Olho pro céu e sinto vontade de gritar. Fui até a cozinha beliscar alguma coisa. Felizmente não tenho problemas com peso. Acho que consigo meio que automaticamente equilibrar o que como e o que gasto. Só procuro de tempos em tempos dar uma olhada na cerveja pra ver se não está entrando mais líquido do que estou suando ou mijando... Reparou que, se eu quiser, posso ter neurose também (risadinha)? Você fala, quando comenta seus relacionamentos, nas decepções e frustrações quando descobre que as pessoas com que se relaciona são projetadas, não reais. Você cria características nelas, qualidades que não são verdadeiras. Você acha que só você é maluca e neurótica o suficiente pra um dia dar com a cara no muro e descobrir que tudo era produto da sua imaginação? Todos os nossos relacionamentos são projetados, irreais, e só existem da maneira como percebemos em nossa imaginação. Daí que um dia tomamos consciência e tudo isso começa a incomodar igual pedra no sapato... Escuta, tudo isso aí em cima te escrevi ontem à noite, mas tava foda. Não tava conseguindo me concentrar em nada. Daí, abri mão. Parei. Na saída dei de cara com teu "piloto". Bom, você pediu pra comentar, não foi? Agora me sinto com todos os direitos. Dá pra ficar de pau duro, sim, mas, presta atenção nisso, tem uma parte em que você faz o leitor brochar. Muda o assunto e transforma tudo em papo de divã de analista. Quando a gente resolve ler ou pensar em sacanagem, não fica a fim de saber se o marido é legal, gosta da comida que você faz, ou se o filho já é "aborrecente". Tudo isso desconcentra. Leva o sangue pra outra cabeça. Também acho que não pode falar de machucado sério, tipo olho roxo, e mertiolate. Nem sadomaso, acho, curte isso. Tapa na bunda, marca de unha, arranhão nas costas é outro papo. Cai melhor no contexto. Não acho que você tenha de ir pro lugar-comum do conto erótico, mas tem de pensar naquilo que realmente dá tesão. É isso que o leitor/leitora tá querendo. Pensar com o pinto ou a xoxota, não com o intelecto. Se possível nem pensar, só sentir a cueca ou a calcinha ficar molhada. Tem de falar mais de anatomia, mais das sensações, das variações de temperatura, das dores que dão prazer, aquilo que acontece no nosso corpo na hora do desejo, e só nessa hora. *Tem de contar o que você sonha e sente quando é penetrada, chupada, enrabada, dominada. Não acredito que nessa hora você pense se a tia é legal ou chata. Ou no que suas amigas vão pensar. Tenta botar no papel aquilo que você sente quando te chupam os peitos, ou aquilo que você queria que aquele cara, que só existe na tua cabeça, e nas pontas dos teus dedos, fizesse no teu corpo. Vai buscar aquilo que tá lá dentro, nem tão escondido assim, mas que a gente tem vergonha de tirar de baixo do lençol ou deixa trancado nas quatro paredes do banheiro.*

Tudo isso deve ser mostrado com poesia, mas principalmente com erotismo, tem de fazer sentir o cheiro dos fluidos, o toque na pele, o gosto na boca. Sentir que é real. Aí, a estética, a métrica, a moral já não interessam mais. Tô errado? Me corrige. Vai buscar inspiração na fantasia, aquilo que a gente queria, sonha, não o que vivemos no dia-a-dia. Aquela personagem do Nelson Rodrigues que existe reprimida em cada mulher. Secretamente amoral, sedenta, insaciável. Os lugares proibidos onde sonhamos trepar, aqueles parceiros que fogem à razão. *Tem de escrever aquilo que dá vergonha de ler em público, que a gente sabe que, se pegar o livro no ônibus, passa do ponto.* Vai pro mundo do imaginário e depois olha pro cobrador com aquela cara de onde é que eu tô. Pára que preciso descer. Vou te encher um pouco falando de mim. Tá foda. A depressão voltou. Tô me sentindo realmente triste e não sei como consertar a CPU da minha alma. Hoje saí cedo, fui trabalhar, mas só consegui vender duas horas da minha vida àqueles babacas. Pedi as contas, voltei correndo pro barco. Acho que só vou retomar tudo a semana que vem. Melhor ficar aqui trocando letrinhas com você. E não se sinta culpada, se você parar de responder vou continuar escrevendo do mesmo jeito. O problema todo está nessa ausência de objetivo. NÃO QUERO FAZER NADA, PONTO. Estou furioso com esse papo de metas na vida, acho que essas coisas só nos levam a frustrações, desilusões e sofrimento. Quero me dar ao direito de viver só pelo prazer de viver, de respirar, mesmo que os pulmões estejam cheios de alcatrão e nicotina. Não quero mais saber de tomar café pensando no cardápio do almoço. Não sei nem se venho comer em casa... Beijos

QUARTO CONTO ERÓTICO

A Executiva

Sou uma mulher muito bem-sucedida. Sou completamente independente. Me levo muito a sério. E julgo que sou muito brilhante. Minha ascensão profissional foi meteórica. Todos se lançaram aos pés da minha inteligência, da minha competência, da originalidade das minhas soluções práticas. Com o passar do tempo, fui ficando um pouco agressiva. *Um pouco é* modéstia minha. *Muito* agressiva, afinal é na guerra que consigo realizar os projetos profissionais a que me lanço. Aí extrapolo um pouco. Tanto no trabalho quanto na minha vida pessoal, eu esculacho a moçada, sem dó. Berro e esbravejo para qualquer um que me cruze o caminho de mau jeito. Acho todos uns beócios, uns imbecis, estou cercada de vacas de presépio. Sou capaz de trabalhar mais de dezesseis horas por dia. Essa gente é toda um bando de molóides. O que eles estão pensando: que vou dar linha à preguiça? Não tenho mais muito ânimo para o sexo, acho sexo uma coisa assim meio desnecessária. Só faço sexo porque meu namorado gosta. Mas acho uma chatice. E foi com muito espanto que recebi a informação que outro dia ele me deu. Estávamos tendo uma discussão. Aliás, uma depois de várias outras. Hoje em dia a gente mais discute do que qualquer outra coisa. Tudo o que ele me diz me irrita. Se ele fala sobre arte, acho seus pontos de vista muito pobres. Se ele fala sobre futebol, acho que ele é um ingênuo. Enfim, tudo o que ele fala me parece um filme que já cansei de ver, quero pegar meu saco de pipocas e fugir da sala de projeção. Ele havia brochado e eu, mais do que depressa, comecei a falar de alguma outra coisa, provavelmente de trabalho. Ele discordou de algo que eu disse, e eu, não sei o que me deu, comecei a dizer que ele era um incompetente, nem me lembro ao certo a propósito de quê. E aí veio essa observação dele que me deixou sem pé. Ele me contou que eu só havia conseguido minha última promoção porque o chefe adorava minhas pernas. Que ele não podia ver minhas pernas, que se derretia. E que para o meu chefe, mesmo se eu falasse a maior sandice, eu sempre seria brilhante. E ele continuou disparando para cima de mim mais absurdos. Falou que eu era uma chata, que eu era comum, que minha inteligência era medíocre e que, se o meu chefe fosse para a cama comigo, ele iria ver que eu era uma fraude. Que, na cama, eu nem gemer gemia, que eu não sabia fazer nada, que nem o mais básico beijo na boca eu era capaz de dar direito e que ele desconfiava que eu não gostava de sexo e nem de nada. Que tudo na minha vida era fake. Que até sobre a família eu mentia, esse papo de que eu era a mãe que amava muito o filho era conversa para boi dormir, que eu não olhava para a cara do Pedrinho havia pelo menos uns dois anos, que eu nunca havia ido a um jogo de futebol do meu próprio filho, que eu não fazia idéia, mas o menino era o melhor jogador do time, e que um dia ele, que nem pai da criança era, foi chamado à escola porque todos haviam tentado por muito tempo se comunicar comigo sem sucesso, e que Pedrinho estava com sérios problemas de adaptação na nova escola, que ele só era respeitado porque era um craque nato do futebol, coisa que todos os meninos invejavam, mas nem por isso a vida dele era mais fácil, até bem pelo contrário. Que, se eu trabalhasse um pouco menos, se eu cuidasse um pouco menos dos problemas da empresa, se eu olhasse mais para o meu filho, se eu cuidasse mais da minha cabeça, iria ser mais feliz. Mas como, perguntei eu, se eu já vou a uma psicanalista há treze anos, a maior psicanalista do Rio de Janeiro, do que você está falando? Estou falando de sexo, respondeu ele. E terapia pra você, só das corporais, porque essas que se baseiam em discurso você engabela toda essa turma de seres deslumbrados com as reviravoltas do raciocínio humano, e que todos queriam ser exatamente como você, ter a sua projeção internacional, todas essas mordomias que você tem, mas não aproveita nenhuma. Pra você só se for terapia corporal, disse ele. Do que adianta ter tudo isso que você tem, você não vê nada, você não aproveita nada. A infância do seu filho já está acabando, daqui a pouco mais ele será um homem, vai querer viver a vida dele, vai querer você longe, e aí você só vai ser um estorvo, como ele é agora para você, que só pensa no seu trabalho, nas suas produções, para quem o filho é apenas mais um problema a ser resolvido do que qualquer outra coisa. E continuou nesse tom. Ele me disse que eu era uma completa egoísta e que eu era frígida. Não existe mulher frígida, respondi eu. Só homens incompetentes. E lancei para ele um dos meus olhares de professora se dirigindo a um repolho. Ele deu uma gargalhada. Você está mesmo muito feliz que eu brochei, não é? Está feliz, pode dormir, ou ler um livro, sem ter meu desejo para te atrapalhar, é ou não é, dizia ele meio rindo, com uma cara cínica pra mim. E cínico permaneceu. No mesmo fôlego, saiu-se com um "por isso não toca no assunto, fica fazendo de conta que não vê que estou brocha, mesmo depois de a gente não fazer sexo há mais de seis meses. Você não acha estranho que um homem, na minha idade, esteja brocha depois de mais de seis meses sem trepar? Você acha que isso é normal?" Aí eu respondi pra ele, assim, sem pestanejar: "você não pode me culpar pela sua impotência, sou uma mulher bonita, e é o que você mesmo disse, tem gente que me dá até promoção por causa das minhas belas pernas." E aí ele parou de falar. Veio para perto de mim, tocou meus lábios com a ponta dos dedos, depois começou a alisar meus cabelos. Aquilo foi me acalmando. Ele passava a mão nos meus cabelos, ia e vinha. Parecia que todo o quarto começava a cheirar ao xampu que eu usava. Eu estava numa paz absoluta. Não me lembrava de mais nada do que havíamos discutido. Quando vi, ele estava em cima de mim, e já não estava mais nem um pouco brocha. Eu não queria, já estava com sono. Estava totalmente seca, sem o menor indício de desejo. Mas não reclamava. Aquele imbecil só confirmava tudo o que eu pensava, que os homens eram uns babões, todos manipuláveis como marionetes. Foi quando comecei a sentir desejo. Pensava que estava manipulando marionetes, depois de manipuladora de marionetes, passava a ser uma vítima de estupro e ele era o estuprador. Estava já molhada, sentia que minha boceta estava inchada, que agora sim era uma fome daquele homem, ou talvez nem fosse daquele homem que eu tivesse fome, só fome de sexo eu tinha. Ele devia estar percebendo o que estava acontecendo, porque tirou o pau de dentro de mim, e começou a brincar com meu sexo. Num certo momento ele parou. Pegou um dos meus lenços de seda e disse vamos fazer uma coisa diferente. Foi para trás de mim, e passou a venda nos meus olhos. Quero que você se masturbe para mim, ele ordenou. Não, disse eu, com a voz rouca de desejo. Vou tirar essa porcaria de venda dos meus olhos. Antes que eu pudesse fazer qualquer movimento, ele agarrou meus pulsos, me virou de costas, e sem nenhuma consideração, sem manteiga, vaselina ou cuspe que fosse, começou a comer a minha bunda. O que é isso, gritei eu. Pára com essa merda que eu chamo a polícia. Aí é que ele não parou e enfiou o pau até os bagos. Não é o poder que você quer, me sussurrou Otávio em meus ouvidos, pois toma. Toma o poder, toma o que é seu. Goza com o poder, sua vaca. Sei que você quer. Sei que é disso que você está a fim. Tá doendo, gritei eu. Você queria o que, que não doesse ver você abandonando todo mundo, abandonando a mim, a seu filho? Ele ia dizendo isso, mas nem por isso parava de meter. A um dado momento, a dor me abandonou. A um dado momento, me entreguei. Ele não ia parar e eu não tinha como sair daquela posição, inda mais com uma venda nos olhos. Era, a um só tempo, aterrador e excitante. Há séculos não sentia nada por Otávio. Do nada, tudo estava mudando. De venda nos olhos, aquele homem, que eu tinha como sendo apenas um útil aparato de minha vida agitada, tudo era diferente. Otávio de repente era um estranho, com um caralho enorme, e ele não era aquele sujeito que eu julgava patético, sem requinte pra nada, nem comer, nem foder. O Otávio que eu conhecia nem tinha mais nome. Era um ele, um cara com quem eu dividia contas e responsabilidades. Nesses últimos tempos, toda minha energia era para o trabalho. Não havia outro homem em minha vida, nem teria como haver. Se nem tesão eu tinha mais... Homem pra quê? O Otávio estava de bom tamanho, mesmo que eu achasse que o pau dele era pequeno. Se o pau de Otávio é pequeno, como é que está tão grande dentro do meu pobre rabo? Otávio puxava meus cabelos, mordia meu pescoço, babava mesmo. Com uma das mãos enfiava os dedos na minha xoxota. Aquilo foi me deixando completamente perdida. Eu suava frio. Não queria que aquilo acabasse, mas ao mesmo tempo temia que meu corpo não agüentasse. Vivi com Otávio por tantos e tantos anos que perdi a noção de quanto. Nunca fomos um casal romântico que sabe as datas de quando se encontrou, quando foi o primeiro beijo, qual a primeira música, nada disso. Sempre fomos modestamente carinhosos. Nada de mais. E com sexo não era diferente. Tesão modesto, como tudo o mais. Luxuosa era minha casa. Requintada era minha adega. Otávio nunca foi esse selvagem me arrebentando. A selvageria máxima a que ele se permitia era ir a um jogo de futebol com Pedrinho. Meu Deus, o que é isso? Isso não pode ser só sexo. O que é isso? Vou morrer ou vou gozar? Ele entra em todos os meus buracos. Meu cu, minha xoxota, meus ouvidos, minha boca. Você é minha. Só minha. Ele grita isso no meu ouvido. Você está entendendo? Você é só minha. Minha puta, minha mulher, minha e de mais ninguém. Finalmente, ele gozou. Gozou muito. Eu não gozei. Mas me sentia em paz comigo mesma como havia muito não acontecia. Otávio me tirou a venda. Como ele é bonito, pensei, e não disse pra ele. Está tudo bem com você?, ele me perguntou ainda rouco. Não, respondi.

Pra não dar o braço a torcer. Fui ao banheiro me lavar. Toda dolorida. Finalmente comecei a chorar, mas não era de tristeza. Era mais de alegria, uma espécie de gratidão. Dentro de mim, estava agradecendo ao homem e aos deuses ou anjos que haviam me permitido viver aquele momento. Quando voltei pra perto de Otávio, ele me olhou bem no fundo dos meus olhos e disse, serenamente, que queria acabar tudo. Me contou, serenamente, que havia conhecido uma outra mulher. Por um segundo, meu ser se contraiu e eu pensei em fazer um escândalo, ter um acesso de raiva como os que eu ultimamente sempre vinha tendo. Mas, no segundo adiante, olhando bem naqueles olhos que sempre haviam sido tão gentis, vendo aquele homem tão bonito, que sempre estivera a meu lado, mas que eu ignorara desde o princípio, sentindo ainda no corpo todo o desejo e prazer, me sentindo quebrada, foi ali que algo em mim mudou. E, em vez de sentir raiva, desprezo, ou qualquer um dos sentimentos que nos últimos tempos me perseguiam, senti admiração pelo homem e pelo gesto. Mesmo no último momento Otávio me deu. Deu de si. Tomou de mim toda minha empáfia. Eu o perdôo, mas nem sei do quê. Me arrependo de não ter sido um pouco mais mulher. Mas a vida continua. Hoje não fui trabalhar. Eu e Pedrinho iremos à praia ver as gaivotas e comer cachorro-quente.

De Lilian
Para Lucas

sou doida e tô enchendo sua caixinha
Desculpe, Lucas, mas reli de novo o seu e-mail. Você vê, há coisas em que homens e mulheres funcionam diferente mesmo. Por exemplo: o seu e-mail, que não tinha a menor intenção de me provocar tesão, tenho certeza, estava um e-mail

deprimidinho, tristinho, reclamante, pois bem, este e-mail me deu tesão. Estou falando deste, mas isso já aconteceu em outros e-mails. *Não estou dizendo que vou ter tesão em coisas esdrúxulas, mas creio que eu, como outras mulheres, temos tesão tanto no corpo do homem quanto na alma do homem.* Talvez porque o nosso tesão de alguma maneira nos conecte com essa transa da maternidade, sei lá eu. Já tive namorado que se usou disso para se dar bem. Era só fazer cara de órfão boliviano em crise existencial que eu me derretia toda. E homem chorando? Perco cem por cento da pose. Um horror. *Sabe o que mais me entedia em filme de sacanagem? A total falta de qualquer referência ao mundo em que aquelas pessoas vivem ou no que elas pensam quando estão fodendo. Isso me tira o tesão.* Figuras de história em quadrinho, em que o pessoal se esmera em viajar mais do que em ficar só na sacanagem, costumam me matar de tesão. *Acho mais real o desenho do que as figuras em carne e osso, que nos vídeos parecem criaturas de plástico.* Gostaria que as minhas historinhas me dessem tesão para começar. E, se derem tesão em alguém mais sobre a face da terra, aí isso iria me tirar do sério, talvez acabe indo a nado pra perto deste alguém. Só para poder estar com este alguém. Entendeu, Lucas? *O cotidiano de um homem pode me mobilizar. Muito. Nem sempre. Depende do homem. Depende do cotidiano do homem.*

Quanto a ter ou não ter metas, esse era o fim do seu e-mail, as metas, antes de mais nada, têm de ser coisas realizáveis e, a seguir mas não menos importante, coisas que a gente tenha realmente vontade de realizar. Senão fica complicadíssimo, metas impossíveis e que não tenham graça pra nós, do que valem afinal? Satisfazer os outros? Tento na minha vida ter poucas contas a pagar só para poder ser mais livre e aí ter mais tempo para fazer as coisas que gosto. Acho que você está pouco motivado para a vida em geral, nem é só para suas metas pessoais. Acho que, quando você ficar mais senhor de si, tudo vai começar a andar que nem mágica. Mas você vai ter de esperar um pouco, tomar mais uma meia dúzia de Prozacs, ver as feridas secando, começar a respirar mais livre. Só depois é que as coisas vão ficar claras. Por enquanto, é um verdadeiro teste à sua paciência. Ver o mundo girando rápido, achar tudo uma enorme babaquice, se sentir inadequado e não ter o menor desejo de se adequar a porra nenhuma. Isso passa. Daqui a pouco, você vai ser o cara que vai estar girando rápido e não vai estar nem pestanejando a respeito de qual o propósito das coisas. *Às vezes o que mais assusta é exatamente isso: saber que o que hoje nos faz sofrer tanto, amanhã, não deixará nenhum vestígio. É assustador que todo o prazer e toda a dor passem dessa forma, sem deixar um nada de nada de rastro.* É maravilhoso e é terrível.

Bom, é isso.

Estou falando muito em sexo e tal. Mas saiba que, apesar de ter um tremendo respeito pela força que o sexo é capaz de mobilizar em nós, acho outras coisas igualmente maravilhosas. *Tenho ondas de felicidade com a luz de um dia de sol. Com o sorriso do meu filho. Com o brilho das estrelas. A única razão para eu de repente ter encanado de falar de sexo* (na Amante ideal falo de sexo e relações) (nos contos idem) *é porque ninguém se incomoda de falar das estrelas, dos sorrisos, das gaivotas mas falar de sexo, não sei por que, incomoda muita gente.* Aí, tome sacanagem na lata. O mundo já é muito velho para a humanidade permanecer na adolescência. Já está mais do que na hora de um cara que nem o Freud ser suplantado por outras teorias. Negócio de viver querendo comer

a mãe já deu. Pra mim, já deu. Então let's talk about sex, quem sabe impulsiona a humanidade a sair da lama do ser.
Chupão pra você

De Lucas
Para Lilian

borboletas
Não podia deixar de te contar mais essa... Depois que acabei de escrever todas aquelas besteiras, fui lá fora, tomar uma cerveja no cockpit e gritar alguns palavrões, mas, pra minha surpresa, o Obore, o mar, tudo ao meu redor estava cercado de borboletas...Verdade, não é droga não, talvez a falta delas... *Centenas de borboletas, essas pequenas flores do vento estão cercando minha caverna...* até esqueci os palavrões... queria você aqui pra dividir este momento beijos, de borboleta

De Lilian
Para Lucas

borboletas na minha cama
Borboletas, que nem as que você viu perto do seu barco, vieram aportar, mas foi na cama e no vento da noite.

De Lucas
Para Lilian

pequenas correções
Hi, morena, pisou na bola... Não sou ariano, não. Sou do ar, Aquário, 29 de janeiro, ascendente sei lá onde... mas, que importa, afinal tenho mais uma desculpa pra te escrever. Correção 2: ainda não corri pro banheiro com o laptop na mão, tô aguardando a chegada dos textos eróticos que te sugeri escrever. Aliás, mais uma vez, reitero minha disposição de colaborar.

Sabe, se você quiser, outra hora posso te dar umas sugestões, como homem, daquilo que gostaríamos de ler, contados sob a ótica e nas palavras de uma mulher. Tem tanta coisa. Passei a tarde me sujando de graxa, tentando consertar a porra do motor de popa. Não deu certo. Aliás, durante a tentativa, fiquei boa parte do tempo com os pensamentos saltitando entre você, essa relação platovirtual, e um livro que li muito tempo atrás. Acho que o título era algo assim como *O zen e a arte da manutenção de motocicletas*, ou qualquer coisa parecida. O que interessa é que não tava nada zen pra consertar motores de popa e aí me fodi mais ainda. Deixei alguns daqueles minúsculos parafusos, que acredito já são concebidos para atazanar a vida dos mecânicos, cair onde? É claro, no mar. Aí desisti. Fica pra amanhã. Anyway, não pretendo mais sair do barco hoje, e amanhã, como diz o poeta, será um novo dia. Escuta, não é prosa não, tô sendo sincero, até agora, desde que a Inês foi embora, a coisa mais feminina que já entrou a bordo do Obore, e isso faz tempo, foi uma carangueja. É isso mesmo, daquelas com enormes pinças, presente de um amigo pescador que acabei devolvendo ao mar. Os machos, não, estes pagaram o preço e terminaram sua existência na panela. (Um dia, se tiver a chance, te ensino a distinguir sexo de caranguejo, vale a pena saber, ajuda na conservação da espécie.) Bom, antes dos caranguejos, tentava te falar desse papo de mulher a bordo. Fica fria, você realmente tem espaço aqui, e com que intimidade, aquela dos velhos tempos, dos velhos amantes, dos velhos amigos. Hoje à noite, to pretendendo fazer uma seção de I Ching aqui no barco pra ver se esclareço um pouco essa energia toda que anda circulando. Faz tempo que me afastei do oráculo, mas agora acho que chegou a hora. Não é que tenha muita coisa acontecendo não, pelo contrário, tá tudo muito calmo, e eu já começo a estranhar. 3. Você é um tesão. Beijos lambidos

De Lilian
Para Lucas

Sabe, acho que chegamos a algum lugar. Quero fazer esses contos *para* você. E de fato quero sua colaboração, com cem por cento das duas cabeças funcionando. Mas, olha, mulher tem umas diferençazinhas em relação ao homem. É possível para nós estar prestes a gozar e pensar no filho, na remela do filho, na conjuntura econômica e, no fim, gozar feito doida do mesmo jeito. Acho que isso deve derivar do fato de que tesão para nós não é responsabilidade, é acontecimento. E sendo que, pela nossa cultura, Brasil-grande (vivi minha infância e adolescência nesse tempo) o tesão de uma mulher é não só indesejável, como eventualmente obstáculo para uma vida "normal".

Tua ex te mandou e-mail? Como ela está? Ela ainda te quer? Você ainda a quer? Se quer, o que tá fazendo que ainda não foi lá consertar a situação, já que consertos são sempre possíveis?

Nenhuma relação é perfeita. Até porque nós não somos perfeitos, acho que já disse isso antes, se não com essas palavras, com outras. O que importa é que a gente consiga ser feliz. Só não vale a pena se a gente começa a ficar infeliz. Ou se a gente se sente desrespeitado, ou desestimulado. Caso contrário, aturar uma meia dúzia de chatices do outro em troca do bem-estar do coração, sem dúvida, vale. Até porque a gente também deve ser chato por alguma outra razão.

Esse seu temperamento explosivo que você diz fazer estragos e ser uma queixa das parceiras, meu bem, é exatamente por causa dele que elas se apaixonaram. Mulher é um animal estranho. *Volta e meia, as características nos homens que nos atraem são as peculiaridades que depois queremos modificar. Deve ser por isso que a tendência, nos casamentos, é* que o tesão vá pras cucuias. Porque a gente não agüenta conviver com as diferenças permanecendo diferenças. A gente quer, a todo custo, tomar controle da situação e fazer que as diferenças não permaneçam diferenças. Os moços vão virando moças.

Tô falando besteira? Pode dizer se estiver.

Uma vizinha conseguiu gravar o programa. Não me saí de todo bem, mas também não me saí de todo mal. Para uma entrevista no "tranco", sem possibilidades de ensaiar, nem pensar nada antes, até que foi massa. E o principal saldo foi sem dúvida existencial. Passei anos sem ir ao Centro da cidade. Depois passei a ir, mas só acompanhada. Metrô (o primeiro ataque foi no metrô), passei anos evitando de tudo quanto é jeito. Passei a andar nessa base que te falei: acompanhada. Pois bem: fiz a entrevista, não tomei bola nenhuma, saí de lá, fiquei tão feliz, tão feliz, que saí andando pelo Centro, me sentindo livre, achando tudo bonito, os céus vermelhos e azuis, aquele monte de gente apressada, tudo era bonito, tudo. Aí estava tão contente que resolvi tomar o metrô — que veio apinhado. Pois bem, fui de metrô apinhado, sem medo nenhum, apenas uma sensação de surpresa porque estava ali e, misteriosamente, estava bem, aliás, estava ótima. Resolvi passar da minha estação no Largo do Machado e fui conhecer a de Copacabana, que já foi inaugurada há séculos e eu nunca havia ido. Saltei, andei por Copa e voltei, tranqüila e contente, de lá para minha casa, ainda de metrô. Foi muito gostoso passar a tarde sem medo de velhos medos.

Essa coisa cibernética é mesmo complicada. *Ao mesmo tempo que quero estar aqui, vivendo o meu próprio dia-a-dia, fico querendo estar por aí, te dar uma força, ou te atrapalhar —* mais provavelmente, já que de jeitosa eu não tenho nada e vida em barco me parece ser uma coisa que depende de muito jeito e muita organização (qualidades que não vieram inscritas nos meus chips). Ao mesmo tempo que quero estar aqui, quero estar aí. *E, como não posso ocupar dois lugares no mesmo tempo, fico te mandando sinais de fumaça, que são estes e-mails.* Quando você não escreve, fico aqui, que nem pateta, pensando, pensando e não chegando obviamente a nenhuma conclusão. O que estará Lucas fazendo? Terá ele finalmente encontrado aquela loura escultural do seriado *BayWatch*, cheia de peitos, bundas e beijos, e largado desse negócio de sopa de letrinhas com minha pessoa? Essas são as idéias que passam. E dá no mesmo você estar na Flórida ou na Lua. Estou absolutamente convencida de que a farra de letrinhas acaba quando começar a loura. Não tem nada demais. Nem vou ficar chateada não. É da vida. A única vantagem séria da Lua seria que as selenitas talvez não façam o seu tipo.

Beijos

De Lilian
Para Lucas

tô escolhendo a cor das bóias

Sou rapidinha, né? Mas é só nisso. O resto costumo ser bem devagar. Tô escolhendo a cor das bóias pra combinar com o meu modelito de entrada triunfal.

Sexo pode ser mesmo — é, não tenho a menor dúvida de que é — o máximo. Mas você, que certamente já deve ter tomado seus acidinhos, comido uns cogumelos, sabe que há experiências sensoriais que desemburrecem a gente definitivamente. Faz no mínimo uns vinte anos que não tomo um ácido. Mas sei o poder que tem e o prazer indescritível que às vezes dá. Parei de tomar por conselho médico, ninguém sabe direito qual é a dos neurônios desencolatrarem no processo da síndrome do pânico; então, como é um terreno de não-saber, acho melhor acatar o que os homi de branco sugerem. Não bebo, não fumo (nada), não cheiro e olho com desconfiança para o cafezinho. Mas até hoje, de vez em quando, em certas circunstâncias, me remeto a alguma viagem de ácido ou de mescalina que fiz. Efeito semelhante só com a meditação, ou ficar de noite olhando a cara do meu filho. Nesses momentos, sinto claramente a presença de Deus na terra, em mim, em todos os seres vivos, e me vem uma enorme paz. *Vai dizer que não é um grande barato ter a oportunidade de se descortinar os véus dos hábitos, dos padrões neuróticos criados pelo ego e pela cultura judaico-cristã, e vislumbrar, mesmo que por minutos, segundos, as maravilhas divinas?* Sei que você concorda. Você é o mesmo sujeito que queria ser correspondente de guerra. Então você devia ver estranhas belezas mesmo na cara feia da morte. Se não, por que iria tanto querer arriscar sua pele e fotografar essas coisas? Você também sabe disso. *Você e eu, tão diferentes, fazemos parte dessa estranha confraria de seres humanos antenados com o além.* Nada de papo de religiosidade careta. Apenas uma constatação lógica. Ou além da lógica.

Hoje estou completamente de bem com a vida. De repente, todo mundo é legal. Hoje, no dia do aniversário do Mauro, fez um dia de um azul transcendental. Azul é a cor predileta de Mauro e minha também.

Beijos

Lilian

De Lucas
Para Lilian

happy birthday, Mauro

Sábado, pra lá de meio-dia. Ressaca fodida. Os "maroleiros" voltaram. Já te falei o quanto detesto estas lanchas e jet-skis fazendo bagunça aqui no meu quintal? Não tem jeito, basta um pouco de sol e todo o sossego do fim de semana acaba. Tento dar até um desconto, a bronca é meio psicológica. Não me importo quando o mar ou o vento por si só resolvem "chacoalhar" o barraco. A natureza pode, tem todo direito e faz parte do jogo, mas esses caras aí fora definitivamente me tiram do sério. Acho que o mergulho de ontem não caiu muito bem pra minha gripe, ou talvez tenha sido o mergulho noturno nas "latinhas" de Budweiser. Só saí da cama porque sabia que ia encontrar alguma mensagem. Catei o laptop e voltei pro ninho. Valeu o dia. Teu conto tá lindo. Sei que sou suspeito pra falar, mas tá bonito mesmo. Confesso que meus olhos ficaram aguados enquanto lia e relia a maneira carinhosa e poética como você falava de nossos sonhos, dos desejos e daquilo que estamos vivendo nesse momento. Talvez eu esteja por demais sentimental nesses últimos momentos, meio chorão, menino carente, o fato é que bateu lá no fundo do coração. Como você mesma disse, é tão bom se sentir querido... desejado... Vou tentar não desviar tua atenção dos brigadeiros e línguas-de-sogra. **Festa de filho é sagrada**, tem de aceitar que o dia deve ser dedicado a eles. Mesmo que a recompensa seja um sorriso, um beijo babado e paredes sujas de chocolate com papel de bala espalhado até a caixa d'água do prédio, não adianta, isso é um momento único e deve ser vivido na sua plenitude, aproveite. Sabe, ontem à noite fiquei relendo "A inveja do pênis". Tentava descobrir o que tinha de estranho nele. Não é que não deu tesão, ou não estivesse bom, mas sabia que alguma coisa estava faltando. Agora que li o "Namorado virtual", a coisa toda ficou mais clara. Vê se você concorda. No primeiro conto sua preocupação era "criar" prazer. Você se torna uma "escritora", nem macho nem fêmea, algo assim meio hermafrodita falando de sexo. Embora a personagem central seja uma mulher, você usa uma "linguagem" absolutamente masculina na narrativa. Já no segundo, isto é, o último que recebi, você fala de você, de seus sentimentos, sem muita preocupação de despertar prazer, quer botar pra fora o que está sentindo, então seu texto se torna feminino, macio. Você fala a língua de mulher. Bem, estarei eu sendo um chato, crítico demais? A intenção é das melhores. Quando te propus a idéia dos contos eróticos, pensava exatamente nisso. Tem de ter sacanagem, descrição, mas principalmente tem de ter o toque, a visão de Afrodite, que só uma mulher sabe o que é. Tem de usar a língua que vocês falam entre vocês, nos termos e expressões que só vocês usam, sem aquela agressividade verbal de macho quando fala de sexo. Mesmo a mais hardcore das formas de fazer sexo, com certeza, quando narrada sob a ótica feminina, se torna mais macia, menos agressiva. Consegue captar? Parece meio babaca, mas acho que homem fala boceta, bem carregado. Chegamos ao ponto de usar a expressão para nos referir a coisas indesejáveis. Mulheres falam xoxota, vagina, pomba, bocetinha, periquita, perereca, sei lá... a palavra acaba perdendo um pouco daquela força agressiva. O mesmo acontece com o grelo, não te parece mais feminino clitóris, ou mesmo a expressão no diminutivo, "grelinho", mesmo que este tenha cinco polegadas de comprimento? Think about!! Quando escrever sobre sexo, dá pra ser a mulher dominadora ou dominada, caçadora ou caça, sem deixar de ser a mulher. Vai tratar de enrolar os brigadeiros, e salva um pedaço de bolo pra mim na geladeira. Bolo de aniversário amanhecido é sempre melhor.

E-mail
De Lilian
Para Lucas

que perguntas eu não respondi?
As fotos que a moça Fernanda fez ficaram do caralho. Muito bom gosto ela tem. Todas as paredes, todas as cores, todas as sombras, todas as pedras que ela escolheu de fundo ficaram lindas. Num filme de 36 fotos, só não gostei de umas três e...

adotei a Fernanda. Achei ela muito buona gente. E tenho de confessar que tive um desses prazeres meio filhos da puta femininos (nós mulheres somos estupidamente competitivas mesmo quando não há nada para competir). Num dado momento, na hora do café, falei sei lá o que, que tinha de malhar hoje de tarde para consumir as tortas de ontem, e ela falou que eu não precisava, que quem precisava era ela, que eu estava com um corpo ótimo. Você conhece minha teoria, que só as mulheres falam a verdade sobre o corpo de outra mulher (exatamente porque somos naturalmente competitivas e porque não temos a princípio desejo de comer umas às outras). Então, se ela achou que não preciso malhar e que meu corpo tá ótimo, isso quer dizer que estou começando a voltar a ser normal, e não gorda. Hoje, andando pela Lagoa, avaliei os olhares que recebi, de homens e mulheres, e comecei a me dar conta de que a magra que mora dentro de mim está voltando lentamente enquanto a gorda vai de viagem.

Mulher é tão grossa quanto homem. Detesto a palavra clitóris, acho médica demais. Prefiro grelo mesmo. Não se esqueça: Margaret Thatcher é mulher, nem por isso foi menos filha da puta do que qualquer homem no poder. Pelo contrário. O mundo não se divide simplesmente em homens e mulheres. Divide-se mesmo em filhos da puta e não-filhos da puta. Essa divisão é que vale para mim. Não a de pobres e ricos (há pobres safados tanto quanto ricos). Ou de homens e mulheres. Ou de esquerda e direita. Nada disso. E, por sua vez, a divisão de filhos da puta e não-filhos da puta se subdivide em pessoas com baixo quantum de energia e alto quantum de energia. E mais ainda: pessoas afetuosas, e não afetuosas. Inteligência, beleza, riqueza, consciência política ou ecológica são, para mim, qualidades menos importantes do que estas (ser filho da puta ou não, ter uma energia bacana ou não, ser afetuoso ou não). É o que entendi do filme da vida até o presente momento.

Adoro você e beijo sua testa (depois beijo seus olhos) (que vejam tudo o que está se passando neste mundo) (ei, que tipo de foto você faz hoje em dia, afinal?)

Lilian

PS: Me dou o direito de mudar de idéia sobre as coisas. Por isso, não me levo tão a sério quanto outras pessoas que vc possa conhecer por aí. Como diz minha amiga, a minha Lu, mudo de conceito. É verdade. Mudo de conceito. A vida é quem me guia.

De Lilian
Para Lucas
hoje tem festa de criança cheia de brigadeiros
Olá, Lucas
Escrevi este conto ontem à noite, mas já estava muito tarde pra eu ligar o telefone e ele fazer aqueles ruídos esquisitos e acordar todo mundo. Mauro não passou lá muito bem de noite, teve dor de barriga. Acho que ainda é o inferno astral do pobre. O meu livro será lançado bem no meio do meu inferno astral. Será que vai dar tudo errado?
Fiquei pensando nessa tua história com teus filhos. Dizem que em briga de marido e mulher ninguém mete a colher. Mas eu vou meter a minha. Em vários pontos distintos. Tenho pouco tempo, então vou escrever voando.
1º ponto: é fácil botar a culpa das nossas decisões no outro. No negócio do aborto da Inês, francamente, se uma mulher não quer tirar um filho de um cara, se não quer mesmo, manda-se o cara pastar e fica-se com o bebê.
2º: o fato de você agora estar longe não significa que você não será um bom pai no futuro. A vida não é eterna, mas também não é tão curta assim. Só o fato de você pensar sobre

isso já demonstra que você não está a fim de simplesmente deixar pra lá. O meu pai, por exemplo, nunca compareceu nem física, nem material, nem moral, nem afetivamente em nada. Nunca, nem depois de eu ter encontrado meus irmãos, nunca foi próximo. Quando meu filho nasceu, esteve aqui por cinco minutos, literalmente. E, de uns tempos para cá, volta e meia liga, sem o menor assunto. Ele, com certeza, nunca sequer pensou em ser pai pra mim.

3º: hoje em dia há mil tipos de arranjos de pais e mães separados com seus filhos. Tem pai que tem a guarda dos filhos (sem nem ter sido judicialmente imposto) (um amigo meu ficou com os três filhos enquanto a mãe fica delirando com danças sagradas. Ela é uma superboa mãe, apesar de ser meio doida), tem pai que fica anos sem ver o filho e depois passa a morar com eles. Tem de tudo. Depende muito da predisposição da mãe para com o ex-marido e de sua tendência a usar os filhos (ou não) como barganhas, chantagens emocionais.

Acho que, se houver a devida conversa, você poderia armar um acordo com as moças em relação aos seus filhos pra quando você voltar.

4º: mais vale um pai que se sinta feliz do que infeliz (mãe também). Se você tem, ou teve, um projeto ao embarcar nessa trip com o Obore, cumpra as suas metas. Senão você pode até ficar mais contente por um tempo, mas depois vai ficar se arrependendo de não ter feito o que queria. Depois de cumpridas as suas metas, vá à luta de conquistar espaço com seus filhos. Pai ou mãe que é frustrado na vida é uma merda de uma carga pesada para os filhos. Não é egoísmo, até pelo contrário. Inconseqüência e egoísmo seria se você nunca mais pensasse na cara dos seus filhos e os abandonasse por aí de vez. Aí, sim. Eu enrabava você sem vaselina, que nem eu fiz com "A executiva", pois pais e mães que abandonam filhos não valem uma vaselina. Sou muito má. E tenho bons motivos pra ser assim, meio puta com essas atitudes dos humanos. Você passar um tempo ausente não é de jeito nenhum passar a vida toda ausente, é só você fazer por onde. Tem gente que é presente fisicamente (que nem o conto da "Executiva") e nem por isso menos ausente do que você na Flórida.

É isso, meu querido.

5º: se você for um pai emocionalmente disponível e bom nisso, legal de verdade, seus filhos, quando forem maiores, podem preferir ficar com você em qualquer lugar do planeta em que você se encontre. Ninguém é pequeno pra sempre. Um dia os pequenos crescem e ganham autonomia. Depende de como você vai comportar-se com eles, mesmo na ausência física. Não há até o momento nenhum dano irreparável nessa história.

Beijos matinais

QUINTO CONTO ERÓTICO

Namorado Virtual

Ih, ele inventou uma coisa incrível! Da próxima vez, a gente vai trepar no fundo do mar. Cercados de garoupas esclarecidas, tubarões cabeças-feitas e sardinhas safadinhas. Eu o agarraria com minhas pernas e braços como uma polva assanhada. E apertaria o pau dele com minha boceta tanto, mas tanto, que nem a fúria de Poseidon poderia tirá-lo de mim. Eu, que nem sei mergulhar, vou descer até sabe Deus onde, sabe lá Deus como, e vou dar pra ele assim, no meio do oceano. Gostaria de dizer pra ele que daqui da minha janela vejo o rabo do escorpião e que há uma estrela explodindo cheia de raios vermelhos. Uma estrela em crise, totalmente em atividade, mandando estranhos sinais pra mim. O oceano e o universo. Um está contido no outro, e o outro se parece com o um. Os cometas são os peixes. As nuvens são corais. Há mil profundidades em que se pode mergulhar pra cima tanto quanto pra baixo. Vertigem de profundidade, vertigem de altura. Ele só me conhece por fotos. Estamos inventando um dialeto que só por nós pode ser decifrado. E eu não o conheço nem por fotos. Resolvi confiar — na base do instinto. Ele deve ser lindo. Só pode ser. Alguém que lembre de mim no meio do mar e queira me comer entre os bichos só pode ser lindo, mesmo que seja feio. Pra nós, mulheres, não importa tanto essa coisa de aparência física. Importa, mas não demais. Já tive namorado vesgo, perneta, corcunda e nem por isso gostei menos deles. Nós, mulheres, somos capazes desse tipo de generosidade. Penso nele e me dá saudades. Como posso ter saudades de um passado que não tive? Tenho saudades do futuro, é mais provável. Ele mora num barco. De vez em quando deixa parafusos caírem no mar e o bote que ele usa para ir à terra tem mania de enguiçar. Todos os dias conto pra ele uma história cheia de detalhes picantes. Sei que, se ele ficar de pau duro e depois tocar uma punheta, irá dormir melhor. Então fico aqui, que nem Sherazade moderna, mandando a cada noite um e-mail com uma história. A cada história, conto um pouco de tudo o que gosto e desgosto no mundo. A cada história, digo do que gosto e do que não gosto em sexo. Na cama, duas pessoas se conhecem melhor. Na cama dele eu não estou nesse momento. Mas sei que ele pode me conhecer melhor. Mesmo nesse faz-de-conta. Lógico que um e-mail não vem com cheiros, ou gostos. Falta a textura da pele. Falta o que provoca o contato de um corpo com o outro. Tudo isso falta. E pode até ser que, quando a gente se encontrar na vida real, seja tudo um desastre. Pode ser que ele broche. Pode ser que eu murche. Tudo pode acontecer. Na vida real tudo tem um preço. Na vida real, de noite teve um tiroteio no Dona Marta — porque a polícia está atrás do Marcinho VP — que me deixou morrendo de medo. Ele me diz que fica de pau duro com meus e-mails. Mas pode ser que não fique. Que ele só diga isso para me agradar. Ele já sabe que uma mulher que escreve todos os dias uma besteira, no mínimo, gosta muito dele. E quem não gosta de ser gostado? Olho para o monitor e imagino seu rosto. Meus olhos se enchem de lágrimas reais. Tudo o que posso é acariciar o monitor e desejar que ele esteja hoje um pouco mais feliz que anteontem. Houve um dia, que o e-mail dele quase chorava. Se eu pudesse, fazia com ele o que só faço com meu filho. Botava no colo e cantava pra ele até ele dormir. Um dia disse para ele que, se alguém tivesse prazer com o meu prazer e desejasse o meu desejo, seria capaz de atravessar o oceano a nado para encontrar com este alguém. Ele ouviu um barulho do lado de fora do barco e foi ver se algo de novo estava acontecendo. E perguntou quando é que eu iria chegar. Falei que breve. Estava escolhendo as bóias. Num outro dia, ele disse que desejava que pelo menos uma carangueja fêmea estivesse perto dele. Nesse dia, estava escolhendo a cor das bóias. A cada dia, ou noite, uma nova história. Vejo estrelas se movendo e já sou capaz de ouvir a grama crescendo. O pau dele crescendo, crescendo, chegando à Lua, dobrando a esquina, seguindo o vento, vindo parar bem aqui, dentro de mim. Tomara que ele não faça cerimônia pra me fazer feliz. Não espero eternidades, que nem a vida eterna é, mas toda a ternura de viver um novo instante finalmente tão perto dos olhos e do coração.

De Lucas
Para Lilian

tá difícil a comunicação
CARALHOS ALADOS!!! Tá difícil mesmo chegar a um entendimento. Vou tentar falar português claro, sem pensar duas vezes antes de escrever. Escuta aqui, minha filha, você é uma das mulheres mais interessantes com quem já tropecei pelos caminhos tortos da minha vida. Dois: sou um cagão, e às vezes isso me bota pra correr. Do livro. Sou um babaca,

ponto. Fiquei superfeliz e lisonjeado com o convite. Só não achei que estivesse à altura. Só quis dizer pra você tentar checar com uma terceira pessoa que não estivesse tão envolvida como nós estamos, tá entendendo? Definitivamente, se você quiser, eu topo, vai ser trabalho pra você, prazer pra mim. Aliás, topo tudo, até viagem pra Singapura, mas tem de ser com você. Pode começar a trabalhar!!! Também não mando beijo, isso de escrever vai virar trabalho e beijo no trabalho é assédio.

De Lucas
Para Lilian

vou dormir mais tranqüilo

Morena dos meus sonhos.... (Sente que o tom já mudou...) Adorei ver o texto do seu computador ficando roxo; deve ser vergonha... Você me pareceu mais tranqüila no seu último imeio. Que foi que te deu hoje, TPM? Só não pensei que dava pra transmitir o espírito, passar o clima, desse lado tão particular das mulheres, via rede. Aqui de dentro do Obore, imaginava o estereótipo de uma mulher "naqueles dias". Você tem esse tipo de problema? Acho que toda mulher tem. A única coisa que a nós, homens, resta fazer é sair de perto. Não atender telefone e, se possível, não ligar o computador, senão termina em encrenca. Vamos falar do "livro". Me sinto motivado para tentar. De forma voluntária. Sem sentir qualquer pressão. Acredito que pode, no mínimo, ser uma grande viagem. Só me preocupa um pouco a idéia de escrever ou fotografar com certa aura de responsabilidade, a coisa toda passa a ter um certo "destino", um endereço predefinido. Mas confio muito no seu taco pra separar o joio do trigo. Façamos o seguinte: dá uma delineada melhor na idéia, me passa o que você pensa. Enquanto isso eu vou brincando de letrinhas, e você não pára de escrever, que seus contos estão cada vez melhores. A propósito, *Sid e Nancy* me transportaram até uma Sampa dos anos 80. Me inspirou pra relembrar um monte de coisas da nossa geração... Fica braba comigo não. Amanhã vou ter um dia longo. Talvez não tenha muito acesso à janela. Mas vou adorar se, ao chegar em casa, encontrar um monte de coisas doces na "caixa postal". Vou desligar... Beijos

De Lucas
Para Lilian

café, cachorro-quente e visitas
Tuesday morning, morena. Fui dormir e acordei com uma sensação de que tinha um monte de coisa pra te falar. As coisas ficaram passando e rodando na cabeça por uma eternidade. Nem sei se consegui dormir ou só fingi. Acordei, quer dizer, saí da cama azedo. Foi uma epopéia pra levantar. Dentro daquele espírito do "sandice a gente deleta", vai um conselho: mantém o dedo no botão. A setinha apontada, que hoje tá foda. Pena que não dá pra deletar o calendário. Manhãs, dias, meses, semanas... A depressão caiu pesada ao amanhecer. Já na saída descobri que o pó de café tinha acabado. Isso arruína meu dia. Assumo minha dependência orgânica e psicológica da cafeína. Não tem jeito de se sentir animado pra fazer porra nenhuma antes de uma boa caneca de café preto. E tem de ser forte, pouco açúcar, não esse mijo quente que os americanos costumam beber. Aquilo não é café, é heresia. Mais desrespeitoso só o tal do "decaffeinated". Resolvi que iria ao mercado, mesmo sabendo do risco que corria ao empreender tão repugnante tarefa cotidiana. Simplesmente detesto a idéia de passear empurrando um carrinho entre prateleiras de sopa Campbell's e sucrilhos Kellogg's (é assim que se escreve?). Lembrei-me dos tempos em

que estava na Amazônia e pela manhã ia até a beira do rio buscar um peixe para a refeição matinal. Senti uma puta duma saudade. Definitivamente, acho que tenho de ir embora, fugir dessa maluquice toda. Quero levar vida de índio. Índio com antena parabólica e internet. Desisti de trabalhar. Foda-se que já não tenho mais nem um tostão furado no bolso. Os cartões de crédito estão todos no limite. O dinheiro que consegui no último trabalho ficará todo no Publix, o templo do consumo das donas-de-casa da Flórida. Não faz mal, amanhã eu tomo jeito, crio coragem e vou à luta. De volta ao barco, ligo o computador, tiro minhas calças e descubro que estava vestindo uma cueca velha e furada. Começo a rir. Acabei de descobrir uma vantagem na solidão. *Quando se está só, não existe ninguém a te observar, a vaidade desaparece como num passe de mágica.* Ponho água para ferver e, enquanto aguardo o café, decido comer cachorro-quente. Mais risadas. Lembro-me de que quando estava casado costumava comer frutas, mamão, bananas, coisas "saudáveis", no meu desjejum. Hot dog era proibido, coisa de junkie. Enquanto observo as salsichas reclamando do calor da panela, penso que gostaria de saber o que tem dentro delas, esse mistério para o qual só Deus e os alemães sabem a resposta. Uma frase de um livro do Capra (*O ponto de mutação*, esse é o nome da obra) me vem a cabeça; "... podem levar-nos a Buda ou a Bomba..." Mais rápido do que comecei, largo das filosofias e vou procurar pelo vidro de catchup... primeiro tratar da barriga que ronca. Fico pensando na história do livro. O nosso, aquele que pode vir a existir. *Os 1001 e-mails: Sherazade conta histórias eróticas a um marujo solitário*. Fica legal o nome. Acho que, se visse o título em uma prateleira de livraria, ia ficar curioso. Penso nos seus contos, a maneira como você sempre, mesmo entrelinhas, se refere a minha pessoa com carinho. Queria que você estivesse aqui. Será que você se adaptaria? Viver em um barco? Prometo que por você ele voltaria a ser o que era, tudo arrumadinho, no lugar. Uma cara feliz cortando as ondas... Você já percebeu que os barcos têm caras, humor, sentimentos? Mais ou menos assim como os cachorros têm uma certa semelhança com os donos? Isso é o que me atrai neles. Tudo aqui dentro tem uma certa alma, um nome, uma relação íntima com o que vivemos no dia-a-dia. Algo contrário daquilo que encontramos nos automóveis e casas. Por exemplo, cada coisa tem um nome. A bússola se chama "Fiel", o sonar "A curiosa", o motor "O Baby", o piloto automático "Redondo", o motor de popa "Bola 8" e assim vai. Converso com cada um deles, pergunto como estão, peço pra não me darem problemas, enfim, eles criam uma vida própria. Com certeza bastante diferente da maneira de se relacionar com o liquidificador ou a televisão em um apartamento. Lembro-me da cara de vitorioso com que o Obore me olhava no dia seguinte ao furacão Irene, quando quase fomos a pique em um banco de areia. Trocávamos olhares de confidentes, orgulhosos do que havíamos passado juntos naquelas longas horas de aperto. Aprendemos a dividir memórias. Talvez seja esse o motivo de nossa crise. Ele está tão cheio dessas memórias e eu simplesmente não quero mais escutar as histórias que ele quer me contar... Mais uma xícara de café. Já é a terceira. Começo a me sentir voltando ao normal. Será psicológico? O que vale é que funciona. Os problemas ficam dando voltas no meu cérebro. Me sinto culpado por estar aqui, sentado, escrevendo, gastando meu tempo com a mesma sem-cerimônia de um menino de dez ou onze anos. Sei que deveria estar lá fora, batalhando, pensando no futuro, correndo atrás de grana, tentando resolver o que não tem solução. Lembro-me de que tenho mais um monte de correspondência pra mandar, pagamentos a fazer, uma infinidade de coisas chatas, desnecessárias. Honk, um cisne preto que costuma vir me visitar, acaba de chegar.

Todas as manhãs, religiosamente, ele vem até aqui atrás de um pedaço de pão. Chega buzinando igual a carro velho. Daí o nome. Decido deixar os carnês de pagamento para depois. Quem sabe amanhã. Agora é hora de receber os amigos... Escuta, pára de escrever não. Fiquei triste com nossa "briga" de ontem. Tudo bem se você tá a fim do livro, já disse que topo. Só não quero perder essa coisa legal de escrever pra você com um gosto de irreverência, sem compromisso. Escrever porque estou com vontade, porque estou com saudade e não posso estar aí pra te cochichar ao pé do ouvido. Vou continuar fazendo a coisa do mesmo jeito como começamos, tudo bem? Afinal, essa brincadeira de "letrinhas" é mais terapêutica do que você pode pensar. Lava a alma... desintoxica. P.S: Esse cara aí embaixo é o Honk. Diga oi pra ele! Beijos

De Lucas
Para Lilian

isso não é coisa de mulher

Quem te disse que Margaret Thatcher é mulher? Escocês, tocador de gaita-de-foles, também usa saia e nem por isso é menos feminino que a ex-primeira dama britânica. Tô falando sério. Foi exatamente aí que o movimento feminista se deu mal. Na briga para conquistar seu espaço em nossa sociedade, as mulheres perderam a capacidade de agir e pensar como tal. Adotaram uma atitude, um pensamento machista. Lembra-se do episódio da Guerra das Malvinas? Pois é, Thatcher parecia mais com um general saído de um conto do Gabriel García Márquez. Quer outro exemplo? Lembra-se de uma ministra da Economia que tivemos, aquela mesma que bateu com o pau na mesa e confiscou nossa poupança? Era feminina? Definitivamente, isso não é coisa de mulher... O que elas estavam fazendo era apenas dar continuidade à forma dos machos de perceber e governar o mundo. Um desperdício de progesterona. Sou mais a Cicciolina no parlamento... Bonita, sem-vergonha e feminina... um "mulherão"... Resposta dois. Você quer saber se sou volúvel. Acho que não. Tudo bem que a meu lado acetona parece metal pesado, mas não me acho um cara tão volúvel, imprevisível assim. Só não gosto de lenga-lenga. Nem de expectativa. Ambas levam ao mesmo ponto. A vida passa, as oportunidades passam e sobra frustração, arrependimento. Acho que o NÃO ter planos é uma espécie de desenvolvimento do espírito. Já temos um "presente" fantástico para ser vivido. O futuro pode ficar pra depois... *Fiz planos ao longo de toda a minha vida.* Planos profissionais, de casamento, planejei filhos, casas, barcos, viagens... *no final tudo saiu diferente daquilo que planejara. A vida se transformou em uma espécie de jam session, em que a qualquer momento pode mudar a música ou até mesmo os músicos, simplesmente não sabemos o que vem pela frente.* Se acaso ser um cara volúvel é dançar conforme a banda toca, então você acertou. Bingo. Sou volúvel. Resistir é burrice. Parei de escrever este imeio ontem à noite e só voltei agora pela manhã. Do coração, não sei o que te falar. A propósito, depois me diz: qual é a sua fantasia? Resposta três: que tipo de foto ando fazendo? Bem, acho que aquele tipo que não dá dinheiro, que ninguém quer comprar, você acaba pagando pra queimar filme. É isso. Como quase tudo aquilo a que me entreguei na minha vida, fui fundo, e depois me revoltei, enchi o saco, tentei fazer diferente, me dei mal e desisti. Com a fotografia não foi diferente. Após mais de dez anos de dedicação absoluta, cansei da cara dos editores, da cara dos coleguinhas, daqueles que viam a foto como arte, das grandes malas cheias de equipamentos, enfim, saturei. *Minha visão da fotografia era bastante simples. Eu era um operário, e minha função era registrar documentos. Sem esse glamour, essa aura de arte que a maioria dos fotógrafos busca em seus cliques.* Nunca montei exposições, pensei em fazer livros, ou qualquer coisa parecida. Das vezes em que isso aconteceu, saiba, em nada participei do processo de "montagem", seleção, organização. Correu tudo à revelia. *Sentia um certo orgulho quando na manhã seguinte aquela minha "superfoto" da primeira página ia parar embrulhando um peixe numa banca de feira.* O verdadeiro prazer era outro. Ele se escondia no ato de se sentir "roubando um pedacinho do tempo", tornando-o eterno, congelado. Depois o prazer acabava. Virava ego, conquista. *Igual aos meninos de antigamente, quando pulavam um muro pra roubar goiaba. O prazer estava no furto. Não no fruto. Este, após uma ou duas mordidas, ia parar no lixo. Na boca só ficava o gosto da brincadeira.* O tempo passou, e descobri que não dá pra gente querer ser menino pro resto da vida roubando goiaba. Caí na real. O que fazia era mais que isso. Eu fazia parte de uma máquina. Vendia ideologia, fazia notícia. Eu era um operário da mídia. O problema é que eu não concordo com a mídia. Aquilo que eles escolhem pra ser notícia. *Não concordo com a ideologia por trás dos textos e imagens dos jornais e revistas. Não concordo com o mundo que eles nos empurram goela abaixo.* Passei a me sentir uma prostituta de meu trabalho. Isso tudo pra não falar do problema de salário, condições de vida e da maneira como a profissão nos arrancava de uma vida social, familiar. *O jornalismo era um casamento, daqueles em que não sobra espaço pro mundo lá fora. Descobri que não conseguia mais olhar o mundo sem enquadrar, colocar em uma moldura. Já não tinha mais prazer em "assistir" aos fatos, participar.* Tinha de congelar, eternizar o acontecimento, torná-lo palpável, colocá-lo em um pedaço de papel, como para provar que aquilo realmente acontecera. Estava obcecado. O mundo era medido em pontos de diafragma, enquadramento e velocidade de obturador. Já não conseguia mais olhar uma paisagem sem a racionalizar (qual a melhor lente, o melhor ângulo etc.). Isso virou um saco. Desisti. Me dei um tempo. Fui fazer outras coisas. Sem remorsos. Passaram-se dez anos. Continuei mantendo um vínculo com as câmeras e filmes. Apenas agora era mais humano, mais mortal, cidadão comum. Passei a fazer aquilo que antes odiava. Tipo festa de aniversário. Detestava quando alguém me pedia... faz um favor? Você que é fotógrafo... Não tinha fotos de família, fotos de férias, aquelas com pés cortados, cabeça cortada, olhos vermelhos de flash... Comecei a fazer tudo isso. *Reaprendi a fotografar com os olhos, registrar na memória, eu era a câmera e o filme.* Bem, acho que isso te responde um pouco. Hoje, se preciso, faço foto pra ganhar a vida também. É só pagar. *Só não tem mais doença. Encaro como uma coisa normal. Igual a apertar parafuso, fritar pastel ou pintar parede.* Vale batizado, casamento, presidente da República e fotonovela... Deixemos os sais de prata em paz. Querida, esse papo do livro dos *1001 e-mails* soa legal. O problema é o seguinte: a literata aqui é você. Não é falsa modéstia, não, mas do meu lado falta talento pra coisa. Nem sei como você agüenta ler tudo isso que te mando. Também quero que você saiba que não tenho nada a esconder. Realmente não tem nada que possa ter escrito de que deva me envergonhar. Isso sou eu. Se "queima o filme", bem, ele já está velado há muito tempo... Esta semana também vou me dedicar um pouco menos à janela. Estou cheio de coisas pra fazer. O tempo está curto, mas a gente vai se falando, afinal as madrugadas são longas aqui no Obore. Não se esqueça de, tão logo você terminar a mudança, comunicar o novo endereço. Boa sorte na casa nova.

De Lucas
Para Lilian

novo endereço

Tá vendo só, morena, do meu jeito a coisa é mais fácil, mais rápida.

Anota aí, 080 06' 30" deste e 26 58' 40" norte. Este é meu novo endereço, ao menos por alguns dias.

Noite passada, enchi o saco e levantei âncora. Me mudei. Prático, não é? É bom demais saber que a gente pode viajar sem precisar fazer a mala. Levar o travesseiro, os livros, os discos, as panelas e até o telefone vai junto.

Depois daquele imeio que te mandei por volta da hora do almoço de ontem, fiquei pensando naquilo que te falei da cara dos barcos. Olhei pro Obore, e decidi; OK bros, a gente vai passear! Vamos esquecer tudo e arrancar um pouco desse limo na sua quilha. Queria ter feito uma foto. *Ele sorriu. Pareceu até balançar o rabo...*

Só consegui sair mesmo já tarde da noite. Tinha aquele monte de coisas pra fazer. Cervejas, imeios, algumas páginas a mais de um livro bastante interessante que estou lendo e o almoço, que só saiu às 5:30 da tarde. Tudo bem, pra que pressa, pensei.

Levantar âncora é sempre um empreendimento. Especialmente depois de muito tempo "grudado", sedentário. Pra não falar em todas aquelas coisas que a gente vai espalhando dentro do barco e, antes da partida, devem voltar ao seu devido lugar pra evitar uma catástrofe na primeira marola. Vidros de xampu, pacotes de biscoito e talheres, CDs, fitas, temperos da cozinha, essas coisas adoram "caminhar". Resultado, estou um pouco cansado. Naveguei a noite toda. Mesmo antes da partida e depois da chegada, estava navegando...

Não vim parar muito longe de onde estava. O nome do lugar é Hobe Sound. Fica a cerca de cinco ou seis horas de viagem. É um lugar muito especial, já estive aqui algumas vezes antes. Um Refúgio Nacional de Vida Selvagem, parque marinho e tudo o mais. Daqueles lugares cheios de pássaros, ninhos de tartaruga na praia, pássaros migrantes etc. Tudo muito organizado, muito americano, com plaquinha indicando caminho e avisos das "proibições". Mas não perde o clima "selvagem" por isso. Bom pra parar nos dias de semana. Weekends, enche, fica uma merda.

Ninguém à vista. Nenhum outro barco na vizinhança. Na chegada somente uma gaivota dando voltas ao redor do mastro. Vou passar a noite por aqui com a "Lívia". Ontem, simplesmente não deu. Ela ficou fingindo que dormia aqui no quarto, enquanto lá fora eu negociava com os infinitos bancos de areia do caminho e com a chuva, uma garoa fina que, de tão fina, parecia flutuar.

Acho que foi muita punheta nos últimos dias, tava meio sem tesão noite passada. Esse negócio de punheta chega uma hora que enche o saco. Você quer, precisa de alguém pra fazer o serviço, não interessa a cara, o corpo, o cheiro. A gente agüenta tudo, até gozar. Depois do gozo então vem aquele arrependimento fulminante, aquela vontade de chamar o radiotáxi, prometer a si mesmo que não vai mais fazer aquilo, enfim, toda aquela história que qualquer homem conhece. Mas aí já é tarde demais, está consumado.

Teu amigo aqui estava mais ou menos nessa. Quando percebi a armadilha que estava montando para mim mesmo, corri. Melhor ir pra onde não tem ninguém. Ficar com a "Lívia" a "Executiva"...

Vou parar de escrever. Vou dormir e quando acordar continuo... tem tanta coisa pra te falar. De macarrão miojo a briga de supermercado. E ainda tenho de negociar com essa confusão de horas na cabeça. Há dias que destruí meu relógio biológico. Durmo de dia, almoço de madrugada, transformei tudo numa zona. Trabalhar que é bom nada. Semana que vem, quem sabe... beijos

De Lucas
Para Lilian

só pra você saber
Só pra você saber. Estou aqui em Hobe Sound Poseidon pelado... Acabei de dar um pulo em Laranjeiras e voltei sorrindo todo alegre... feliz

De Lucas
Para Lilian

em segredo
Conta pra mim aqui baixinho no meu ouvido
Você é real? Você existe mesmo?
Chego a duvidar. Leio e releio seus textos.
De repente te vejo aqui, caminhando na praia, tomando banho de chuva.
Te sinto tão perto, quase consigo sentir seu cheiro...
Será que quando acordar vou te ver a meu lado, deitada, dormindo?
Era tudo que queria...
Caralhos alados!!! Holy cow!!! Tô aqui perdido, sem fôlego. Abestalhado.
fico me perguntando o que faço aqui que não corro pro aeroporto e com uma mala de flores vou te seqüestrar.
Nada se compara ao que você escreve. Essa capacidade de arrancar meus pés do chão. Fazer o coração bater mais forte. Tornar o dia cinza mais brilhante. Fazer a gente se sentir realmente querido. Queria ter essa mesma facilidade e talento com as palavras pra te fazer uma declaração de amor à altura do

que tenho recebido. Ser capaz de te contar como o tum-tum do meu coração ficou diferente.
Pode deletar, jogar fora, rasgar, queimar. Fazer o que quiser. ***Dessa vez não vale o escrito. Vale o que nasceu aqui dentro... o que descobri que existe...***
Não estou conseguindo escrever, vou ficar ali fora olhando a chuva, quem sabe mais tarde...

SEXTO CONTO ERÓTICO

Como Foi Seu Dia

Estou fundeado num porto da Flórida. Hoje fui fazer supermercado, muitíssimo mal-humorado, odeio fazer supermercado. Não dormi direito à noite, e nada está funcionando comigo. Aliás, não venho dormindo lá muito bem não é de agora. Às vezes bebo demais, noutras penso demais. Sinto falta de minha mulher e de meu filho. Então não tinha nem um bom motivo para estar contente. Atravessei ruas, olhei a cara dos gringos que olhavam noutra direção que não a minha. Quando estava perto do super, de repente cruza na minha frente uma gringa monumental, parecendo ter se materializado do nada, de cara comigo. Recuei um pouco com tanta proximidade. Olhei o rosto dela. Olhos azuis, enormes como piscinas, sardas, cabelo louro e curto. Um sorriso enorme pra mim. Muito estranho. Ela então me disse "smile". E eu perguntei "what?". Ela se aproximou sorrindo, assim, do nada, inverossímil, me puxou pra perto dela e disse de novo "smile" e mais um "you know, I am in that kind of loneliness that pushes you up to do something, something that may change your life forever" e então, assim, do nada vezes nada, me deu um beijo na boca, hollywoodiano, que eu, sem saber nem o que pensar, nem o que dizer, correspondi no piloto automático. Aquele beijo deve ter durado um bom tempo, a moça, quando parou, tinha os lábios vermelhos. No meio da rua, com calças quadriculadas, pernas longilíneas, ela meio ruborizada, sorriu novamente pra mim, e do mesmo jeito que havia se atirado nos meus braços disse tchau, don't follow me, e foi-se rua acima. Fiquei tonto, embasbacado. Quase desisti do supermercado de vez, mas, como ela havia me dito um sonoro don't follow me, não a segui, apesar de meu instinto ser exatamente esse. Mas meus cigarros estavam acabando, tinha de comprar um monte de coisas, fazer um monte de coisas, resolvi dar prosseguimento ao dia. Um pouco mais bem-humorado, essa é a verdade. Não de todo. Mas um pouquinho. Entrei no super e peguei um carrinho. Quando estava lá nas prateleiras dos frios, de repente, uma oriental, vestida de vermelho da cabeça aos pés, me olha sorrindo misteriosamente, como sempre imaginei que sorririam as orientais, e me diz adivinha o quê? "Smile" e mais um "I sell stolen moments". E, eu, carrinho na mão, coração acelerado, pernas bambas, dessa vez achei que aquilo era delirium tremens provocado por estar bebendo demais. Não achava que estivesse bebendo demais até uma amiga com quem me correspondo eletronicamente me vir com essa observação de que eu estaria bebendo demais. Ela me escreveu isso, eu no mesmo dia tomei um porre de chá de camomila que só me fez mijar a alma de noite. Não me acalmou nem um pouquinho. E agora mais essa. Uma japonesa sorridente, num supermercado. Era só o que me faltava. Não que estivesse achando ruim, não, de jeito nenhum. Apenas isso não era nada do que eu mesmo pudesse esperar. Não sou um homem feio, mas também não sou o Brad Pitt, ninguém no meio da rua me agarra do nada, e no mesmo dia não pulam orientais no meu colo. Então, a situação me excitava, mas me dava medo. A japonesa me puxou para um canto mais fechado do supermercado. Havia pessoas por todos os lados, mas ali estava vazio. Ela, sem mais nenhuma palavra, agarrou minha blusa, desceu suas mãos por baixo do pano, agarrou um dos meus mamilos, me deu um leve beliscão, enquanto se aproximava do meu pescoço e começou ali a beijar minha orelha e morder meu pescoço. Adorei a sensação, apesar de um certo pânico que tomava conta de mim. E ela só sussurrava, smile, smile. Mas como vou sorrir numa situação dessas? Ela desceu até minhas pernas, desabotoou meu zíper, eu só dizendo "no, stop, wait", o que era o mesmo que nada. Ela foi direta, rápida, certeira. E mais do que estranho: ninguém parecia nos ver e quem via parecia não se importar. Nesse momento, resolvi só viver o que estava acontecendo, não julgar mais nada, não achar mais nada, calar minha boca e acreditar que era um sonho. Só podia ser ou sonho ou delirium tremens. Esse país é cheio de gente sofrendo de delirium tremens, o maior índice de alcoolismo do planeta. Então, eu era mais um e estava achando ótimo. A moça me chupou do começo ao fim. Engolia meu pau até o cabo, mordia dos lados, no maior jeito, nunca tinha visto isso. Na glande, ela sugava com mais força. Uma coisa. E eu olhava aquela mulher linda, com seus olhos rasgados, um decote que deixava a mostra só um pequeno trecho de seios pequeninos, lindos, perfeitos. Comecei a tremer muito, ali, de pé, em pleno gozo e contemplação. Latinhas nunca me pareceram tão...

latinhas. Tão delicadas, tão bem desenhadas, ali, assim, inúteis desenhos, tão bem-feitos, só pra serem depois lixo. Mas tão lindos. E gozei muito naquela boca que generosa se oferecia pra mim com ar de cerejeiras em flor nas montanhas do Japão. Quando acabei, ela se afastou de mim, repetiu o slogan "smile" e logo depois o don't follow me, bye bye, it was very nice to meet you, e pronto. Me deixou ali, arrasado, no meio de um supermercado surreal. Comprei o que tinha de comprar, meio que flutuando, em êxtase, só poderia ser sonho, então tanto faz que compras comprarei. Já não me importava o mau humor da caixa do supermercado, não me importava não encontrar o que havia vindo procurar aqui, o ar parecia estar cheio de anjos. Eu, que todo esse tempo, havia vivido como um gato abandonado, um gato vira-lata num país sem amor, de repente me vi refletido na vidraça de uma loja: eu estava sorrindo. Primeiro foi meu rosto que sorriu. Logo depois, toda minha alma imitou o sorriso que minha boca fazia. E fui feliz pra minha toca, que é meu barco. Lá tudo estava como dantes. Não estava vivendo num sonho como imaginara. Tudo o que eu deixara incompleto, por fazer, continuava assim. Se fosse sonho, uma fada madrinha teria me esperado com um jantar à luz de velas que hoje bem que eu merecia. Guardei as compras, resolvi ir ao computador, como de hábito, liguei, conectei. Lá havia uma mensagem pra mim. Era minha amiga, que hoje, ao contrário dos outros dias, em que sempre escrevia mil coisas, só perguntava uma coisa: como havia sido meu dia, se eu estava sorrindo ou se estava triste. Não cheguei a enviar a mensagem respondendo. Depois conto pra ela que estou sorrindo. Por dentro e por fora, como havia tempos não fazia. Vou aproveitar o momento. Depois eu conto. Depois.

De Lilian
Para Lucas

aprendendo e vivendo
Você já reparou que a mente é muito mais **reativa** do que criativa? Por que será? Ninguém sabe. Há quem diga que é porque ouvimos, a partir da infância, muito mais nãos do que sins. Há quem diga que é porque são trapaças do ego e da mente para criar os véus da ilusão naquilo que percebemos do mundo. Ninguém sabe, mas tem gente que pelo menos percebe isso e tenta criar em si novos padrões de comportamento e, em vez de ser "pensado" pela mente, ser "pensado" pelo pensamento, passa a usar o pensamento. Dá para perceber a diferença? Talvez não esteja claro. Mas quer ver como é que funciona isso? Simples. Te digo: não pense em verde. Não pense num limão. E é provável que você, no primeiro comando negativo, já tenha automaticamente pensado em verde. Depois num limão. E quem sabe já tenha inclusive salivado. O padrão da maior parte da humanidade é esse. Esses padrões são condicionamentos que vêm enraizados desde muito cedo na vida.

    Hoje fui ao supermercado logo depois de ter malhado e o Mauro ter nadado. Tudo certo, fiz as compras que tinha de fazer, tô na fila pagando, quando de repente me chega um segurança do super e, sem mais, dá uma bronca estúpida no Mauro porque o moleque estava com o pé dentro de uma cestinha. Na hora, como estava no meio de pagar e tal, só fiquei puta. Depois que paguei, fui até o tal cara e disse, calma no início, que ele não podia chegar para uma criança e sair dando uma bronca daquelas, que ele tinha de ser mais gentil. O cara, obviamente, não estava em absoluto num estado de gentileza, e, cheio de marra, começou a falar alto e grosso comigo. Ao que eu, já falando também mais alto e mais grosso, disse que ele é que estava mal de cabeça, que eu estava falando numa boa, que ele tinha de ser mais gentil com todo mundo, inclusive com as crianças, e mais nada. Obviamente, ele só permaneceu puto, mais puto ainda, e falou mais alguma merda. A última dele foi que o Mauro tinha de usar óculos se não havia visto a tal cestinha. Ao que respondi (já tão mal-humorada quanto o guardinha) que ele é que tinha de usar óculos, pra olhar pra dentro dele mesmo, que ele é que tava mal. É claro que o que houve foi que eu entrei num estado de reação, que é aquela coisa que não acrescenta nada de novo a ninguém, nem a si mesmo, não traz luz de jeito nenhum ao mundo.

Transformar nossos padrões parece ser o único jeito de a gente poder ser feliz, trazer ao que nos cerca um astral mais legal. Trazer a luz para dentro de nós. Positivar o que desejamos.

Em vez de dizer para um brutamontes: não seja grosso (que só aumenta nele o desejo de ser mais grosso, que nem o "não pense no verde") — simplesmente ficar em silêncio consigo mesmo, pensar "que injustiça, gente abusando do poder, violência gratuita existe mesmo, de todos os jeitos, em todas as classes". Para mudar isso, só encontrando o próprio centro e descobrindo o que realmente nos importa. Limpando o canal do ser, mudando a sintonia das nossas antenas, a agressão de um idiota pode ser uma lição de valor para si mesmo, de como seria melhor se todos aprendêssemos a ser mais gentis uns com os outros. Fazer a gentileza criar raízes no ser, lutar para não se deixar cair no impulso de entrar numa merda duma briga que não leva ninguém a lugar nenhum.

Obviamente, na hora, o sangue subiu, acabei chamando o infeliz (que é um infeliz, sem sombra de dúvidas) de babaca (que é também, sem sombra de dúvidas), o que só me fez ter uma descarga adrenérgica besta. A luz só voltou horas depois. Essa é a merda e é por isso que a gente tem de ficar careca de tanto fazer meditação para ter luz no momento certo, e não horas e horas depois. Me sinto uma babaca que nem ele. O coitado só é um bosta de um guardinha num supermercado, esse lugar detestável, onde tudo o que é bom custa caro. Pobre dele, pobre de mim. Ainda temos muito o que gramar na roda cármica para a libertação do ser.

É isso. Vou escrever a história de hoje.

Beijocas e mais

De Lilian
Para Lucas

não é só uma questão de machismo

Só para terminar o papo e não deixar coisas no ar, soltas.

Aquilo que você acredita ser o universo feminino é um pouco universo feminino mesmo. Mas noventa por cento são só tradição cultural que a gente acaba acreditando que é a realidade, mas são padrões de comportamento e de crenças ideológicas. Há tribos, você que viaja já deve ter visto isso à beça, em que são os homens que cozinham e as mulheres caçam. Outras que são o exato inverso. Um bando de coisas sobre ser mulher, ser homem e relacionamentos são simplesmente tradições culturais. Você sabe disso.

Amor verdadeiro, mulher verdadeira, homem verdadeiro, tudo é besteira. Só as crianças são um pouco mais verdadeiras. Até que começam a jogar o jogo da socialização e perdem completamente a autenticidade em meio a esse processo. Que costuma ser desejado pelos pais. Afinal, o desajuste é complicado, ninguém quer complicações para os seus entes queridos, não é isso? Então é o que acontece a quase todos. Salvo os com personalidades mais exuberantes ou esquizofrênicos. Todos somos o que se espera que sejamos. Ser diferente custa caro. Pensar diferente custa caro.

Mulher, te digo, fala barbaridades que deixariam homens corados no meio de outras mulheres, no meio das quais não precisa fazer gênero frágil. E não é simplemente por machismo ou feminismo. É porque metade dos nossos trejeitos são apenas trejeitos, afetações. Para se conquistar algo ou alguma coisa ou alguém.

SÉTIMO CONTO ERÓTICO

Como Um Cão

Não acredito, definitivamente não acredito que passei por isso. E só porque dei um selinho no Maurício na saída da faculdade. O Fabrício é louco mesmo. Ou serei eu, que dou trela prum indivíduo desses? Fomos praquele motelzinho que eu adoro, que tem banheira de hidromassagem enorme, uma verdadeira piscina, e aquela vista maravilhosa pro mar. Estava tudo maravilhoso, exatamente do jeito que eu gosto. O Fabrício com uma fome de mim daquelas. Fabrício tem um pau grande. Não é enorme. É grande, posudo, bonito mesmo, cheio de pequenas veias, o saco firme, redondinho, sem excesso de pentelhos. E ele sabe como usar. Até porque, venhamos e convenhamos: pau grande muito homem tem, mas saber usar que é bom, isso são poucos, raros mesmo, essa é que é a triste verdade. Mas estava tudo um show. Fabrício lindinho, tinha posto aquela camisa azul que combina tanto com os olhos dele. Fortão, bonitão, perfumado feito uma moça, ai que adoro homens perfumados. Não sei por que essa pobreza de espírito de que homem que é homem não pode usar perfume. Imagina. O Fabrício é o maior homão, e basta eu sentir o perfume dele que fico doida. Pois estava tudo indo muitíssimo bem. Antes de a gente tirar a roupa, ele enfiou o dedo na minha xoxota e fez aquilo. Quando olho a cara dele fazendo aquilo! Não, não vou pensar nisso agora, porque estou puta com ele e não quero deixar de estar. Quero permanecer furiosa, furibunda. Tenho de ficar firme, se não, onde é que vamos parar? Tá pensando o que, seu bostinha, só porque é um tesão de homem vou deixar pintar e bordar comigo? Na-na-ni-na-não. Mas justo ontem, em que tudo estava indo tão maravilhosamente bem, ele fez aquilo. Ai, não adianta pensar que não vou pensar. Quanto mais penso que não quero pensar, pior fica. Então, pronto, mente perversa. Estou pensando no que estou pensando. Ele pôs o dedo na minha xoxota, enfiou, rodou, mexeu e, hum, deu aquele cafungadão, cheirou e recheirou, com aquela cara de prazer e tesão que só homem com tesão faz, e, delícia, chupou o dedo que nem tivesse calda de chocolate. Uau. Isso me tira toda a vergonha, me faz relaxar completamente, e ficar só a fim de dar pra ele até o fim dos tempos. Uma coisa. Não é a primeira vez que ele fez isso. A primeira tive uma síncope e, quando ele foi embora, toquei siririca até minha boceta ficar em chamas. Fiz a besteira de contar pra ele que achava esse gesto sensacional. Agora, quando ele quer acabar comigo, lança mão desse artifício. Covardia. Fico me lembrando de todos os homens bundões com quem já saí, um bando de veados enrustidos, que pensam que são homens, só porque Deus lhes deu um pau e eles comem uma meia dúzia de vadias. Esses caras pegam você no meio de uma festa em que você dançou e bebeu todas as cervejas do universo, inclusive as do paralelo, levam você pro apezinho deles pra te comer, e ficam chocados porque você está com xoxota cheirando a xixi e suor. Ora, xoxota dançando sua. O que se pode esperar? Que não sue? Ou que sue perfume francês? Claro que, se a gente não está tão bêbada, a gente vai ao banheiro antes, lava e relava a dita cuja, seca e resseca com toalha, papel higiênico ou o que der. Mas, se o cara está impaciente e quer comer você lá, assim, torta e descaralhada, o que um idiota desses está pensando? Pois, com Fabrício, quanto mais suada estiver, melhor. Quanto mais cheiro de boceta e gosto de boceta tiver, mais tesão o danado fica. Isso é que é homem. Não precisa ficar fazendo pose de homem, pode usar perfume francês, pode chorar, é homem até o último dos pentelhos. Ai que tristeza que dá. Não vou mais dar pra esse monumento à espécie masculina. Não posso, não devo, não depois do que o puto fez nessa maldita noite. Nessa fatídica noite, tudo estava ali, assim, flamejante. As paredes de espelho refletiam nossas imagens até o infinito. Tudo rodava, tudo pulsava. Ele dançava comigo, ele levantava meu corpo e punha na posição que ele queria, como se eu fosse uma pluma, justo eu, que sou tão pesadinha. Ele me virava pra cá, pra lá, como numa música mesmo. E não ficava parecendo aquele negócio de homem querendo se fazer de bom de cama, realizando as mil e uma posições do Kama Sutra só pra impressionar. Não. Parecia mesmo uma dança. Eu estava tão feliz. Não. Feliz não é bem exatamente o termo. Eu estava era morta de tesão. Ia gozar feito uma louca, com certeza. Ia explodir que nem um balão num céu de outono, que são lindos os céus de outono no Rio, com aquele azulzinho com cara de coisa que só Deus poderia ter pintado. E ele mandava ver. Enfiava aquele pau lindo e grande dentro de mim, até o fundo do meu fundo, até onde moram os medos e as angústias mais profundos. Ele ia desfazendo todos esses medos, todas essas angústias com o vaivém do seu pau, que, como já disse, ele sabe muitíssimo bem como usar. E ele agarrava minhas virilhas, arremetia vigorosamente, e me arrastava pra junto dele.

Um verdadeiro mar de ressaca, subindo suas ondas até o calçadão pra espanto dos turistas alemães. Aí, era tudo assim, nesse grau de maravilhas, até que o idiota resolveu, numa dessas giradas e levantadas do meu corpo, resolveu ficar de pé e... Horror. Não acredito até agora que ele fez mesmo isso comigo. Ele levantou, e fez xixi em cima de mim. Como se eu fosse um poste, uma parede, sei lá o quê. E ele, um cachorro demarcando seu território. Um rottweiler talvez. Pode ser que a gente ache bonitinho um rottweiler, todo prosa, com o saquinho balançando ao vento, parar no poste, e, xiiii, dar aquele mijadão. Mas um homem? Um homem numa mulher que está para gozar? É patético, é grotesco, é ridículo, e só não uso mais adjetivos porque eles não vêm à minha cabeça num momento de tamanha humilhação. Eu ali, me sentindo uma Sharon Stone, uma Michele Pfeiffer da vida, uma gostosona, e, de repente, o cara vai e inexplicavelmente me dá um mijadão desses? Na hora, foi um susto tão grande! Mas não tive dúvidas. Ninguém ia dar uma mijadona dessas em mim e sair ileso. Olhei pra cara dele (fico imaginando com que cara eu deveria estar, toda molhada) e falei "deita aí seu puto". Ele deitou. Me levantei. E mijei nele também. Todinho. Da cabeça aos pés. Depois que mijei, perguntei: "Fabrício, o que deu em você, virou alguma espécie de taradão a essa altura do campeonato?" Ele ficou atônito. Disse que ele sabia que eu devia estar saindo com o Maurício, que tudo demonstrava isso, que meu comportamento nos últimos dias só demonstrava "evidências". Evidências do que, perguntei eu. "Evidências de que você deu pra ele." Fiquei uma onça. Quer dizer que você é o que, Fabrício, alguma espécie de cadelão e eu sou seu território a ser demarcado pra que todos os outros cadelões saibam? É assim que você vê nossa relação? Se eu estiver dando pra meio Rio de Janeiro, isso é problema meu. Só passa a ser problema seu se eu não estiver usando camisinha. Não estou dando pra ninguém. Mas, se estivesse dando, certamente não iria ser que nem você, que desde a primeira vez, sem nem me conhecer direito, já queria de cara não usar camisinha, só porque me achou com cara de santa. Santa não sou não. E você tampouco. Mas também não sou essa leviana que você resolveu inventar aí na sua cabeça de merda. Não saio dando pra qualquer mané da vida. O Maurício é bem boa gente, mas tá longe de ser meu tipo. Você é meu tipo. E estou com você, e por enquanto, pelo menos até esta ridícula noite, estava relativamente satisfeita. Agora estou uma onça. Que mané, eu hein! Como é que Deus permite uma coisa dessas? Bota um homem tão bonito, com os olhos tão azuis, um pau tão perfeito e um cérebro de rottweiler? Como pode? Sei não. Acho que vou ligar pra ele. Quem sabe, se eu o adestrar direitinho, ele não vira um homem de verdade?

De Lilian
Para Lucas

caiu uma pedrinha do meu brinquinho favorito
Caiu uma pedrinha do meu brinquinho predileto. Estou arrasada. Fútil, sei. Porque não é a pedra do seu brinquinho que caiu. *Futilidade é como os outros nomeiam os nossos dramas pessoais.*

Não havia nada rigorosamente nada no seu último e-mail querendo café e odiando ir a supermercado que me fizesse querer deletá-lo. Pelo contrário. Um lindo e-mail. Beleza em literatura é meio como a vida, nem sempre tem uma cara de feliz ou mesmo de bonita para ser bela. Um feto pode ser algo horrível ou belo. Depende. Assim é com a literatura, ou o que arrisco chamar de literatura, que a Barbara Heliodora certamente tem outra concepção, mas a minha é esta. *O belo descende do que é sincero. Então, o mais prosaico, o mais besta da vida é que fica bacana para virar palavra. O livro é só o resultado. Mas é o processo que importa.* Sabe, já vi ensaios de coisas que ficaram mais bonitos do que aquilo que no final o público consumiu. Importa o processo. E o processo de criação (fica meio grandiloqüente usar esses termos) é simplesmente viver a vida de olhos e ouvidos mais abertos. Coisa que os monges fazem há séculos, com outros propósitos.

Já vi cara em barco, sim. Aliás, nada mais fotogênico do que barco nesse mundo. São bonitos, com certeza, e tem isso, da cara.

Se a gente fosse morar junto, ou morreríamos de fome porque ninguém ia querer ir ao super, ou teríamos de dar um jeito de achar a maior graça em estar de carrinho juntos. Houve uma época em que tive sérios ataques de pânico em supermercados. Então deixei de ir, simplesmente. Passei a ir à mercearia, que era mais cara, mas era pequena e vazia. Agora, tive de me curar da paranóia que eles me dão porque não tenho mais fundos para sustentar minha neurose. Mas até hoje só entro em super se minha alma está bem coladinha no meu corpo. Shopping center tive tanto medo, tanta crise de pânico, que hoje em dia, quando consigo entrar, fico felicíssima, ninguém nem entende aquela maluca dando risada sozinha num shopping. Sou eu, vitoriosa, gloriosa, reconquistando meu espaço no mundo. Só isso.

OITAVO CONTO ERÓTICO

Dádiva

Pus minha calça branca nova, minha blusinha preta transparente, olhei no espelho e fiquei contente com o que vi. Meus olhos castanhos tinham cara de tempestade à vista. Minha pele estava um cetim. Meus cabelos longos faziam cachos redondos perfeitos. Eu não tinha a menor culpa de ser jovem e saber exatamente o que queria. Nessa noite eu ia ao show do Gil, ia dançar até cair dura ou até esquecer o último bolo do João. João: sujeito baixinho, metido a sabichão, sem a menor capacidade de sentir algo por quem quer que fosse que não ele mesmo e absolutamente vulgar. O que eu vi num cara desses? Vi um menino inseguro, que por ser tão inseguro era extremamente agressivo. Tive dó e comecei a tentar mostrar pra ele que não havia razão pra tanto medo. Depois de meia dúzia de comentários pouco respeitosos em relação à minha pessoa, três bolos consecutivos, eternos olhares para as bundas de todas as mulheres que passavam na rua e cantadas frontais a todas as minhas amigas, inclusive uma mão na bunda da minha empregada, que é muito bonitona, cheguei à conclusão de que o moço era um caso a ser arquivado. O famoso caso do cara mau, chato, feio e burro. Eu tenho esse problema. Acho a princípio que todo mundo é do bem até que prove o contrário. Gosto de dar. E dou, e mais do que dar, dôo. Dadivosa. Essa sou eu. Ponho vestidinhos coloridos, transparentes e saio pela rua, completamente esquecida do fato de ser uma mulher de um metro e setenta de altura, pernas, peitos e bunda, tudo em fartura. Sou absolutamente desligada. Me surpreendo cada vez que um homem me dá cantadas por aí. Dou bom-dia a todos os porteiros, jornaleiros, entregadores do quarteirão. Se puxarem assunto comigo, converso com todos, sem problemas. De uns tempos pra cá, venho notando que, depois que passo com meu sorriso cordial e meus trapinhos coloridos, um zunzunzum à meia-voz e olhares estranhos parecem ser dirigidos à minha pessoa. Não entendo os homens. Compram *Playboy*, passam o tempo todo dizendo que o que é bonito é para se mostrar, e, quando eu boto meus vestidinhos, pronto. Ficam maledicentes e agressivos. Vá entender. Mas hoje vou dançar até cair. Chega de homens chatos, maus, feios e burros. Pra dizer a verdade, chega de homens. Não acerto uma dentro. Devo estar no mínimo jogando minha bolinha pro time errado. Hoje, vou me dedicar a encontrar uma mulher. E quero que seja uma mulher que goste de mulher e que não se porte como homens, que essas não me encantam.

....

Que ritmo, que maravilha de show, quanta energia tem o Gil. E sabe lidar com a platéia de um jeito tão à vontade, está no seu próprio ambiente. Danço, danço, giro, a vida é para celebrar. Uma morena linda me olha sem parar. Ela sorriu pra mim. Não acredito. É muita coincidência. Eu pensando nisso e isso acontecer. Não pode ser. Uma mulher dessas não pode ser sapatão. É só simpatia, deve de ser. Ah, tem um cara com ela. E que cara! Que homem bonito! Ih, acho que já vi esse cara na TV. Que corpo, que rosto. Os dois estão juntos, é claro que essa moça não é do tipo que sai com outras moças. Continuo dançando. Os dois se aproximam. Vou desmaiar. Que é isso? O olhar dele é tão... profundo. E ela, ela me olha como se estivesse... apaixonada! Gente, isso não existe. Ninguém se apaixona em meia hora, no meio dum show, por uma desconhecida. E ela, o cara não está com ela? Que porra é essa? Não estou entendendo nada de nada. Mas a vida é uma só. Eles são tão bonitos. Estão dançando comigo. Ela me abraça. Que olhos bonitos. Da mesma cor que os meus. Ela se parece comigo. Só que tem os cabelos curtos. Ele segurou na minha cintura. Que sorriso mais sorriso! Ele pode fazer até anúncio de dentifrício. Um sujeito desses só pode ser gay. Não existe heterossexual assim, perfeito, com cara bonita, corpo bonito, bem-vestido, perfumado. Mas, se ele é gay, o lado gay dele está de férias. Isso que ele está fazendo comigo não é coisa de gay. Olho para a moça. Será que ela é namorada dele? Será que ela tem ciúmes? Ou será que isto foi um acordo deles para a noite de hoje? Não, não me parece que ela está com ciúmes. Ela é tão doce, tem gestos suaves de uma alma meiga. Que mulher especial! Quando ia perguntar o nome dela, no meio do Canecão, de trocentos corpos requebrantes, a moça pegou minha cabeça, puxou pra ela e me deu um beijo na boca. Que língua é essa Deus meu?! A língua dessa moça é uma língua diferente de todas as línguas que minha boca conheceu. Os seios dela estão colados aos meus, o corpo dela está grudado ao meu. Que loucura, que maravilha! E ele vem por trás de mim, me abraça, aperta o corpo dele contra o meu. As pessoas devem estar todas cegas. Todos continuam dançando como se fosse a coisa mais normal do mundo uma mulher dar beijo na boca de outra e um cara estar com as duas. Céus, eu devo ter bebido demais. Mas eu nem bebi! Estou sendo levada por esses dois. Não falamos uma só palavra. Só sorrimos. Parece que todo mundo está adivinhando a idéia do outro. Estamos no carro de um dos dois, ele dirige, estou sentada na frente. Ela sentada atrás, acaricia meu peito. Quanta ousadia. Se isso tivesse acontecido anteontem, essa moça já teria levado uma bronca minha. Como é que ela sabia que eu ia deixar, me beijar, me acariciar? Ele sorri seu sorriso branco de um rei altivo de um reino distante. Com esse mesmo sorriso, leva o carro, passa a marcha, acaricia minhas pernas e me oferece beijos no sinal fechado. Copacabana foi rápida passando, Ipanema voou. Estamos no Leblon. Um edifício antigo, lindo. Um apartamento enorme. É dele, dá para ver. Há fotos dele dançando. Ele dança, por isso tem esse corpo. Ele é mesmo um ator. Há fotos dele no palco atuando em alguma peça. Não há fotos da moça, então ela não mora aqui. Isso tudo passa rápido pelos meus olhos. Os dois me acariciam. E quase não se tocam um ao outro. Tudo é para mim. Se eu quero água. Se eu quero vinho. Pouquíssimas palavras, mas todas as gentilezas e honras da casa, visivelmente, os dois as fazem para mim. E nem é meu aniversário. Me sinto uma rainha. São muito gentis, os dois. No pouco que falamos, isso ficou claro. Agora, é ele que me beija. Ela morde meu pescoço e se esfrega na minha bunda. Será que ela tem prazer assim? Ele me beija, chupa meu peito, ela tira minha roupa. Ele me carrega no colo para uma cama imensa, como eu nunca havia visto uma tão grande. Me sinto como um enorme bebê, de tanto que eles parecem cuidar de mim, e me acariciar. O nome dela é Cybele, finalmente descubro os nomes deles. O dele é Afonso. Pois bem, Afonso me penetra, um pau duro, inequivocamente duro. Ele é altivo, todo ele, inclusive o pau. Cybele fica se tocando, enquanto ele me penetra vigorosamente várias vezes. Ele fala coisas no meu ouvido, meio desconexas. Fala de sincronicidade. Repete esta palavra várias vezes, enquanto joga minhas pernas por cima de seus ombros e deixa minha xoxota exposta, de maneira obscena. Parece que ela está gorda e mais vermelha do que o usual. Ele arremete seu pau para dentro de mim com fúria. Sinto que ele me vara até o útero. Dá uma parada e sorri. Não quero gozar ainda — diz. Nisso, Cybele começa a me beijar, beliscar meu peito, morder minhas orelhas. Pega minha mão e a enfia na sua própria boceta. Tão molhada, uma lagoa viva em que meus dedos são enormes peixes. Gemendo numa voz grave e rouca que tinha a cara daquele rosto bonito de moça. Ela começou a me chupar com devoção. Enquanto Afonso me lambia os dedos dos pés. Dois seres que mais pareciam anjos do paraíso ou fruto da minha imaginação. Só que eles eram bem reais. E muito real foi meu gozo, longo, chegando por dentro de minha xoxota, uma onda que se espalhava da minha barriga até meu rosto. O que quer que fosse aquilo tudo, era o que os anjos deveriam fazer antes de nascer a humanidade para dar trabalho a eles. Meu corpo tremia todo, incontrolavelmente. Eu já não era eu, eu era puro deleite. Deleite que Cybele sabia muito bem como aproveitar. Nesse momento, Afonso, talvez arrebatado por meus gemidos, ou pelos sons que Cybele fazia enquanto me chupava, começou a penetrar minha amiga. Uma mulher que me fizera gozar com tal intensidade merecia no mínimo ganhar o adjetivo de amiga. Ela não o repeliu, mas pareceu de alguma maneira, algum lance de corpo, talvez, mostrar que preferia continuar o que estava fazendo. Afonso saiu dela e veio para mim, que parecia ser o que ele realmente queria fazer em verdade. Apenas a boceta de minha amiga estava muito mais ao seu alcance do que a minha. No instante em que ela me largou e mostrou uma certa desaprovação em ser penetrada, ele veio para mim, completamente decidido. Eu não conseguia parar de gozar um segundo. Era até um pouco aflitivo. Saí de um gozo por uma via, para outro gozo, em outra via, de uma língua para um pau. E tudo foi tão imenso, imensa era a cama, imenso era o pau dele, imensa era Cybele, que entrei num transe de prazer que para todo o sempre minhas células se lembrariam, caso a memória da mente me traísse e tentasse esquecer o inesquecível. Nesse momento, Afonso, como um rei, como um deus, gozou com sua pica deslumbrante metida em mim até os bagos. Não sinto o jorro que vem de dentro dele. Sinto que o volume de seu pau aumentou por alguns segundos. E depois, sinto um líquido quente escorrer de dentro de mim. Cybele se roçava freneticamente em meu joelho, todo esse tempo. Quando Afonso finalmente me largou, ela veio para o meu lado, agarrou minha mão e minha mão parecia adivinhar o que ela queria. Vibrava meu dedo indicador e o médio, firme, do grelo até a vagina de Cybele. Até que, em minha mão, ela finalmente gozou como uma possessa. Gritava alto. Parecia que estava havendo um assassinato naquele lugar. Os vizinhos deviam estar todos surdos. E nós estávamos exaustos. A história de Cybele era que ela era aluna de teatro de Afonso. Ele era gay, não saía com uma mulher havia cinco anos. E ela era sapatão. Não consegui sair de dentro daquele apartamento por uma semana. Não fui trabalhar. Não trocava de roupa. Mal comia. Mal dormia. Depois de uma semana, eu e Cybele fomos ao apê dela em Copa, onde pegamos algumas roupas suas e ela me emprestou algumas das suas coisas para eu vestir. Ela tinha uma enorme e colorida coleção de sapatos de todos os tipos. Fiquei me revezando. Às vezes saía só com ela. Às vezes só com ele. Outras com os dois. Nenhum deles consentia que eu fosse até em casa ou que desse sinal de vida para ninguém. Fomos uma confusão de corpos, pêlos e mucos por três semanas. Falávamos sobre ioga, metafísica, Deus, amor, desejo e morte. Quando falávamos. E os dois eram meus. Eles eram meus e ela não era dele, nem ele era dela. Meus. Por três semanas. Na quarta, estávamos muito cansados de sermos escravos do nosso desejo e fomos tratar da vida e das contas. Depois disso, nunca mais ninguém telefonou um para o outro. Havia sido tudo um pouco demais. Mas para que é a vida? Para ser vivida ou para ser entendida? Se todos entendem uma história, é porque ela não foi bem contada.

De Lucas
Para Lilian

pós-dádiva
Estou de volta,
 Não fui ao banheiro como falei. Que nada, parei na geladeira, peguei mais uma cerveja, aumentei o volume do som: o trompete de Miles Davis invade meus ouvidos, um funk fodido. Alguém lá no fundo da música grita: let the chief blow it...
 Fico pensando em toda essa brincadeira. Estou aqui, do outro lado do mundo, te escrevendo alucinadamente, como jamais pensei que faria. Meio bêbado, bastante chapado, muito

sol e coisa boa no coração... tudo isso faz a cabeça girar... Entro no ritmo da música, paro de escrever e por um instante me pego dançando.... **Definitivamente, estou brincando com a vida...**

Nunca me senti confortável pra sair por aí deixando rastro. Sou um pouco daqueles caras que não têm muita memória física, essa coisa de guardar cartas, papéis, cartões-postais, ou mesmo fotos da infância. Tento sempre que possível fazer com que meu mundo caiba numa mala. Se possível, uma mala pequena. Nasci numa época pós-Graham Bell, e aceitei facilmente que falar era mais prático, e principalmente mais discreto que escrever. Daí, poucas cartas que tenha assinado tenham realmente sido devidamente envelopadas, seladas e remetidas. No entanto, essa brincadeira, LITERAL-MENTE-ERÓ-TICA, está me deixando confortável pra saber que você pode estar arquivando alguns de meus pensamentos... imagens... e brincadeiras...

Acho bárbara essa cumplicidade que pode ser alcançada através das palavras escritas. Elas soam sempre como mais autênticas, mais você. Algo que não pode ser negado. Você escreveu, está ali, se torna físico. Realidade ou fantasia, não importa, você "disse". Consciente ou não, você assinou embaixo... Miles Davis pega pesado. Mestre é mestre....*Doo-Boop*, o nome do disco, conhece?... Se não teve a chance, precisa. O cara depois de tudo que fez ainda dá uma aula de suingue pra rapaziada mais nova.

Tenta não fugir da rede. Isso aqui virou minha brincadeira, meu divã, minha janela. Se te serve como inspiração, manda brasa. Acho que uma hora vai dar pra reunir tudo que você escreveu, juntar todo esse material, e então fazer uma coisa legal. Talento você tem. Você pode preferir cantar, mas tem literatura na veia...

De Lilian
Para Lucas

crianças

É sempre dia no coração dos meninos do morro de São Carlos. Quando na noite alta o bicho pega, quando o bicho-papão vem dar um teco no coração do pai, da mãe, do irmão, da tia, mesmo assim é dia no coração das crianças do morro de São Carlos. Porque só se faz a noite quando as crianças param de brincar, quando, por força das metralhas, dos tiros, dos gritos, os olhos se fecham e não abrem mais. Esses olhos de tanta luz fazem falta no coração da lama. Quem vê os meninos pensa que ontem só foi uma noite de alegria. Não sabe, não calcula, não imagina que não houve nenhum sono, só sangue e medo num cenário de guerra sem paz. Mas agora, tanta alegria... Porque os meninos são feitos da matéria dos anjos e de tudo o que reluz num mundo abandonado pelos homens. Deus provê a alegria, mas até Deus sabe que milagre é mais caro. E quem bota o preço no coração dos meninos e meninas do morro? Não é Deus. Nem os tiros, nem as AR15 têm a ver com Deus. É coisa dos homens. Que esqueceram na prateleira, emoldurados, seus corações de menino que todo homem um dia foi. Tristeza da alma e da infância que virou troféu. Olhar os meninos brincando no meio dos fios e se esquecer de tanta ambição e de todo o vazio que o sol espanta nos primeiros raios da manhã, chamando as pipas, os piões, os carrinhos e as bonecas pra brincar enquanto se pode.

Quem dera um dia todos os homens se esquecessem de ser homens e fossem meninos mais uma vez.

De Lilian
Para Lucas

Li uma *Fórum* que pedi emprestada para um amigo. **Cara, você jura que o povo consegue mesmo bater punheta com**

aquilo? É inacreditável. **Em menos de um parágrafo já são bundas empinadinhas, mastros flamejantes, bicos durinhos e tal. Tudo igual. Uma chatice, esta é a verdade. Sexo assim dá tédio, cruzes.** Você já leu Henry Miller? Tem uma passagem que o meu livro chegou a ficar gasto de tanto que eu peguei e li e reli aquilo. Aquilo me dá tesão. E não tem aquele papo de "gretinhas molhadinhas" nem "gozei três vezes antes de ele me penetrar" nem nada do que vem na *Fórum*. Henry Miller sabia como dar tesão numa mulher. Fiquei louca com o livro e queria encontrar a reencarnação do escritor, só para pedir, pelo amor de Deus, faz aquilo que cê fez com a Mona do livro, comigo, pleeeeease! Ao escrever esses contos, tô pedindo luz ao Henry e à Madonna, a cara-de-pau. Vou fazer de conta que sei mesmo tudo sobre sexo. E vender a imagem para quem quiser comprar. Pra no final, poder cantar num show bem montado, bem produzido, bem divulgado, como nunca na vida consegui. Nem que seja um show só na vida. Mas fazer, enfim, perfeito, melhor do que na fantasia. É isso. Dou uma de Deus, pelas linhas tortas. ***A vida é dos que sabem andar tortos sem perder o prumo.***
Beijinhos

Lilian

De Lucas
Para Lilian

pra não dizer que não falei de flores
Margarida. Já que tu gostas por ser simples, só cor mas às vezes rosa com espinho para quem sabe apreciar. Outra vezes, maracujá, doce fruto virá a ser. Jasmim, cheiro, puro prazer. Dama-da-noite no canteiro de meus sonhos. Lírio no brejo de minhas lágrimas, papoula do meu delírio.

De Lucas
Para Lilian

habemos sol
BOM DIA, Margarida,
Finalmente o sol deu as caras por aqui. Parece que hoje veio pra ficar.
Era isso. Só pra dizer bom dia. Sonhei com você. Bom demais...
Dia de graxa, "revisão" do "Baby".
Queria mesmo era levar a Rita pra passear junto com a dona.
P.S.: *Minimail é mais fácil. Nasce no coração, passa entre as orelhas e rapidinho escorre pelos dedos.*
Beijundas..

De Lucas
Para Lilian

adorei te ouvir
Bom, estou mais feliz. Acabei de receber um novo telefonema seu. Mágico, chegou no momento em que era pra chegar. Sabe, me senti tão teu, tão cúmplice, que criei coragem e resolvi te mandar uma besteira que escrevi um tempo atrás logo depois de acordar e ficar viajando com remela nos olhos. Deixa eu dar o send logo, antes que me arrependa, beijos.
Hoje acordei com aquela sensação, algo assim como não saber se acordava ou se estava indo dormir.
Olhei para o lado e não te vi, fui à cozinha na esperança de que você estivesse passando um café, a frustração aumentou. Na boca aquele gosto amargo de realidade, solidão.
Enquanto lavava os olhos, vi meu reflexo no espelho como havia muito não fazia. Rugas que antes não percebera agora eram a prova de que sofria com sua ausência...

Já não me incomodava o cabelo assanhado, o hálito carregado de cigarros e cerveja da noite anterior, só me importava aquela ruga, a prova de que sofria por não ter você a meu lado.
Pensei em te ligar, pra quê?
Pensei em te escrever, pra quê?
Seu cheiro, seu toque continuavam a torturar na minha memória.
Já não importava aonde apontar meus olhos...
Tomei banho, troquei de roupa e nada adiantou, *a ruga cruel parecia aumentar... cada vez mais funda, como marca de uma lâmina que não sangra*

De Lucas
Para Lilian

back'n home
Já cheguei em casa, morena,
Molhado igual a um pinto,
"Errei" o caminho de propósito, só pra ficar mais tempo no mar...
Faz um bem danado, toda aquela água, todo aquele céu...
Juro, teve um momento em que achei que você estava me espiando escondida atrás de uma nuvem...
Agora vou dormir um sono gostoso que ninguém é de ferro. Quando acordar, quero um beijo seu
P.S.: A turma do Bill (da MSN) me tirou do ar desde ontem à noite, só me trouxeram de volta agora de manhã. Escrevi tanta coisa pra você antes de partir, acabou tudo no "delete". Valeu a intenção. Tem coisa que às vezes escrevo e, se não mandar na hora, não mando nunca. Quando releio, fico morrendo de vergonha...

De Lucas
Para Lilian

tô levantando o ferro

Hei! Hei! Margarida morena. A chuva parou, vou subir as âncoras. Quase meia-noite, céu cinzento... Fiquei pensando antes de sair pra velejar: será que vou sempre te amar e nunca ter coragem pra dizer? Amanhã mando notícias!!!!

NONO CONTO ERÓTICO

Rafaella

Sempre quis conhecer Rafaella. E ela nem é do meu tipo. Sempre fui um homem que fez questão de só sair com altas gatas. Rafaella é uma gata. Mas não é meu tipo. Ela é muito gorda. Mas ela tem um não sei quê que me fascina. Meu pau vira mastro flamejante quando vejo essa moça. Tenho vontade de levá-la para a moita mais próxima e comê-la de qualquer jeito. Ela é fabulosa, é aconchegante. E está sempre com aquele sorriso aberto, aquela boca. Meu Deus, aquela boca. Que boca essa moça tem. Só consigo pensar barbaridades, o que essa boca faria comigo e o que eu faria com essa boca. Viro adolescente e depois de vê-la só consigo pensar em sacanagem. Não consigo pensar em mais nada, não me concentro no trabalho, não tenho fome nem sede. Só fome daquela boceta, daqueles peitos, daquela boca. Aliás, falando em trabalho, chegou a correspondência. Pacotes, cartas, pacotes. O pacote do arrependimento é que está pesado. Se arrependimento matasse, tava morto. Pra que essa gente gasta tanto papel? Depois vai tudo pro lixo mesmo. Rafaella já me deu altos moles e eu, imbecil, fiz que não era comigo. Na época ela já mexia comigo, mas sabe como é. Estava saindo com Giovanna e Giovanna é uma deusa. Deusa notória, todo mundo, quando eu apresentava, dizia, pô Roberto, que avião! Era uma deusa naquela época, continua uma deusa hoje em dia. Mas na minha cabeça fiquei achando que Rafaella era uma mocréia, o que é que eu ia fazer com uma mocréia, afinal de contas, se eu já tinha uma deusa comigo? Meus amigos me deram o toque, olha aí, cara, ela é gordinha mas é gostosa, olha que peitos empinados ela tem, olha como as pernas dela são lisas, olha como a bunda dela é certinha e mesmo gordinha, olha que cintura. Mas eu não pus fé. Apesar de volta e meia, ao beijar Giovanna, imaginar como seria Rafaella. Fiquei chapado vendo que ela era uma mulher simpática, cheia de vivacidade e muito esperta. Se ela fosse gordinha, gostosa e burrinha, eu iria lá e resolveria a questão, porque eu iria pensar, calma Roberto, é só por uma noite apenas, depois tchau. Mas não, ela desfilava com desenvoltura pelo prédio, sempre conversando com todo mundo, exibida que só ela. Espertinha demais. E safada até não mais poder. É engraçado. Conheço outras mulheres gordas. Todas só vestem camisão, vivem se escondendo e meio que pedindo desculpas ao mundo por serem gordinhas, como se o mundo fosse todo só constituído por top models. Se a Rafaella tivesse essa humildade natural das gordinhas, juro que eu dava conta, ia me convencer que foder com ela seria por pura caridade. Mas quem disse que Rafaella é humilde, tímida e recatada? A danada sabe que é gostosa. Rebola aquele bundão fabuloso, bota umas saias justinhas, uns saltos altíssimos que destacam suas pernas bem torneadas, camisas transparentes e sutiãs negros, vermelhos, verdes, ela tem sutiã de tudo quanto é cor. Esses peitões nesses sutiãs ficam rondando a minha cabeça. Fico alucinado só de pensar. E os perfumes? Rafaella é uma boceta ambulante, onde ela vai, vai aquele perfume, maravilhoso, parece perfume de boceta, mas não é. Como não pensar em sexo com ela? E é pior. Ela é doce. Tem um jeito carinhoso de lidar com as coisas. O jeito como ela pega uma xícara de café, parece ter carinho pela xícara, sem brincadeira. Ela move os dedos numa dança, em vez de pesada, Rafaella parece muito leve. Tem dias, quando estou um bagaço, que me pego pensando como seria dormir agarradinho com essa pessoa, e fico sem entender o que se passa comigo. Que saco ter de ler toda essa correspondência da empresa. Não estou com cabeça para isso. E não pára de chegar papel. Ô gente, ainda nem terminei a pilha que estava aqui antes, dá um tempo pra mim. Nunca na minha vida tive um amor platônico. Nem quando eu era adolescente e minha mãe me levou a um dentista que me fez usar aparelho. Usei aparelho anos e anos, e com ou sem aparelho sempre consegui sair com todas as gatinhas da escola. Tenho um par de olhos azuis que convencem bem. Sou um cara forte, fiz natação por muitos anos, já fui campeão inclusive, aí tenho porte atlético, como minhas tias dizem, cheias de sorrisinhos umas com as outras. Pois bem, titias, Robertão virou Robertinho aos trinta anos de idade. Ela nunca mais se dignou olhar para mim. Fiquei invisível para ela depois que um dia respondi que estava com compromissos e não podia esperá-la para tomar um chope. Imbecil. Sou mesmo um idiota completo. Rafaella, depois disso, já saiu com meu compadre, o Olavo, o tal que falou para eu abrir o olho, que ela era gordinha mas era um tesão. Depois do Olavo, foi o Bill. Bill ficou zuretão, chegou a pedir transferência para outra cidade quando eles terminaram o namoro. Ela saiu com um cara do andar de cima, e mais um mané que é de outra empresa e passa por aqui de vez em quando. Ela é namoradeira. Uma peste. Não pára com homem nenhum. Caso de polícia. Já a xinguei de galinha, não, lógico que só dentro da minha cabeça, mas xinguei. Vadia, galinha, piranha. Isso tudo porque, depois de recusar o chope, caí em mim e tentei atrair a atenção dela e ela nada, nem tcham. Ódio. Por que ela é tão boazinha com todo mundo menos comigo? E por que eu não mudo de assunto dentro da minha cabeça com tanta mulher me dando mole, santo Deus? Desde quando comecei a ter essa obsessão pela Rafa dei de comer todas. Mocréias, deusas, semideusas, todas as mulheres do meu andar, depois as do andar de cima, e assim irei até o vigésimo andar com certeza. Noites insanas com tudo quanto é tipo de sacanagem, uma coleção de bundas, peitos e bocetas intermináveis. Mas me dá uma tristeza, um vazio. Fico que nem já vi um primo meu ficar, há dez anos. E me dei conta de que nunca em toda minha vida me apaixonei por ninguém. Que nunca soube o que era isso. O que vivi foram histórias de sacanagem, com pitadas de amizade, mesmo que as amizades só durassem um mês depois que tudo terminava. Tudo mais em função da oportunidade e da conveniência do que de algum sentimento mais profundo. Agora estou assim. Sigo com os olhos para onde quer que ela vá. E torço para que ela perdoe a minha santa babaquice. Para que o pacote do arrependimento não me pese tanto a alma. Falando em pacote, tem um envelope estranho aqui, com o meu nome. Que envelope é esse? Isso não é da empresa. De quem será? O que será isso no meio? Dentro do envelope, muitas pétalas de rosa. Mais alguma coisa. Um pedacinho minúsculo de papel. Nossa, que letra microscópica. É o menor bilhete que alguém já me escreveu na vida. O que diz aqui, deixa eu ver: Roberto, será que finalmente você tem um tempo para um chope depois do expediente? Assinado: Rafaella. Não acredito, eu aqui deprimido e justamente ela... Obrigado, bom Deus. E, obrigado, Rafaella. Alguém tinha de ter um pouco de lucidez nessa história. Nunca mais negligenciarei a correspondência.

De Lucas
Para Lilian

temos algo em comum

Engraçado. Descobri mais uma coisa em comum. As nossas mães.

Não tenho como negar, foi graças a dona Noelia (minha querida genitora) que aprendi a cozinhar. A comida que ela fazia era simplesmente intragável, horrível mesmo.

Vou te mandar uma receita de peixe. A gente pode fazer junto.

Moqueca de peixe à beira-mar

Ingredientes
1 quilo de peixe, cortado em postas
1 vidro de leite de coco
1 domingo de sol, sem nada pra fazer depois do almoço
50 gramas de gengibre cortado em fatias bem finas
2 pimentões vermelhos cortados em rodelas
1 morena, bonita, carinhosa
2 cebolas cortadas em rodelas
1 praia de mar azul, deserta...
4 tomates sem pele e cortados
Cerveja gelada à vontade
1 rede, de preferência das grandes tipo p/ casal
1 CD do Gil cantando "na terra em que não bate o mar, não bate o meu coração"
Sal, cheiro-verde, louro e alecrim à vontade

Modo de preparo

Reúna todos os ingredientes em um domingo de sol sem nada pra fazer antes nem depois do almoço. Em uma praia de mar azul, deserta, separe uma morena, bonita, carinhosa, e algumas cervejas. Deixe em repouso na rede.

Coloque em uma panela o peixe já devidamente salgado. Para salgá-lo devidamente: coloque um punhado de sal nas mãos e esfregue cada posta separadamente.

Esprema o suco de um limão na panela (isso ajuda a manter a carne mais firme).

Cubra tudo com cebola cortada em rodelas, salsa, cebolinha e o gengibre.

Bote música pra tocar. Use o CD do Gil...

Acrescente os tomates e o pimentão cortado em rodelas e um copo e meio de água.

Leve ao fogo com chama baixa.

Pegue mais uma cerveja, vá pra rede, e aguarde...

Quando o peixe estiver cozido, junte o leite de coco e ferva por mais dois minutos apenas.

Pegue mais uma cerveja, escolha uma bem gelada.

Volte pra rede, que a essa altura a morena já deve estar com fome...

De Lucas
Para Lilian

ficou com medo perdeu a carona
Morena, meu manacá
Você não entendeu nada. Aquela lua de ontem, fui eu que pedi pra ela te trazer. Quando voltou e vi que você não estava junto, subi a âncora e fui velejar... sem rumo, só seguindo aquele rastro doce de luz sobre as águas...

Adorei o poema pro Obore, ele também gostou muito, já me confessou, ficou todo orgulhoso.

Quer saber? Que bom que você está no seu eixo, porque eu já perdi o meu há muito tempo, se é que algum dia já tive. Vivo o que a vida me traz, sinto o cheiro, gosto e decido que quero viver.

Pra deixar o coração falar com clareza, no passado já fui muito mais temeroso de viver uma relação mais profunda, mais séria contigo. Hoje não, e paradoxalmente ela, a relação, se tornou mais adulta, mais verdadeira. Devo isso à liberdade que conquistamos de sermos nós mesmos, um para com outro. Após todo esse tempo, essa longa história que construímos; tenho sido honesto, aberto, para me mostrar como realmente sou, sem ego, sem frescura. Isso removeu aquele medo de machucar, de se sentir enganando gente querida. **Não crio e não vivo expectativas entre nós, só o presente, o que rola, ponto. Não há mentira. No meu coração, estamos num universo paralelo, outra realidade** (pura coincidência com o CD que acabo de receber). Coisa difícil de explicar. Embora com tanta sexualidade, punhetas, trepadas, contos eróticos, confissões de fantasias e desejos, perdemos o "gênero". Nos tornamos "pessoas", seres humanos. **Somos macho e fêmea em nosso sexo, nos hormônios, na virilha e nos peitos, não no coração, na alma. Não te olho para te julgar, te dominar, te possuir, ser o censor de tuas opções, ou das minhas. Te olho por amor a beleza do teu Ser. Sem posse, sem seqüestro do indivíduo.** Te quero, nos quero, feliz, livre, Lilian e Lucas. Isso é tudo e é muito. **Ser gente com G maiúsculo já é trabalho de toda uma vida.** Me corrija se estiver errado.

Quando há alguns dias/imeios te pedi em casamento, parecia brincadeira, mas não era. Naquele momento assumi um compromisso com o seu Ser. Nada a ver com escovas de dente no mesmo copo, ou roupas sujas na mesma lavadora, dividir as contas e a cama de casal. **Um compromisso de aceitar você do jeito como é, esteja onde ou com quem estiver.** Goste ou não. E isso serve para ambos os cônjuges nessa união. Se você preferir, pode continuar solteira, mas eu já casei... E que venham todas as Pamelas, Marias e Brigites, assim como Joãos,

Josés e Manés que a vida tenha nos reservado... e que sejamos capaz de amá-los com a mesma honestidade e intensidade.

A propósito, achei uma graça você preocupada com meu nível etílico. Você me conheceu num bar segurando um copo de chope. Álcool é coisa séria e não brinco em serviço. Pode não parecer, mas sou supercuidadoso. Tudo bem, vez por outra vou um pouco mais fundo, mas logo em seguida, opto por uma batida em retirada. No momento, acho que estou só me recuperando dos três meses de abstinência voluntária de qualquer forma de bebida. Acredite, passei o réveillon 2000 bebendo água e jogando I Ching aqui no Obore, é mole? Quanto ao relato das ressacas, bem, você não bebe e não fuma, não tem mesmo como saber, mas, ao contrário de todas as explicações médicas, ressaca é um "estado de espírito". Não pega no fígado, é no coração que faz o rebuliço. Pior que misturar bebida é misturar saudade e solidão. Se preocupa não, meu coração é seu, morena, mas vai sempre ter um lugar pra uma "loira" na barriga.

Beijundas

De Lucas
Para Lilian

bonito era o eu sou baixinho

Morena, minha jabuticaba madura, saí da cama com uma placa nas costas. Dizia mais ou menos assim: BACK OFF-DEPRESSED-HUNG OVER HUMAN BEING. Culpa dos irlandeses, que fazem a melhor das cervejas do planeta. Ressaca é mesmo foda. Dá vontade de ligar pro papa e pedir autorização pra eutanásia. Boas notícias: dirigi mais de cem quilômetros pra chegar à minha caixa do correio. Valeu a pena. Lá me esperava um "petit paquet" recheado de sonhos. Rasguei o papelão ali na hora mesmo. Joguei fora os demais carnês de conta pra pagar, e fiquei viajando em fotografias O sol brilhou mais forte. No meio dos papéis, CDs e fotografias, um cheiro de margarida... Agora já estou aqui no barco de novo. Back na caverna. Lobão na "radiola". O disco tá lindo mesmo. Vou dar um jeito de fazer carteirinha do fã-clube. Arrebentou. Desliguei o som, joguei fora todas as giletes pra não correr tentação, e aí botei pra tocar de novo. O Edu Lobo me desculpe, mas vai ter de esperar um pouco mais. Só tenho dois ouvidos e um coração, que momentaneamente estão ocupados. Comentário rápido: "O homem bonito", é horrível. Não o conto, o texto, mas o cara. Põe ele aqui que arrebento. Faz mesmo muito tempo que não dou umas porradas. Belo era o Baixinho. *O entregador de sonhos.* Estava mesmo pra te perguntar: você considera o baixinho um filho da puta, um sacana? Tirando esse papo de apostar com amigos de bar se ele captura ou não a presa, eu o vejo mais como um cara apaixonado, que também leu Isabel Allende e descobriu a correta localização do ponto "G" feminino. Mesmo quebrando corações na saída, ele me parece absolutamente entregue, apaixonado a cada momento pela mulher conquistada. Tô errado? Vamos falar de foto, que estou cheio de coisa pra fazer, quer dizer, pra olhar. Já está tudo pregado aqui pelas paredes do barco. Aquela, preto e branco, sorriso de quebrar marca-passo de cardíaco, foi parar no quarto, ao lado da cama. P.S: Acho melhor me desfazer das facas de bordo também!!!

De Lucas
Para Lilian

de manhã cedo é foda
Escuta, morena, já tô a fim logo de manhã cedo.
Sabe o que é? Você fica com esse papo de querer saber qual foi o imeio que me deixou assim. Vou contar: foi imeio não. Foi tudo isso que aconteceu nos últimos tempos, na minha vida e entre nós.

De repente um cara se pega no meio do nada, sozinho, perdido em pensamentos, e começa a receber um monte de carinho, elogios e cafunés literários de uma mulher maravilhosa que sempre viveu escondida em um cantinho lá no fundo do coração dele. O que acontece? É claro, tudo isso volta com a força de um vendaval. Vem, sem o menor perdão, desmontando um por um os falsos conceitos que ele alimentava sobre amor, casamento, relações e o caralho. Ele tenta racionalizar sobre o que sente, simplesmente não dá; sentimento não foi feito pra isso. Não é pra pensar, o nome já diz: é pra sentir e ponto.

Tudo isso aqui é real. Você é real, o que sinto é real. Virtual só a sua presença. O resto todo dá pra tocar, sentir cheiro, levar pra cama e colocar ao lado do travesseiro.

Outra coisa: você parece um pouco incomodada com o que te falei sobre você não ser mulher de um homem só. Relaxa. Também nunca fui homem de uma única mulher, salvo durante o tempo que dura a paixão, e isso a gente nunca sabe quando é que vai acabar; então, o grande barato é dar um tempo e aproveitar cada momento.

Tentei te ligar ontem à noite. Não me importei com o "taxímetro". Queria ouvir tua voz. Isso devia ser por volta das dez horas daí. Do outro lado da linha, uma secretária eletrônica com voz de homem respondeu: "Aqui é dois meia..." Desliguei morrendo de ciúme.

Beijos, beijos e mais beijos.

De Lilian
Para Lucas

tô começando um conto

Cê vai me perdoar, mas hoje não sei, o conto tá na cabeça mas não quer vir pro papel. Talvez seja porque fiquei meio impressionada com a idéia de que você já estava de saco cheio de bater punheta. Me senti meio culpada, afinal, os contos são mesmo eróticos, fazer o quê? A proposta não era essa? Aí ficaram rodando assuntos na cabeça. Imaginei-o por aí, largado, sem eira nem beira, e depois você me disse que não tinha ciúme de mim, enfim, tudo muito misturado, que nem papinha de neném no liquidificadoido.

A primeira coisa em que estou pensando é que este negócio de associar sentimento de posse com amor me dá nos nervos. Eu tenho ciúme. Já fiz cada cena de dar dó por conta. Já dei tapa na cara no meio da rua de um, já peguei pelo cangote uma mocinha que estava dando em cima do que era "meu" numa festinha. Já fiz horrores. Mas já faz tanto tempo. E depois disso já pensei e vivi tanta coisa. *Não quero ser pensada pelo pensamento tanto quanto não quero para minha vida padrões de comportamento a partir de crenças em que eu não creio.* Esquisito esse texto. Mas é a mais pura verdade. Esse é impublicável. Vão dizer que não sei escrever. Mas é a mais pura verdade, verdade só na minha cabeça.

Acredito que sentimento de posse indica que há sentimento de posse. Não amor.

Se você sentasse no banco da pracinha no espírito comer alguém comigo do lado, certamente eu ia pensar com meus botões que você era um babaca, um cara emocionalmente imaturo, Peter Pan. Mas, veja bem, *se eu estivesse a seu lado. Odeio uma certa atitude masculina, muito comum aos brasileiros, que é a de ficar olhando bunda das outras de forma acintosa, com a mulher do lado. Acho tão pobre de espírito! Só acho isso razoável se o cara está com uma mulher que não o coma. Aí, faz sentido, todo o sentido.* Mas, se a mulher come, por que não ser discreto com o olhar? Magoa tão menos e custa tão pouco. Nós, mulheres, se estamos com nosso namoradão do lado, quando vemos o Brad Pitt passando com uma sunguinha de crochê do lado, temos um jeito de olhar que ninguém vê o que a gente viu. Somos mais elegantes quando queremos. Se não queremos, é porque o cara tá merecendo. Já fiz isso também. Olhei da mesma maneira acintosa, só para o figura sentir na pele o próprio veneno. Foi hilário. O cara ficou uma onça e eu cínica, cínica.

Fidelidade. *Fidelidade tem essa importância toda porque todo mundo resolveu acreditar que amor de verdade só existe se só se amar uma pessoa só. Raios! Quem disse que isso é verdade? Verdade para quem? Verdade por quanto tempo?*

Eu volta e meia fui fiel. E às vezes era fiel simplesmente porque estava satisfeita, outras porque tava sem tesão por nada, outras porque não havia nada de melhor para fazer, outras porque não havia tentação suficiente. *Mas fidelidade também não é indicativo de amor necessariamente. Fidelidade só pode ser associada a amor por tempo determinado. Depois é que nem remédio que passa da validade. Amor não é um sentimento que posa para fotografia de bom grado. Amor muda, mais rápido do que nuvens, como as nuvens, chove, evapora, congela. Muda a forma, mas é sempre o mesmo amor, com caras distintas.* Fidelidade pode ser qualidade, ou defeito. Fidelidade é qualidade quando acontece naturalmente. Quando é fruto da satisfação. Quando é sinônimo de estar contente com o que está se vivendo e não precisar de mais nada para ser feliz. Aí fidelidade é lindo. Só que, em que casais a fidelidade acontece desta maneira, espontânea e natural? E a segunda pergunta, tão importante quanto a primeira: por quanto tempo? Três anos? Quatro? Só para a mulher? Para o homem vale o quê? No Brasil, fidelidade é muito mais uma característica feminina do que masculina. A maior parte dos homens, mesmo estando satisfeita numa relação, considera natural comer outras mulheres ("as oferecidas", como eles chamam) quando aparece uma oportunidade. E diga-se de passagem: o que não falta é oportunidade para quem corre atrás de uma. Então fidelidade sexual, pelo menos aqui na terrinha, é muito mais fruto de cobrança e controle do que fato natural. Algo nem um pouco bonito de se ver. Defeito de percepção. Mas todos insistem em achar que é só qualidade. E isso eu não engulo. Deu para entender? *Acho que a pessoa que deixa de viver uma coisa boa (que é coisa raríssima nessa vida), porque quer ser fiel, tá com problemas sérios na cabeça. Para mim esta pessoa não quer se permitir viver algo para poder cobrar do outro depois. Aí o outro cobra dela, ela cobra do outro e ficam todos se infernizando vida afora. Isso é amor? Por causa de quê?* É bonitinho um ficar controlando o outro de sacanagem, empatando a foda do outro, o prazer do outro, a vida do outro, a experiência do outro? Que graça isso tem, pelo amor de Deus?

O que acontece é que todo mundo é muito inseguro. Me incluo nessa categoria de seres humanos. A gente precisa que o outro fique o tempo todo provando que a gente é legal, que a gente vale a pena, que nos aceita. Aí se tem fidelidade, ah! Então é a prova definitiva de que eu sou legal e que o outro me aceita como sou! *Tudo besteira da mente. Tudo besteira de uma época em que se dá muito valor ao ego. O outro pode estar sendo fiel por razões lá suas que nada têm a ver com o apreço por nós.* Ou mesmo já pode estar sendo infiel e a gente achando que é tudo lindo, que nem um filme de Hollywood. Hollywood com suas mulheres que gozam todas só com o pau dentro! *Arquétipos de uma época, de uma ideologia. Nada além. Amor não é nada disso.* Sinto. Sem maiores convicções, só sinto. Não é nada disso. Mas quem quiser que mantenha esse padrão, se satisfaz. A mim não satisfaz. Mas aceito e respeito que exista quem dê tanto valor a essa particularidade do ser. Quem quiser, procure seu amor eternamente fiel. É justo, é justíssimo que cada um faça sua própria lei do amor, até porque nesses tempos a coisa está complicada mesmo. E procure quem nela se encaixa. Eu, como boa geminiana, acredito no que diz Fernando Pessoa, que também era geminiano como eu: qualquer coisa vale a pena se a alma não é pequena. E que, mais tarde, virou qualquer maneira de amor valerá. Esses tempos da AIDS viraram o berço da nova caretice. Em vez de a moçada simplesmente usar camisinha, viram todos um bando de cretinos e dizem que o casamento monogâmico é que é o grande lance. Heterossexual no Brasil só usa camisinha com profissional, com prostituta. Eles acreditam que o HIV é algo que vem escrito na testa. *O heterossexual no Brasil é promíscuo e não se importa em gerar uma epidemia. O heterossexual no Brasil se expõe, não tem amor à própria vida e tampouco tem respeito pela de suas companheiras. E o que é mais triste: cresce o número de mulheres casadas infectadas. Tudo porque seus homens não conseguem nem manter uma ereção decente o suficiente para que possam fazer uso da camisinha do começo ao fim de um ato sexual. O homem brasileiro não dá conta nem da sua parceira em termos de desejo real. Mas sai com outras para provar que é "o tal", "o fodão". Mas não deseja o suficiente para poder usar uma camisinha do começo ao fim do ato. Bala com papel o escambau. É incompetência viril mesmo, é dificuldade para reconhecer o próprio desejo. Talvez simples homossexualismo enrustido.* O machão brasileiro é um subproduto do tédio e da mediocridade dos tempos modernos. É o cara que nada faz na sua vida da qual tire prazer verdadeiro e usa o sexo como anestesia à dor do vazio da sua existência. Grande lance é ser feliz e não ser cego. Grande lance é ser feliz e não ser hipócrita. *Grande lance é usar camisinha e saber ser responsável pelas suas escolhas na vida.*

Você não ter ciúme de mim é simples: é sensato de sua parte não ter ciúme de uma mulher que escreveu um livro chamado a amante ideal, é casada e pensa o que pensa. Muito sensato. Se fosse diferente, não ia dar nem para saída.

Será que você ainda está vivo depois do tornado? Vai ter mais algum desses por aí? Tem como você saber antes?

Puxa, tomara que você esteja bem.

Beijinhos

DÉCIMO CONTO ERÓTICO

Conselho de Geladeira

Um belo dia acordei e me dei conta de que estava falando com a geladeira e que, horror dos horrores, a geladeira respondia. Não de forma simbólica ou metafórica. Nem era uma hipérbole de minha parte. Era a mais terrível realidade. Quando dei por mim, já estava de malas prontas para o pronto-socorro psiquiátrico mais próximo. Voluntariamente me entregaria às camisas-de-força, contanto que a geladeira calasse sua boca néon. Até outro dia tudo se limitava a um ligeiro estresse. Muitas horas dando aula, muitas horas no computador, muitas horas no telefone. Uma ligeira dor de cabeça, uma certa insônia, uma ligeira zoeira na cabeça. Mas, até então, os carros eram carros, os computadores eram computadores e as geladeiras, principalmente, essas eram criaturas pacíficas e silenciosas. Fechavam e abriam suas portas só quando eu abria e fechava suas portas. E não ficavam me cochichando obscenidades, ah, isso não. A safada da geladeira, na última vez em que fui tirar uma fatiazinha de pudim velho de geladeira, sabe o que ela teve a empáfia de me dizer, assim, que nem uma velha assanhada? Me disse: "Tá comendo pudim porque quer comer a bunda da sua vizinha do primeiro andar, tá virando sapatão, sapatão, tá virando sapatão, sapatão." Me diga, uma geladeira falar é um fato até aceitável, mas dar conselhos pornográficos?! Não, isso é demais pra um eletrodoméstico. Mas tenho de admitir duas coisas. A primeira é que já estava de papo com geladeira havia um bom tempo. A segunda é que a tal vizinha tem me aparecido em sonhos. Ela é uma negra, muito bonita e muito simpática, casada com um homem igualmente bonito e simpático. Ele muito branco, ela muito negra. Os dois altos e elegantes. São um casal muito, muito, ah, não sei dizer, eles são assim, demais pra minha cabeça rotular. Mas sonhei com ela. Ela estava envolta numa enorme fita, daquelas que envolvem presentes, ela negra, a fita rosa, ela era um presentão sei lá Deus para quem, pra meus travesseiros talvez. Sei que ela vinha assim, negra e rosa, e sua boceta era depilada de maneira a deixar à mostra o clitóris. E este era rosa como a fita rosa. Fui sonhando este sonho até a manhã raiar e me senti muito bem. Tive de, como sempre, acordar antes de todo mundo na casa, fazer o café, depois corrigir provas, depois chamar todo mundo, vestir o Pedrinho, alimentar Pedrinho, e toda a correria pra me aprontar, aprontar Pedrinho, dar laço na gravata de marido, não esquecer as provas, não esquecer todas as coisas que tinha de levar, pegar o carro, deixar um no trabalho, outro na escola, e me autolevar até onde dou aulas. Se um romance policial fosse escrito a partir de mim, meu personagem seria o mais fácil de ser assassinado. Minha rotina é idêntica, é facílimo me encontrar. Sigo os mesmos passos todo santo dia. Da escola, apanho Pedrinho, vou pra casa, fico lá, trabalhando como digitadora, até bem tarde da noite, e, no dia seguinte, é sempre mais ou menos a mesma coisa, sempre nos mesmos horários. Sou um utensílio indispensável na minha casa, mas sou invisível como a geladeira. Só que acontece que eu sou gente. E a geladeira é geladeira. Aliás, tudo aqui sempre tinha sido, até recentemente, exatamente o que aparentava ser. Talvez o computador... Não, o computador era só o computador. Mesmo nesses dias em que comecei a ver o rosto do vizinho, o tal que é o marido da moça negra, se desenhando nas sombras do monitor. Eram só reflexos do vidro. Preciso comprar um protetor de tela. Mas essa sou eu. Essa é minha vida. Já fui muito bonita. Mas isso foi antes de eu virar utensílio doméstico. Cheguei a parar o trânsito. Sem metáfora. Ai, essa minha mania de professora de português! Metáforas, metonímias, hipérboles, anacolutos. Deve ter sido tanta poesia, tanto livro que me deixou no ponto pra falar com geladeiras. Mas ontem de tarde dei de cara com este casal. Eu levando um saco enorme de compras. Mal conseguia abrir a porta do hall. Quando ia entrar no elevador, dei de cara com o casal. Os dois super-simpáticos, me ajudaram a entrar, sorriram pra mim, mas o principal é que tive a impressão de que eles me viram. Eles me viram por baixo dos pacotes, dos vestidos sem graça, me viram como já fui e nem sou mais. Os dois me olharam. E ela me deu uma piscadinha. Estranhíssimo. Acho que foi ilusão de ótica. Mas que ela piscou, piscou. E saiu desfilando uma bunda de botar inveja em Globeleza. Que bunda, benza Deus! Mas o que é isso? Depois de falar com geladeira, vou virar sapatão? E aí a geladeira dizia que eu iria gostar muito de me esfregar naquele corpo marrom-escuro, que iria ser muito melhor do que comer chocolates. Ai, que tenho mesmo de me internar urgente. Só sei que, depois de me livrar dos embrulhos, corri ao banheiro, peguei um aparelho de barbear e comecei a me depilar. Mas me depilar mesmo. Eu, que já nem me depilava mais. Não faz diferença, pensava eu. Quem se importa, quem me vê. Mas, nesse dia, eu me importava e muito. Depilei tudo. Deixei tudo à mostra. Meus lábios, meu grelo, é, nesse dia, pensei, clitóris coisa nenhuma, olha a cara dele, inchadinho, é grelo, não é clitóris coisa nenhuma. E ele ficou ali, à mostra, safadinho, safadinho. No dia seguinte, vesti um dos meus velhos vestidos, um que deixa meu colo à mostra. Pus uma calcinha de cetim que já estava mofando no armário. E fiz tudo o que sempre fazia. Mas o vento que ventava parecia querer levantar minha saia de qualquer jeito. E o ar quente eriçava meus pêlos. Tudo estava elétrico. As cores eram mais cores, os dias eram misteriosos, as crianças tinham pose de mágicos tirando coelhos da cartola. Tudo estava vivo. É isso. Tudo estava vivo. E eu me sentia eu novamente. Nesse dia à noite, pela primeira vez em quinze anos de casamento, fui eu quem tomou a iniciativa. Peguei Ronaldo, assim, pelo pinto, uma verdadeira troglodita. Me lembrei de que eram os homens que carregavam as mulheres pelo cabelo. Pois bem, ali, a troglodita era eu. Peguei o pinto de Ronaldo e, sem a menor vergonha, rocei seu pau em minha xoxota, que esta hoje assim se chamava, xoxota, xoxota, xoxota. Minha visível xoxota. Ronaldo levou um susto, mas, como estava achando tudo ótimo, fez de conta que achava tudo normal e prosseguiu obedecendo minhas ordens silenciosas. Gozei com ele do lado de fora, gozei com ele do lado de dentro, gozei o que já não gozava havia mil anos, isso é certo. Dormi feito um anjo. Até que no dia seguinte me veio a certeza. Caramba, eu falo com geladeiras e as geladeiras falam comigo. Aí foi como se eu tivesse virado uma daquelas montanhas-russas, essas modernas, que dão voltas sobre si mesmas, e vim me estatelar ali, no chão da cozinha. Bestificada, aterrorizada, destrambelhada. Não vou dirigir nesse estado que posso até causar um acidente. Táxi. Tenho de achar o telefone de um táxi. Não. Vou para a rua. Acho um lá mesmo, vou para a clínica, explico o que está acontecendo e depois telefono pra escola do Pedrinho e pro trabalho do Ronaldo. Depois que eles me sedarem vai ficar tudo bem. Assim é melhor. Apago a luz, fecho a porta da casa, vou para o elevador. Que coincidência. Tantas pessoas moram nesse prédio. E dou de cara de novo com esse casal, tão simpático. Os dois me olham, e dessa vez não tenho dúvidas. Eles me vêem, eles adivinham quem eu sou, que tenho uma xoxota completamente depilada, que trabalho demais, que estou ficando maluca. E que sou maluca por eles dois. Eles me perguntam então, como num sonho, se eu não gostaria de tomar agora nesse minuto, só por um pouquinho, um chá, um vinho, qualquer coisa no apartamento deles, que eles sempre quiseram me conhecer, mas só hoje tiveram mais tempo para me abordar. É claro que sim. Não sei para que ando com tanta pressa. Não sei o que tanto quero que tenho sempre de correr por aí. O mundo pode esperar. Prefiro chá. Ao entrar no apartamento deles, percebo que lá até as cadeiras são muito sexy. E tudo no ar vibra como Miles Davis num solo sem fim. Enquanto ela me serve o chá, o namorado me abraça, e o fogão pergunta se nós gostaríamos de umas torradinhas recém-assadinhas. Fico feliz. Me sinto em casa. Este é um grande dia. Como deveriam ser todos os dias. Uma festa.

De Lilian
Para Lucas

como é difícil largar de você

Aí pensei mais umas duas ou três coisinhas. Que podem ser uma tremenda besteira, pode ser. E você me perdoe se forem. Vou ser franca. Você, para casar, escolheu aquelas moças, que você presumiu serem moças de um homem só. Certinhas, né? Mas nem por isso tudo funcionou certinho. Você com a Beth teve a mim e mais algumas, e com a Inês também rolaram umas por fora, não é isso? Então moças certinhas não garantiram que tudo desse certinho. E, de qualquer jeito, moças certinhas preferem situações com caras certinhos igualmente. E são muito boas em cobrar que o mundo seja como elas querem que seja, não de outro jeito qualquer. Bom, eu, antigamente, só era meio ruinzinha da cabeça, mas não tinha ainda nenhum dado lá muito concreto (a vida não os havia fornecido) a propósito de nada nas relações amorosas. E era tão de quatro por você que, se você então tivesse me dito, "vem para sampa", eu iria dar um jeito de ir. E se depois, aqui no Rio, você tivesse dito algo semelhante, também teria sido assim. Eu poderia parecer não ser mulher de um homem só, mas era mais uma questão de achar o homem. Eu era absolutamente igual a qualquer uma. Só lá em busca do tal do amor, que é o que toda mocinha quer para si. As "certinhas" e as nem tanto assim. E teria sido fiel a você, é muitíssimo provável. Ou você ia me deixar sem sexo que nem o Marco, por acaso? Me parece que não era isso o que você buscava, senão, ou você teria ficado comigo, naquele tempo, lá atrás, ou seus casamentos teriam funcionado bem e você estaria com uma ou com outra. Me parece que não é nada disso o que você verdadeiramente quer para sua vida. Seu espírito é muito inquieto. **Quem quer essa coisa de sossego, fidelidade, casamento caretinha busca soluções caretinhas. Não vai parar num barco. Quem está num barco com certeza quer horizontes abertos, quer muitas saídas, quer criar suas próprias rotas. Vai me dizer que não, esse negócio de novas rotas é só no mar, que na vida amorosa não é assim? Acho que é também. E não é à toa que você está encantado com uma mulher virtual, que é casada com outro na vida real. É porque te faz respirar melhor, te dá mais espaço real. E aí você pode inventar o seu próprio caminho.** É isso que tá te deixando assim, flutuando. Não é sexo em si, porque isso você tem ali na cidade, inda mais com seus

bons modos de homem mais maduro e sua boa aparência. É essa possibilidade de viver um novo tipo de amor, isso. E isso só eu nesse momento tô te oferecendo. Isso talvez seja a única coisa que vai fazer você volta e meia voltar pra mim nessa vida. Se não, o que não falta é mulher nesse mundão de Deus. Quinhentos milhões de mulheres, com todos os feitios.
Tô muito equivocada?

De Lucas
Para Lilian

um monte deles

Querida morena, ontem à noite não deu mesmo. Não cheguei nem perto da "janela". Tava tudo muito demais por aqui pra ficar olhando o monitor. Barulho das ondas na praia, céu ora estrelado ora uma chuva fininha, agradável, mar calmo, daqueles que peixe não nada, bóia. Enfim, só faltava você materializada. No pensamento você já havia chegado. Jantei à luz de velas. Duas taças de vinho na mesa. Uma para mim outra pra Lívia, que, diga-se de passagem não quis beber, e, bem, pra não desperdiçar, você já sabe o que fiz. O cardápio, moqueca de peixe com pirão. Especialidade do *Chef*. Feita com farinha de mandioca genuinamente brasileira, contrabandeada na minha última viagem, e o peixe, pescado na hora e devidamente sacrificado com honras e agradecimentos à Iemanjá pelo suculento presente. (Será que Ela se importou por eu ter resolvido trocar a taça de Chablis por um copo de cerveja na hora da oferenda? Achei um certo exagero jogar aquele vinho na água.) Gil ao fundo cantando: "Na terra em que não bate o mar, não bate o meu coração..." Lindo, Divino. Tudo perfeito, digo, quase. Lembrei-me de que não havia comprado cigarros antes da partida. Vício infeliz. Não, ele não foi capaz de estragar a noite. Como marinheiro prevenido, sabia que tinha reservado alguns pacotes de tabaco, desse de enrolar, na caixa de primeiros socorros. Tudo bem, minha neurose com prevenção iria destruir um pouco mais de meu pulmão, mas salvou a noite. Uma confissão: nos barcos, costumamos manter uma caixa, mochila, seja lá o que for, para o caso de numa eventual emergência precisar abandonar o navio. Lá dentro, vai de tudo um pouco. Lanterna, pilhas, medicamentos, fósforos e isqueiro água, rações de salvatagem (jujubas, energia sem fibra), faca etc. Esse é o tal do "saco de abandono". O meu, em particular, sempre tem tabaco. Morro de medo de virar náufrago sem um "cigarrinho" pra fazer companhia. Decidi acrescentar uma nova seção ao fim de cada imeio que te mando. A seção de "Pendentes". Vou tentar colocar nela tudo aquilo que vai acumulando de perguntas e observações que acho não devem ficar sem resposta. Assim fica mais fácil voltar a assuntos passados, como cachorros-quentes, problemas com radiotáxi, cuecas furadas e o cacete. Que te parece? Mais prático, não é? Menos literário, mas vai funcionar. Aliás, deixa eu tentar mais uma vez. Sabe, quando leio seus textos, realmente me sinto envergonhado com aquilo que escrevo. Tão sem graça, tão sem tempero. Se ao menos eu escrevesse sobre parafusos, bombas de porão, motores diesel, o vexame era menor... Vamos falar de paixão. Claro que tem coisa acontecendo por aqui, neste coração. *Qual o cavaleiro de Cervantes, passei anos de minha vida na busca da amada Dulcinéa. De repente, numa onda cibernética, descubro uma Penélope tecendo seu interminável manto, à espera do retorno de seu amado. Isso balança o coração de qualquer guerreiro. Dá mais força pra batalha. Tudo bem que essa Penélope é mais moderna. Ela está casada, vive com outro homem e tem filhos. Já não olha para o mar à espera da chegada da esquadra. Aguarda no computador. Sonha com noites de adultério em motéis e camas estranhas... Que diferença faz?* Ela me quer... Mais uma confissão. Sabe, sempre fui um cara tipo ciumento, possessivo. Tá legal, não é certo, tento corrigir, melhorar, mas essas coisas não são assim, eu quero e pronto, não sou mais. Elas estão mais arraigadas em nosso "eu" do que podemos pensar ou querer. São culturais, adquiridas, o cacete. Estão ali, dentro de cada neurônio. De cada célula de nosso cérebro e coração. Não dá pra fingir. Já passei mal só de imaginar alguém que já foi "minha" (sente o termo) com outra pessoa. Tira o sono, dá raiva. Então vem você. Maravilhosa, apaixonada confessa, romântica, preocupada comigo, um oceano de palavras e sentimentos carinhosos. Correspondo, o coração bate mais forte a cada imeio, me sinto *transbordante de sonhos que talvez nunca venham a se realizar, mas vale porque estão sendo sonhados*. Então me pergunto: por que catzo esse sentimento, essa possessividade, não existe em relação a você? *É verdade, não me lembro, e se lembro não me importo em saber, de que após todas essas "letrinhas" você vai deitar à noite com seu marido.* Também não me importo quando você me fala dos seus casos que não estavam no script, ou seja lá o que for. Será essa certeza sobre o que sentimos? *Essa mistura de amor e amizade, uma verdadeira cumplicidade que transcende toda essa babaquice.* A maneira como ao longo dos anos, mesmo à distância, sempre fomos próximos? Não responde, deixa como está que tá bom. Achei uma foto aqui no meu arquivo que queria te mandar. Talvez você já conheça. Ela foi publicada na *Folha*, lá pelo fim dos 80. Foi premiada e o cacete. (sem ego). Queria te mandar. Faz parte de um material que fiz sobre "surfe ferroviário" aí no Rio. Em uma bela manhã resolvi "surfar" junto com a galera pra ver o que dava. Foi bárbaro. Acho que peguei o espírito da coisa. Lembro quando, após sair pela janela do trem e alcançar o "teto", alguém me disse: "Fotografa aquele cara, o Tufão, ele já surfa há mais de um ano e nunca morreu." A frase ficou martelando até hoje.

Milhões de beijos, doces, lambidos e demorados. PENDENTES
Não tenho problema nenhum com Miojo, só não gosto daquele tempero horrível do pacotinho. Mas, sem falsa modéstia, sou um bom cozinheiro, e adoro comer bem. Sempre que posso e meu mood permite, me atraco com pratos mais elaborados. Problema é cozinhar só pra uma pessoa. Perde a graça. Também confesso que, embora com certa freqüência descambe para os *junkie food*, sou chegado a um pão e arroz integral, saladinhas etc. A bem da verdade, sou um avestruz. Se passar pelo pescoço, tudo bem. Vou ter de parar de escrever. O mundo tá acabando lá fora. Uma puta de uma tempestade chegou por aqui. Vou dar o *send* mais tarde, senão o vento é capaz de levar isso aqui pra outro endereço. Beijos

De Lucas
Para Lilian

Com gosto de rolinho primavera, tentando responder alguma coisa desse monte de perguntas que estão acumulando por aqui.

Obore é uma expressão dos índios mundurucus, e quer dizer "o meu amigo".

Bom, vamos falar do tao. Olha, o assunto é meio complicado, não sei se vou conseguir me fazer entender escrevendo, mas vou tentar. Ao longo dos meus últimos anos, comecei a procurar uma resposta para as questões do espírito, sempre gostei muito de metafísica e da física, mas não conseguia simplesmente satisfazer minha curiosidade com respostas que colocavam divindades e deuses como juízes de nosso comportamento, vivendo em um universo distante do nosso, pacientemente aguardando o momento de um derradeiro julgamento. Sou um cara cético, racional, e sempre achei que o conhecimento intuitivo era passível de ser racionalizado. Racionalizado não dentro de uma ciência cartesiana, fragmentadora, que separa a mente e a imaginação do resto de nossos sentidos, mas sim que ao menos encontrássemos uma "razão", um vínculo com nossa realidade para aquele modelo que estávamos criando. Por exemplo, sempre achei absurdas as visões esotéricas e místicas que preferem acreditar em seres de uma "Atlântida" desaparecida, com superpoderes capazes de mover blocos de pedras e construir templos e pirâmides, sem que se considere que tais construções possam ter sido apenas obra de povos ou civilizações possuidoras de uma tecnologia que se perdeu em algum momento de nossa história. A isso chamo de racionalizar o intuitivo. Ao menos me parece mais fácil do que sair por aí criando teorias fantásticas, extraterrestres ou o cacete. Estamos cheios de "fantástico", "mágico" e "divino", desde o ato de respirar, ver o sol nascer e se pôr para dar lugar à noite, a reprodução das espécies, as estrelas, quasares, DNAs, luz, óvulos e espermatozóides, enfim, todo esse universo que, quando queremos, percebemos ao nosso redor. Não precisamos mais sair por aí tentando explicar deuses morando em um Monte Olimpo suspenso nas nuvens, e de lá ditando a vida dos seres humanos, para vivermos uma experiência espiritual. Em seguida, colocamos nossa espécie numa situação de existência privilegiada perante as demais, mesmo quando sabemos que milhões de outras diferentes formas de vida compartilham a nossa mesma mãe Gaia, e que esta se formou milhões de anos antes que o primeiro macaco pisasse por aqui. Toda essa visão sempre me pareceu profana e blasfema, e acabou por criar nos homens uma ruptura com o seu meio, a sua natureza. Começamos a tratar os mares, as matas, o ar, o planeta, o universo como o nosso *playground*. Perdemos o compromisso com tudo isso e estabelecemos uma responsabilidade apenas com a hora do julgamento, o Éden, o Nirvana, ou seja lá como se quer chamar. Deslocamos nossos deuses e responsabilidades morais, de valores, para um ponto qualquer no porvir. Deixamos de fazer parte da natureza que conhecemos e nos sentimos no direito de produzir energia atômica, a partir de um elemento químico que jamais existiu naquela forma na natureza e a ele damos o nome do deus grego dos infernos, o plutônio. Tudo isso feito com a maior hipocrisia, seja ao canto de mantras ou crucifixos pendulantes nos pescoços daqueles freqüentadores de bazares esotéricos, seja através da negação do lado verdadeiramente espiritual da vida e uma supervalorização da máquina, da tecnologia. Aí é que vem o tal do Tao.

O taoísmo, a meu ver, e olha, sem cerimônia, sou um bocado leigo no assunto, é uma filosofia, não uma religião. Ele busca a preservação e o equilíbrio da vida humana através de um "caminho natural", nada e tudo a ver com ecologia, ambientalismo. Através da união mística com o Tao, consegue-se uma harmonia do indivíduo com a natureza. É na observação de nosso mundo, no amanhecer e anoitecer, no ciclo das quatro estações, na lua, na observação das marés, nos movimentos de vida e morte, que aprendemos a compreender as energias que nos envolvem. Somos parte de um todo e ao mesmo tempo contemos esse todo dentro de nós. Não estamos sujeitos a leis e legisladores na forma de entidades divinas, mas sim a um fluxo natural dos fatos. Quando tentamos lutar de forma desarmônica contra esses fatos, nos estrepamos. Acho que poderia ficar horas escrevendo nomes de filósofos daoístas ou taoístas, sobre Lao Tzu, o Tao Teh Ching, o livro dos cânones taoísta, mas tenho medo de me perder no assunto, acabar complicando. Numa visão bem simplista, encaro da seguinte forma: o budismo é religião, embora com todas as suas variantes, sempre acaba falando da alma, do espírito enquanto o taoísmo tenta nos explicar o universo e seu funcionamento, suas "leis". Para completar essa "trindade", o confucionismo vem estabelecer um código de conduta, de valores sociais para o indivíduo. Como meu espírito, se colocado numa escala comparativa

com o Dalai Lama no topo, provavelmente vai estar alguns risquinhos abaixo do zero, ainda que deseje evoluir, tenho maior interesse nos dois últimos. Afinal, se os budistas estiverem certos quanto às reencarnações, ainda terei muitas vidas e eternidades para completar a missão. E por aqui mesmo, com toda essa dificuldade, tem muita coisa legal pra ver e pra fazer.
    Chega que você já deve estar dormindo
OHM OHM OHM
    É Tantra coisa pra falar... beijos

DÉCIMO PRIMEIRO CONTO ERÓTICO

Galope

Jeff vinha à minha casa jogar tarô regularmente, toda semana, havia três anos. Ele era dono de um haras de cavalos mangas-largas e de uma empresa de import-export. Jeff é muito rico. Rico, não remediado, o que faz uma enorme diferença. Sou muito boa com as cartas. Nisso deve ajudar minha aparência diáfana e meus longos cabelos louros. Não leio jornais, consegui terminar o segundo grau graças à insistência de minha mãe e larguei os estudos exatamente no ano do vestibular. Vestibular foi um pouco demais para mim. Minha grande paixão sempre foi a dança. Clássica. Dancei por muitos anos de minha vida. Até que tive meu primeiro filho. Nos últimos anos, dançava seminua no Oba-Oba. Recebia trocentas cantadas de caras bem apessoados e dos mal apessoados igualmente. Enfim, toda espécie de homens que freqüentavam o local e me viam dançar davam um jeito de me conhecer. Nunca dei bola pra ninguém. Até que tive a péssima idéia de me encantar por Rodolfo, um poeta pé-rapado. Sedutor nato e malandro de primeira categoria, roubou meu coração, me fez dois filhos e abandonou-me por uma dentista safada. Com quem ele já não está mais. Infelizmente. Tenho de reconhecer que, pelo menos no tempo em que ele estava com ela, mandava a pensão dos meus filhos numa boa. Acho que, se bobear, era ela quem lhe dava o dinheiro. Agora tenho de ficar mandando a polícia atrás dele o tempo todo. A última gracinha que o puto fez foi, depois de muito eu andar atrás dele e fazer escândalos homéricos, depositar um envelope vazio no caixa automático do banco, só para ganhar tempo e fugir sei lá Deus pra onde. Fiquei desesperada. A escola me ligando para cobrar, a creche ligando para cobrar, o homem da mercearia dizendo que não podia mais me vender fiado, um caos. Comecei a ter insônia. Olhava para a cara de meus dois filhos e me dava vontade de chorar, chorar, chorar. Eles são tão lindos, tadinhos, a cara do safado do pai, diga-se de passagem. Aí, numa dessas insônias, fez-se a luz. Jeff é a saída. Claro, como não pensei nisso antes? O cara é rico e é louco por mim! Tenho uma amiga, a Claudinha, espertíssima, que não dá ponto sem nó nessa vida, que, quando topou com o cara saindo daqui, imediatamente farejou o dinheiro e deu um jeito de ser apresentada para o bofe. Danada a Claudinha. Trabalha numa loja de papel de parede em Ipanema só para ficar bem perto dos que têm o ouro. Aí ela saiu com ele, usou de todo o seu bom humor, estratagemas de sedução, litros de perfume francês, e o máximo que conseguiu dele foi que, quando falava sobre alguma coisa, falava sobre mim, ou sobre como as predições do tarô salvaram sua empresa de uma grave crise. E ela observou que, num dado momento da noite, deu uma espécie de bufada com os beiços, num gesto semelhante ao dos cavalos. É. Eu já tinha visto isso acontecer várias vezes. Jeff, quando relaxa, bufa. Deve ser porque conviveu muito com cavalos desde sua mais tenra infância. Mas não devo pensar nisso agora. Tenho de me concentrar em ficar maravilhosa, estonteante, porque hoje Deus vai me ajudar e eu vou conseguir mudar o rumo de minha história. Cláudia achou que ele era apaixonado por mim, e que, como é tímido, nunca conseguiu se expressar. Ela deve ter razão. Quando ontem, logo depois de termos jogado tarô, eu já fazendo a leitura das mãos dele — também sou ótima em leitura de mãos —, quando propus que devíamos, quem sabe, ir a um cinema, ou tomar um vinhozinho em algum lugar, ele respirou, engasgou, ficou vermelho e concordou imediatamente. Confessou que sempre havia desejado que algo assim acontecesse, mas tinha medo de me ofender se propusesse algo. Não, em absoluto não me ofende, respondi. Passei a vida toda ouvindo coisas bem mais ofensivas e nem por isso me ofendi — mas isso eu não disse, só pensei. Melhor que ele não saiba do meu passado de dançarina seminua. O desejo dos homens nunca me ofendeu, essa é a verdade. Estranho para mim seria caminhar pelas ruas sem ouvir todas essas besteiras que eles me dizem. Ia achar que tinha ido parar numa outra dimensão, no meio de um filme de zumbis, ladrões de corpos. Sei lá. Mas vamos lá, concentração, firmar o ponto, focalizar. Jeff não é feio. É jovem, discreto, saudável. De terno vira um belo tipo de homem. Sem terno, é um tipo meio comum, meio sem sal, mas também não tem nada de menos. Do que adianta ser charmoso feito o Rodolfo e um tremendo malandro? Não. Jeff é tudo de que eu e meus filhos precisamos nesse momento. Um tipo estável, trabalhador, prático, seguro, razoável, fiel. E por último, mas não menos importante, rico, riquíssimo. Rico de verdade. Um dia, ele precisou de uma sessão de tarô urgente, tinha não sei qual negócio para fechar, mandou me buscar em casa e me levou à casa dele. Que casa, meu Deus! Jardins para todos os lados, uma vista deslumbrante de todo o mar a que se tem direito quando se é rico assim, empregados, copeiros, mordomos, motoristas e — uma gracinha — enormes vasos para todos os lados cheios de bombons. Bombons coloridos, recheados de licor, saborosíssimos, sem nenhum traço de parafina, chocolate puro. Acho que não vou continuar tão magra se for morar naquela casa. Mas José e Caio irão se divertir aos montes. Ai, meus filhinhos, que eu amo tanto. Felizmente meus peitos não caíram. Que belos peitos eu tenho. Ia ser uma pena se eles tivessem caído com a amamentação, mas, pra minha sorte, não caíram. Firmes, redondos, grandes, imponentes mesmo. Mamilos rosinha. Umas gracinhas. Minha pele é alva, macia. Minhas pernas são longas e esculpidas. Pernas de bailarina. Mesmo sem estar praticando, minhas pernas conservam suas formas. Nada como o balé clássico. A tia Helena já me dizia isso quando eu era criancinha. Santa tia Helena! Mas não é em tia Helena nenhuma que tenho de me concentrar agora. Jeff. Tomara que ele tenha um pinto, que nem todos os homens. Tomara que o pinto suba, que nem o de alguns. E tomara que suba com a visão desta bunda arrebitada e formosa que Deus me deu! Ele é tão sério que fica difícil acreditar que ele tenha um pau por baixo dos panos que o cobrem. Mas deve ter. Ou será que ele vem religiosamente à minha casa, no meio do trânsito infernal de Copacabana, toda semana, há três longos anos, só para ver cartas e eu segurar a mãozinha dele? Ih, ele tem mãos pequenas. Se tem mãos pequenas, será que tem um pau pequeno? Ai, ai. Não se pode ter tudo nessa vida, Lívia querida! O cara é solteiro, é jovem, nunca teve filhos, tem 37 anos e nunca casou com ninguém, mora numa puta casa à beira-mar, e você vai querer um pau grande ainda por cima? Facilita, só pelo pau ser pequeno, é que o cara ainda não se casou e não tem vinte dessas peruas falsamente louras penduradas no seu cangote. Graças ao pau pequeno, ele é tímido, recatado e fiel. Sei que ele é fiel, tem cara de homem fiel. Foi a Cláudia que pulou pra cima dele, senão ele tinha passado por ela como se aquela morena de 1,75 fosse invisível. É fiel, não há dúvida. Poderei ter uma babá para o Caio, que ainda é pequenino, e poderá ser uma dessas moças jovens e cheias de vitalidade, porque Jeff não vai sair passando a mão na bunda dela quando eu me distrair. Deus é bom. Deus é pai. E eu sou uma loura de verdade, pentelhos louros para comprovar e olhos verdes para realçar. Meu único deslize nessa vida foi o chato do Rodolfo, aquele fala mansa dos infernos. Maravilhoso na cama que era aquele puto. Aquilo que ele fazia não era sexo. Sexo não define o que ele fazia. Aquilo era arte. Mesmo que ele fosse um mau poeta, trepando como ele trepava, seria um grande artista do mesmo jeito. É um cafajeste. Mas dei tanta risada com ele, gozei tanto com este cabra safado, que no fundo, passada a minha ira, pela total ausência de compromisso dele com seus próprios filhos, torço para que o imbecil tenha seu talento reconhecido, não pelo bando de vadias que vivem cercando o estúpido, mas por gente que entenda do riscado de verdade. Eu não entendo de poesia. Mas foram as palavras dele num guardanapo de papel molhado que me fizeram cair no colo dele. Não foram seus belos olhos, que belos olhos já vi muitos. Foram as palavras, colocadas de um jeito, não sei explicar, com um ritmo, ah, não sei. Arte para mim é o que me faz a cabeça e nem tudo o que me faz a cabeça está entre molduras, com esse nome de Arte, e nem tem letras maiúsculas. Caio, o meu caçula, acho que faz muita Arte, com seus desenhos esquisitos, pelos quais a professora já até demonstrou um certo desprezo, achou que ele tinha problemas. Aquela vaca. Problemas tem ela. Caio é original. E a Arte e a originalidade andam de mãos dadas. E Caio é espontâneo, como eu. Isso faz de Caio uma obra de arte ambulante. Acho que Jeff talvez não vá se dar muito bem com Caio, porque o menino é assim, muito espontâneo por demais. E Jeff é tão certinho. Mas, enfim, eu posso compensar todo esse problema. Olha pra essa boca. Boca carnuda, lábios rosas, dentes alvos, com uma boca dessas no seu pau, com certeza, Jeff há de perdoar as travessuras dos meus filhos. Com certeza. Vestido azul, para realçar a cor dos meus olhos. Decote até dizer chega. Perfume discreto e denso, lembrando os cheiros da boceta, saltos altos, rímel, batom, paciência para ouvir incansáveis discursos sobre si mesmos que os homens inventam de ter quando querem se exibir para uma mulher, pronto. Estou pronta para este encontro. O xampu que usei é maravilhoso, ajuda nos cachos e tem um perfume de mato, de ervas, fantástico. Também, carésimo. Tinha de ser ótimo. Tocou o interfone. É ele. Pontualíssimo. Deixei os meninos na vizinha, desliguei tudo que tinha pra desligar, OK, rua. Ele está muito bem-vestido, tem um tom de voz que denota ser um homem que controla tudo o que ele deseja controlar. Troca de gentilezas, sucintas. Ele é econômico em elogios. Soltou um você está bonita, e deu-se por satisfeito. Me levou para jantar num restaurante chique, mas não chique demais, e discreto, como discreto parece ser tudo nessa noite. Estou dançando conforme a música como boa bailarina que sou. Deixo claro que quero dar para ele. Ele deixa claro que pretende me comer. Ele me é muito grato, ele diz, não há como pensar nada de mau sobre mim, afinal já me conhece há três anos, já viu os meus filhos, de relance, mas sabe que sou uma boa mãe, que sou uma mulher de respeito, porque sempre foi assim que me comportei. E teria continuado assim se não fossem as contingências, penso eu, mas não digo. Chega de ser vítima da conjuntura e das maluquices do Rodolfo. Tudo isso vai mudar. Digo em voz alta que busco um homem que queira ir além de um simples envolvimento casual. Que acho ele um homem responsável, um sujeito que não foge aos seus compromissos. E que isso hoje em dia me agrada mais do que palavras bonitas. Que busco um homem de ação e que chega de poetas e artistas na sala. Eu sou um homem de ação, diz ele. E poucas palavras, penso eu. Busco uma mulher honesta e de bom coração, um tipo que nunca encontrei nas mulheres da minha classe, ele se retrai ao falar. Franco, direto, gosto disso. Você parece ser o que eu procuro, diz ainda ele. Para provar que é um homem de ação, pede as contas. E, sem mais nenhuma palavra, beija minha boca. O que há com esse beijo? Não, não há nada de errado com o beijo, nem com o homem. O que há de errado está na minha cabeça, acostumada com muitos poetas na sala. Isso vai passar, penso eu. Vou me tornar uma madame respeitável e chega de ficar suando frio todo começo de mês. Ele paga a conta, saímos do restaurante. Estamos na sua casa. Assim, sem mais delongas. Sem mais delongas estamos no seu quarto. Ele tira sua própria roupa. Ele está totalmente nu e eu ainda estou com toda a roupa. Ele me olha fixamente. Vou tirando peça por peça de minha roupa. Estou completamente sem graça. Penso em todas as mordomias que desfrutarei pelo resto de minha vida, nos meninos brincando no jardim. Quando estou finalmente despida, ele simplesmente me deita, vai para cima de mim e me penetra. Olho de relance o relógio. Sem querer. Será que Caio está dando muito trabalho à vizinha? Vinte e duas horas, cravadas. Ao contrário do que dizia a sabedoria popular, o pau dele não é nada pequeno. É gigantesco e incrivelmente grosso. Como um pau de cavalo. Ele me dá um beijo na boca, sua saliva escorre para dentro de minha boca. Parece que ele está rasgando minha vagina. Nem um som. De repente, ele geme baixinho. Um gozo econômico. Ligeiros espasmos, fim. Olho o relógio, sem querer. Vinte e duas horas, dois minutos e quinze segundos. Ele levou dois minutos e quinze segundos para gozar. Foi ruim, mas foi tão rápido. Será um alívio finalmente ver o mês começar e terminar sem ficar atordoada com todas as trapalhadas de Rodolfo para não pagar a pensão dos meninos. Tenho um pouco de sede, ele não me ofereceu nada em momento nenhum. Eu não sou de cerimônias. Será que você pode me arrumar um copo de água?, pergunto. Ele pega o telefone e manda vir um copo d'água. Assim. Nada de por favor. O cara nasceu mandando. Não arrumou seu dinheiro ontem. Tudo dele é assim, discreto. A cama é discreta. O quarto é discreto. Discretíssimo o toque na porta. Um empregado com o jarro de água. Numa linda bandeja de prata antiga, num lindo cálice de cristal, água. Com um gosto ligeiramente diferente das águas que já provei. Deve vir de alguma fonte rara e deve custar uma fortuna. Esse cara já manda há muitas gerações, por isso fica à vontade em Copacabana ou em qualquer lugar. Gente assim é dona do país, simplesmente eles são donos de todos nós, de nossos filhos, de tudo. E, infelizmente, ele já está de pau duro de novo. Fica de pé ao lado da cama, me puxa para perto dele, enfia minha cara no seu pau duro. Chupa, disse ele. No mesmo tom que mandou vir a água. Não é uma solicitação. É uma ordem. Penso nos meus filhos. E chupo. Ele agora parece estar adorando a situação. Relaxou, se parece mais com o moço tímido que entrou pela minha sala por três longos anos. Me deita. E esfrega o pau no meu peito, na minha barriga, no meu rosto. Pega meus dois peitos e os sacode sorrindo. Aperta meus mamilos com força. E esfrega mais uma vez o pau nos meus peitos, onde por fim ele goza. Um gozo intenso, esperma até não acabar mais. Seu gozo estava espalhado para todos os lados. No meu peito, no meu rosto. Passei a mão nos meus cabelos. Horror. Nos meus cabelos. Isso já foi demais. Nem que já fosse meu namorado há tempo. Eu, hein. Meu cabelo maravilhoso, lavado com aquele xampu de ervas fantástico, como esse idiota foi gozar no meu cabelo? Não tem pontaria? Não tinha outro canto pra gozar não, seu tarado? Não tem mira? É um cavalo, por acaso? Nada falo, mas com meu olhar o fuzilo de tal maneira que ele empina, sacoleja seus cascos, bufa e num galope sai correndo quarto afora.

De Lucas
Para Lilian

23B de besteiras matinais
Bom dia, minha morena, dama da noite,
A julgar pela hora de seu último imeio, não fui só eu que acordei de cabeça pra baixo.
Particularmente, minha cama parecia forrada de cacos de vidro.
Só pra começar falando alguma coisa séria, porque depois não sei o que vai acontecer, vou ver se acho uma "escola de vôo no tranco" pra nós dois, que tal?
Olha, morena, queria te falar. Meus erros não são inconfessáveis, e, mesmo que o fossem, é verdade quando te digo que não tenho segredo para você. Para ser mais franco, não consigo ver com nitidez esses erros. Sabe, nunca tive

amantes extraconjugais, daquelas que a gente fica mantendo por um tempo, cinicamente escondendo sob a desculpa que não queria magoar, talvez uma ou outra "pulada de cerca", coisas do desejo da fantasia, nada substancial que não acabasse após uma boa trepada, também não mantive contas bancárias secretas e menos ainda fui ou sou homossexual ou bicha enrustida, do tipo que sai escondido na noite com travestis, ou mesmo de qualquer outro tipo, nunca bati na mulher nem nos filhos, nunca deixei que eles passassem fome, nem me entreguei a vaidades físicas ou de consumo. Não sou portador de doenças, salvo unhas encravadas e mau humor, ou tampouco um vagabundo que tenha se furtado, se escondido do trabalho. Também seria injusto que qualquer das minhas ex me acusasse de machismo doméstico, sempre fui "caseiro" e sinto um certo prazer nas tarefas do dia-a-dia de uma casa, como lavar louça, cozinhar, manter as coisas organizadas e limpas. Sim, mas é o outro lado. Olha o outro lado, o que acho que pode pegar, ou sempre pegou nas relações, é o amor às fantasias, ao se entregar na vida de uma forma que reconheço irresponsável em relação ao futuro, buscar uma forma única e sem regras para gastar cada minuto e segundo da minha existência, sem padrões preestabelecidos, sem medos, e sem essa busca pelo lugar-comum da felicidade. Acreditar que a alegria de dividir uma salsicha para quatro ou cinco bocas pode ser maior do que um quilo de filé mignon, quando para se comprar esse filé precisamos nos prostituir, largar de nossos sonhos. Sem pieguice, mas sou realmente assim.

Não sei se já te falei, mas meu relacionamento com a Beth foi um daqueles descuidos que podem acontecer com qualquer um de pouca maturidade emocional. Estava na Amazônia, carente, quando conheci uma mulher bonitinha que também se encontrava carente. Nos iludimos propositalmente, e em uma das nossas poucas trepadas ela acabou por engravidar. Na época, meus 26 anos e toda aquela exuberância do fenômeno "vida" que se descortinava perante meus olhos, fosse na forma de árvores da floresta, animais, pássaros, rios ou as inúmeras crianças das comunidades com que convivia, me embriagaram de tal forma que, quando já de volta ao mundo urbano, em São Paulo, e ela me disse que "não interessava o que eu pensava" mas ela iria ter o bebê, concordei, assumindo o compromisso de ser pai da futura criança, e, quanto a ser marido, bem, isso o tempo diria. Coração mole que sou, me envolvi, me apaixonei e sofri, sofri muito, parte desse sofrimento que você presenciou, quando descobrimos que não havia possibilidade alguma de coabitarmos pacificamente. Éramos seres completamente diferentes, e em comum apenas um filho que adorávamos.

Passaram-se poucos meses e então descobri aquela que seria meu grande amor. Fui realmente apaixonado por uma mulher que acredito não existe mais. Sumiu, escafedeu-se. Durante quase dez anos, construí sonhos, fiz a opção planejada de mais um filho. Muito disso para satisfazer o desejo materno dela, a Inês, e porque achava que só através da maternidade ela conseguiria ultrapassar a barreira do ciúme que se colocava entre ela e o Caio, meu primeiro filho. Compreendia claramente que viéramos de mundos diferentes. Ela, saída de um berço nobre do bairro de Higienópolis, acostumada a padrões de conforto e valores que sempre estiveram muito distantes da minha realidade de filho de "paraibanos", que se criara comendo cuscuz de milho e tapioca, e que aos sete anos de idade se "retirara" junto com a família em um ônibus da Itapemirim para uma viagem de 36 horas rumo ao sonho do "Sul Maravilha". Mas, se por um lado tudo isso parecia nos separar, por outro nos unia cada vez mais. As dificuldades por que passara durante os primeiros anos de minha vida me tornaram um cara absolutamente autoconfiante, sem medos, que mantinha certa disposição para toda sorte de dificuldades. Afinal, como sempre dissera a mim mesmo, olhando para minha origem, já estava no lucro. Isso preenchia um lado temeroso, vacilante, assustado e inseguro dela. Respeitava quando ela me contava as histórias sobre síndrome do pânico, guardando para mim mesmo o pensamento que aquilo era coisa de "madame", "princesinha". Pânico verdadeiro era a fome. Era o desajuste doméstico, a falta de respeito pelos indivíduos em uma família, o desajuste social e familiar dos lares pobres, a falta de perspectivas em uma sociedade na qual os papéis a serem representados havia muito já estavam fechados. O medo de não conseguir ir mais longe na vida do que um emprego público ou de caixa de banco com direito a trinta dias de férias por ano e televisão colorida para assistir ao *Fantástico* no domingo à noite. Isso era o verdadeiro pânico, terror. Elevadores, avião, velocidade, assaltos tudo não passava de um "trago" na adrenalina pra gente se sentir mais vivo.

Surpreendentemente, ela decidiu e me acompanhou. Se entregou com confiança e deixou que eu a guiasse através da vida. Fomos felizes, e juntos conquistamos coisas pra caralho. Principalmente momentos e sonhos. Mas, em um dado momento da relação, do caminho que estávamos percorrendo, começamos a nos separar, buscar caminhos diferentes, e tudo começou a ruir. Só que não foi um desmoronamento desses graduais, de comum acordo. De uma hora pra outra, tudo voou pelos ares, explodiu. Acabaram o respeito, a cumplicidade, os sonhos. Nesse momento, me lembrei de uma frase que ouvira no filme do *Rei Leão*. O leãozinho orgulhoso diz para o pai que gostaria de ser tal e qual ele, sem medo de nada, ao que o pai responde que não, que mesmo corajoso ele tinha medos enormes e um deles, talvez o maior de todos, fosse exatamente o medo de perdê-lo. Senti esse medo. ***Descobri que meu grande sonho não eram a viagem de barco, o virar o mundo, mas ser pai dos meus filhos, vê-los crescer. Ficar velho ao lado de uma mulher que mais que amante fosse verdadeiramente minha companheira.*** Foi quando, há cerca de três anos, passamos pela desagradável experiência de um aborto em nossa relação. Logo em seguida, para salvar nossa vida sexual que estava indo para as picas com medos de pílulas que falham, camisinhas que estouram e tabelas desregradas, fiz uma vasectomia. Fechei de vez a porta de meu sonho para o ser pai presente desde as fraldas até bem, até o...

Tá ficando chato? Culpa sua, já disse que não sei escrever. Era mais fácil te falar tudo isso em quinze minutos de ligação telefônica, mas você não gosta, fazer o quê? Bom, se não agüentar, aperte o *delete*.

Agora, passados alguns meses de Prozac e lágrimas, começo a entender com mais clareza o que aconteceu. ***Falhei ao não perceber que uma relação não se mantém só com sonhos e amor. É necessário mais que isso. Nenhuma mulher, especialmente após a chegada de filhos, consegue suportar uma vida de insegurança e instabilidade financeira ao lado de um "porra louca".*** No fundo, elas querem a certeza de que o plano de saúde vai estar ali à mão, para uma eventual emergência, querem chegar ao dia primeiro do mês já sabendo como farão pra pagar as contas do próximo dia 30, o supermercado, a conta do telefone e o cacete. Eu não atendia essas expectativas. Nunca falhei, mas também não passava tranqüilidade, segurança nenhuma. O resto você já sabe como aconteceu. Fomos cansando, eu trabalhava como um cavalo, e ao chegar em casa já não encontrava mais sorrisos, braços abertos me esperando. Comecei a ficar mal-humorado. Aí, bem, aí fodeu de vez. *Como ela sempre disse, tenho uma capacidade extraordinária de jogar pedras com a língua.*

Ficou essa sensação de que fui o culpado, que não soube corresponder às aspirações de uma companheira, de uma família. Que por ora ainda não estou preparado para a tarefa. *Entre as orelhas esse sentimento de culpa, de que meu egoísmo tudo destruíra.*

Já passou quase um ano desde o início desse processo. Carrego um quê de convicção de que a mulher que eu tanto amava foi fabricada aqui dentro de minha cabeça. A vontade de encontrar alguém com esse mesmo desprendimento para a vida, alguém cuja espiritualidade estivesse além das varetas de incenso e livros sobre anjos comprados nos shoppings centers da Oscar Freire. *Que visse o místico e a confiança no "divino", entregando-se à vida de forma incondicional. Sem medo do futuro.* Mas isso não existe: afinal, somos humanos e temos cu, e quem tem cu tem medo.

Acho que tô começando a perder o fio da meada. *As palavras começam a escorrer mais rápido pelos dedos e olhos do que consigo digitar.* Queria te dizer uma coisa: *te amo, sim, um amor que transcende o desejo, o egoísmo, o corpo.* Em nome dele tento te proteger. Não quero desestabilizar o que você construiu com o seu marido e com o seu filho por causa da minha carência e inconseqüência. Nunca te prometi nada, mas hoje posso com certeza te dizer isso:

Vou levar, vou te levar...

Fica pirada não, que mesmo que seja em algum lugar de um universo paralelo nós estaremos sempre juntos.

beijos apaixonados e assustados

P.S.: Depois a gente vai comentar o Tao, os contos, os petit paquets.

Temos toda uma vida.

De Lilian
Para Lucas

hoje eu ia fazer silêncio

Eu ia fazer silêncio. Ia. Não vou mais. Ia fazer silêncio porque uma das minhas boquinhas tagarelas me disse hoje de manhã, logo depois de malhar (hoje malhei muito má comigo mesma, não tive o menor respeito pelas minhas dores, nem pelo meu próprio cansaço, deixei o corpo ficar machucado porque achei que estava merecendo), uma coisa que iria me fazer ficar calada e ruminante pelas próximas horas. A boquinha disse: o Lucas não estaria te procurando se não estivesse mal. O que posso responder pra essa boquinha tagarela e perversa? Picas Lucas. Como você pode ver, línguas que jogam pedras não são seu privilégio exclusivo no mundo. Eu posso me dizer coisas que até Deus duvidaria. Crudelíssimas, sem dúvida. Deve ser por isso que tenho síndrome do pânico, igual à sua Inês. Veja você que estranhas coincidências. Só que comigo o buraco é mais embaixo. Minha família não tem grana, morei na Prado Júnior em apê alugado, cheio de baratas (odeio baratas) e cercada de putas por todos os lados (simpatia pelas putas). Então minha síndrome pode ser a prova que você nunca teve de que esta é uma merda de uma doença que provavelmente sempre existiu, só que agora é estudada e divulgada, acontecendo atualmente pra mais de um milhão de pessoas, das mais diversas classes, raças, nacionalidades. Quando penso que os ataques vão rolar, eles não rolam. Então, não era viadagem da moça não. Pelo menos, as minhas não são. Nem são fruto de educação burguesa. Acho que sem dúvida tenho de agradecer aos céus por só ter síndrome do pânico, não ter outra doença qualquer que comprometesse mais a vida do que esta já compromete. E por ter tido recursos pra correr atrás de terapia, informações, remédios etc. Mas não é nada disso o que quero te dizer.

O que quero te dizer é que felizmente você finalmente falou alguma coisa concreta.

Não vou comentar a sua história. Tenho só uma perguntinha: na época em que a gente transou, com você casado com a Beth, já tava rolando a Inês? Curiosidade.

E comentário: *sempre quem tem origens mais humildes se deslumbra com gente que tem mais "berço"*. O meu ex era filho de grande advogado, de grande empresária, tudo gente muito bem-educada, cosmopolita. Com você foi o mesmo. *Deslumbrou-se pela gata de Higienópolis, exatamente porque ela era burguesa. Ela deslumbrou-se com você exatamente por você ser um porra-louca fodido. Depois ninguém se agüentou mais exatamente pelas mesmas razões. Pode ter certeza, o que mais te fazia a cabeça nela, independente de tudo o que ela pudesse estar te trazendo, era o ranço burguês.* Que havia nela. Não havia em mim. E, com ela, provavelmente o mesmo, só que pelo apelo feminino da coisa. Isso se chama opostos se atraem. Semelhantes se repelem. E a total falta de consciência que a gente, marionetes da existência, tem a propósito dos nossos próprios desejos. *A gente sempre deseja o impossível. Porque é impossível. Se fosse possível, que graça teria?*

Mas também não é isso que quero te dizer, não.

Acho absolutamente feminino não querer ficar largado na vida, sem saber como irá pagar nem uma conta de seguro de saúde. *Quem tem boceta tem juízo.* Vocês não têm porque têm pau, e pau não precisa de muitas coisas que só o mundo provê (absorventes higiênicos, obés, novalgina pra cólicas, médico pra ver se tem câncer e toda a parafernália que ser mulher implica — depois dos 40 então, nem se fala). Mas acho que, se eu digo que vou embarcar com um sujeito que é pai do meu filho num barco com destino incerto, é porque irei do começo ao fim. Ou não embarcaria e ponto. É que nem ir a uma festa. Se chega junto, sai junto. Nada de modernidades bestas. Vai dizer que ela não sabia que poderia encontrar furacões e que iria ser pesado, tudo em geral? Acho que vocês dois são dois porra-loucas (me perdoe a franqueza), com tudo o que há de sensacional nisso e tudo o que há de péssimo. Faltar juízo em você é normal, você nem nunca teve isso, juízo. Se tivesse, tinha ficado comigo aqui no Rio quando me conheceu há trocentos anos, mesmo sendo eu aquela que dizia essas abobrinhas todas que disse (homens com juízo sabem reconhecer um amor verdadeiro capaz de transformações verdadeiras). *Como é que alguém na face da terra pode olhar pra você e pensar que você tem juízo? É que nem esperar que as laranjeiras dêem maçãs em vez de laranjas.* Essa moça, Inês, pode ser que seja uma mulher fantástica, mas, francamente, juízo nenhum. Isso o que vocês passaram não foi simplesmente um problema de desamor, mas de falta de planejamento interior, falta de senso interno pra enfrentar as coisas. *Não é você que é insano. São os dois mesmo.*

Quando comecei a ficar com o Cláudio, o cara não tinha um seguro de saúde, e tinha toda uma argumentação lógica a propósito, superconvincente, claro, mas que não tinha o menor chão. Eu, que não sei argumentar, em dois tempos soltei um "ô cara, se você quebra a perna, do jeito como as coisas vão, vou ter de vender o apê pra pagar suas contas". Depois disso ele fez a merda do seguro. Seguro do automóvel ele não fez porque não consegui argumentar de forma tão contundente. Resultado: o automóvel foi roubado, acabou-se automóvel, ele obviamente se arrependeu de não ter ido na minha ilógica argumentação. Ilógica porém fato.

Toda vez que vejo um homem malvestido, sempre penso que o problema é a mulher dele que não cuida dele direito. *Vocês só fazem algo que dê certo na vida sob orientação nossa, essa é a verdade, doa a quem doer.* O ditado por trás de um grande homem tem sempre uma grande mulher é absolutamente verdadeiro.

Faltou a Inês a convicção do que era melhor pra ela, pro filho de vocês e pra você. Ela só viajou na sua, sem entrar em contato com o que seria melhor pra ela própria. Fez a pior coisa que uma mulher (ou homem) pode fazer com o outro. Ir sem eixo, ir **fora** de si. Ir na onda, sem se perceber antes. *Viajar tem de ser junto. Não pode ser um indo pela cabeça do outro, tem de ter a própria funcionando bem. E aí, um acompanha o outro e o outro o um. Se não, homem que vira sombra de mulher, mulher que vira sombra de homem, gente que calça o chinelo do outro e não o seu, isso é uma puta de uma neurose sem fim. Pode parecer muito romântico, mas é uma merda.*

Acho que essa moça é uma porra-louca, muito mais do que você, que você tá na cara, você nunca escondeu isso de ninguém. Nem de mim, nem dela, nem de ninguém. Quem te conhece, sabe muito bem o que pode encontrar por aí. Ela pode ser lindinha, simpática, boazinha, prestativa, boa dona-de-casa, boa mãe, boa de cama, mas é uma anta emocional.

Como uma mulher não sabe o seu lugar no casal? Só sendo muito boba, emocionalmente boba. Pior do que eu, que sou boba, mas não a esse ponto.

Veja bem, quando você me pergunta essas suas perguntinhas do tipo "será que você se daria bem no Obore?", o que eu te respondo? Respondo que sou içada a bordo de barcos (o que é verdade completa), que não tenho capacidade pra organizar as coisas, tudo com que tá na cara que eu teria de me deparar se fosse viver isso. *Nem por todo o amor do mundo me meto a fazer uma coisa se não estou no meu centro.* Porque não sou uma aventureira, não tenho esse perfil. Aliás, sou o contrário disso. Não por origens burguesas, exatamente pelo contrário disso. E não me meto onde sei que acabarei sendo fardo em vez de ajuda. O que vou fazer num barco? Cantar pra Janaína, por acaso? Você me jogaria aos tubarões em dois tempos. Ainda mais com o seu mau humor. Quero muito conhecer o Obore, dizer oi pra ele. *Mas viver num barco, nem sei se isso é coisa para uma mulher no seu juízo perfeito fazer, talvez só com uma dessas mulheres vikings, muito yang, é que dê pé. Porque tudo o que fazemos pelo outro em vez de por nós mesmos não dá certo, de jeito nenhum.* A gente só pode dar o que tem pra dar, e só pode esperar do outro o que o outro tem pra dar, por sua vez. Essa é matemática. E eu sou um zero de matemática à esquerda. Mas disso eu sei.

    Ir pra um barco com uma criança. Bem que te perguntei na época. Você disse que tava tudo certo. Se estivesse, vocês estariam todos juntos até agora. Não foi simplesmente o desencanto, nem a loucura, nem o idealismo. Foi falta de ver tudo com perspectiva, de tudo quanto é jeito, de todos os lados. Aliás, vocês não teriam como saber o que o Maurício pensava sobre, porque ele era pequeno demais para responder por si mesmo. *Vocês foram numa onda de casal em lua-de-mel. A lua-de-mel acaba muito rápido. Quando se tem crianças a bordo, então, nem se fala.*

    Essa sua preocupação com o meu bem-estar... você tinha que ter tido com a Inês. Se ela é uma pessoa dependente emocionalmente, que não consegue se situar num lance, faltou a você esse mesmo juízo, que você tem comigo e não teve com ela.

    Só que, meu bem, eu tenho muito "situódromo", de sobra. É o resultado positivo da síndrome do pânico e muita terapia. Tenho eixo até dizer chega. Tenho faro pras roubadas da vida. *Como passo a vida meio em estado de medo, angústia e paixão permanente, que nem um bando de furacões internos, acabei aprendendo a lidar com isso tudo. Não dou passo maior que a minha perna.* Isso foi a sua Inês. Eu posso até sofrer de uma doença semelhante à dela, mas jamais faria algo de que depois me arrependesse. E, se eu embarcasse, se entrasse numa de desembarcar, você viria comigo. Sozinho, te garanto, você não estaria. A gente resolveria com terra debaixo dos pés, firmeza e calma o que fazer a seguir, juntos. Com pedra na língua de cá e de lá, mas, mesmo assim, junto. Porque, meu bem, eu tenho a tua estatura. Não sou menor. Mesmo que fisicamente isso não proceda.

Desculpe toda essa rude franqueza. Mas acho que você tá precisando. Pra não ficar achando que tudo é simplesmente ar e água. Um pouco de terra pros pés não vai fazer mal nenhum. Quem sabe depois isso te seja de alguma valia. Que estes úteis conselhos possam te servir com esta mulher que você um dia vai encontrar na sua rota.

Agora vou ficar quietinha um pouco. Vou curtir um pouco a minha própria rebordosa. Tenho de agradecer às rebordosas. Elas provam que eu ainda estou por aqui.

Beijos absolutamente céticos
mas mesmo assim beijos

DÉCIMO SEGUNDO CONTO ERÓTICO

Frigideira

Frígida. Sim, ele disse que eu era frígida. Claro. Muito frígida. Feito uma frigideira. Tão frígida que posso fritar ovos nas minhas entranhas. O absurdo foi que acreditei no idiota. Chorei minha humilhação por meses. Me joguei na sarjeta, achei que meu corpo e toda eu não valiam nada. Depois de ter sido extremamente cuidadosa de só namorar homens muito bonitos fisicamente, comecei a me entregar a todos os boêmios, a todos os desocupados que encontrei. Quanto mais feio, quanto mais pobre, quanto pior a condição do homem, melhor pra mim. Já que eu valia menos do que nada, que num nada absoluto eu me transformasse. Aos dezessete anos, uma mulher pode ser totalmente louca. Às vezes parava de comer por dias e dias a fio. Depois bebia feito uma louca até querer atear fogo ao circo que era minha vida. Este idiota, não menos idiota que todos os outros a quem me entreguei por menos do que nada, espalhou por todo o Rio de Janeiro a novidade de que eu era frígida. Comecei a receber homens que vinham só para ter sua curiosidade saciada. Será que ela é ou não é fria feito uma geleira das montanhas do Nepal? Devem ter feito apostas. O troféu era eu, é claro. Até que numa noite, dessas infindáveis noites que constituíam minha vida, bebi mais ainda do que já estava habituada. E o mais feio dos homens me levou a seu pequeno cubículo em Copacabana. E começamos a trepar. Uma barata subiu por minha perna. Olhei em torno, o lugar estava tomado de baratas, de todas as cores e tamanhos. Umas marrons, outras negras, outras mais vermelhas. Com suas antenas farejando meu cheiro de puro álcool. Fechei meus olhos. Os olhos do homem feio não paravam de me fitar. Tudo era demais até para mim. Desisti de tudo na vida naquele exato instante. E foi exatamente aí que finalmente me dei conta de que algo estava acontecendo no fundo de minhas entranhas. O homem estava me tocando. Seus dedos ágeis pareciam independentes dele mesmo. Já havia sentido outros homens fazendo o mesmo comigo, só que o resultado não era aquele, de forma alguma. Algo estava acontecendo de uma outra maneira. A diferença não era no gesto, mas na intensidade. De olhos fechados para não ver nem as baratas nem o homem, completamente virada para o avesso de mim, eis que senti finalmente algo de muito novo acontecendo. Ondas de calor subiam das minhas pernas, passavam por minha barriga, subiam em direção ao peito, que parecia que iria estourar. E desciam. Até explodir na minha boceta. Quando o homem, depois de me tocar, finalmente entrou em mim, as ondas vinham cada vez mais fortes, parecia que eu iria morrer ou desmaiar a qualquer instante. Aquilo era o prazer? Parecia mais a morte. Pelo menos naquele momento era assim que eu sentia. Um momento em que tudo fugia ao meu controle. As ondas iam e vinham incontroláveis, me fazendo tremer da cabeça aos pés. Cada estocada do homem dentro de mim arremetia meu corpo para uma nova sucessão de ondas e arrepios internos. E aquilo não parou até que o homem finalmente parou seus movimentos. Enquanto tudo estava acontecendo, tive muito medo. E depois de tudo, quando finalmente abri meus olhos e deparei com aquele homem horrível, tive mais medo ainda. Aquilo é que era o tal do orgasmo do qual minhas amigas tanto falavam. Realmente uma coisa deliciosa e profunda. Mas o que me apavorava agora era que, se eu havia saído com tantos homens, e nenhum deles havia conseguido me trazer "aquilo", isso significava que, se eu desejasse viver isso novamente, teria de recorrer a este homem horrível neste lugar cheio de baratas? As paredes me respondiam cínicas que sim. E de fato, depois que provei da fonte, não queria mais parar de beber dela. E sempre voltava ao homem feio. Porque só ele sabia o caminho das pedras. Um dia em que não o encontrei e o vi tomando um suco ao lado de uma linda mulher, quase enlouqueci de ciúmes. Aquele era o único homem do mundo. Só ele "entendia" de mim. E ele era horrível. Por que outra mulher havia de querê-lo mais do que eu? E por que ele haveria de querer outra, se já tinha a mim? Com a cabeça estourando, na dúvida entre ir lá e espancar o homem ou a outra mulher, decidi voltar correndo para casa e não vê-lo nunca mais. Resolvi acreditar que Deus não haveria de ser tão cruel comigo, me apresentar seus mistérios e me condenar a um homem por quem não sentia nada, a não ser um leve desprezo.

De Lilian
Para Lucas

dormiu bem?
Espero que este e-mail encontre você em perfeito estado.
Hoje vou contar, assim, de manhã mesmo, uma história.
Parte um:
Meu pai é do Nordeste. Minha mãe do Sul. Onde eles se encontraram? No Rio, dentro de uma sala de emergência de um

hospital. Meu pai, um médico de plantão. Minha mãe, uma moça muito bonita de dezenove anos que dera um tiro no coração, como boa descendente de Getúlio que era. Por que minha mãe havia tentado tirar sua própria vida? Porque viu no jornal a foto do homem que ela amava se casando com outra.

Meu pai era casado, bonitão, tinha então três filhos. E dizia pra minha mãe que não tinha mais relações sexuais com a esposa dele. Minha mãe se apaixonou, engravidou e, quando estava grávida, deu de cara com a mulher dele, grávida também, poucos meses a menos que ela. Briga, confusões. Nasci eu. Meu pai não me registrou. Tenho memória de um dia, no famoso apê da Prado Júnior, meu pai e minha mãe tendo uma discussão em que ela dizia a ele que ele jamais poria os olhos sobre mim novamente, uma tia com uma tesoura na mão dizendo que ia capar meu pai, minha avó segurando e eu, ali, esbarrando pelas paredes, sem entender por que tudo aquilo.

Toda a minha infância fui atendida por um médico muito bonzinho que me dava guaraná. Que me lembrava alguém, não sabia quem. Achava que era uma foto de Monteiro Lobato.

OK, parte um.

Parte dois:

Pela família de minha mãe, era a única que fazia músicas e tinha esse fogo no rabo que me caracteriza. Na adolescência, arrumei umas malucas que viraram minha família. A Irene é dessa época, ela ainda morava no Rio. Mas nada sabia sobre meu pai. Aos dezessete anos, quando estava perdendo a virgindade no apê de minha mãe, minha mãe volta antes da hora de uma viagem e me pega transando pela primeira vez. Escândalo, minha mãe ameaça chamar a polícia, botar o cara (que era um peruano com passaporte falso, ilegal no Brasil) em cana porque eu era menor, furiosa, me expulsa de casa. E nessa, de dizer que eu deveria sair de casa, me diz que deveria procurar meu pai. Eu, que havia passado minha vida toda

com esta pergunta presa na garganta, finalmente perguntei: então quem era meu pai, afinal? Ela respondeu.
Fugi de casa na madrugada do dia seguinte. Só disse à Irene aonde ia e pro tal cara. Mas disse vagamente, já que nunca havia ido antes ao lugar para onde avisei que iria. Fui assim, com miçangas na mochila, pouquíssimo dinheiro, poucas roupas, uma muda do uniforme de escola pública onde estudava (bons tempos) (era começo de férias) e mais nada. Fui pra Saquarema, território de surfistas. Atravessei na barca Rio—Niterói, e vi o nascer do sol mais lindo da minha vida. Odiava morar com minha mãe. Achava que ela era neurótica demais, deprimida demais, autoritária demais, com senso de humor de menos, enfim, dei graças a Deus por estar indo embora sem destino.
Aos dezessete anos, eu era a mimada filha única de minha mãe, não sabia de nada, nem sequer havia gozado nessa tal primeira vez, era supercertinha e careta, apesar de ter tomado um monte de ácidos com... Irene. Sei lá exatamente por que escolhi Saquarema.
Muitas coisas aconteceram em Saquarema, desde coisas incríveis a baixarias fenomenais. Mas isso já é outra história, se você quiser depois conto.
Depois de Saquarema, vim morar no Rio, em Santa Teresa, num quartinho alugado (mais baratas). Só Irene, minha fiel amiga, sabia do meu paradeiro. Minha mãe nessa época terminou de enlouquecer, passou a andar de preto e a ser católica, ela que era atéia até então, teve sonhos com Virgem Maria e pombos em revoada na madrugada em que sumi. Tenho essa responsabilidade: enlouqueci minha mãe de vez.
Procurei meu pai, já sabia onde era seu consultório. Era o lugar a que eu tinha ido toda minha infância. Fui pedir dinheiro, que estava sem um tostão. A essa altura, minha mãe já tinha procurado por ele e contado o que havia se passado. Foi ele que me convenceu a voltar a morar com minha mãe.

Parte três:

Um ano depois. Vivendo finalmente totalmente em liberdade (minha mãe, pra me ter de volta, topou condições que impus, do tipo eu sair e voltar a hora em que eu quisesse, com quem eu quisesse, fumar maconha em casa etc.), estou bêbada no Baixo Leblon. Bêbada e apaixonada por um sujeito que fugia de mim (normal, eles sempre me queriam muito e depois fugiam que nem o diabo da cruz). O tal sujeito estava conversando com um casal. Quando cheguei, ele saiu de cena. E me deixou com o tal casal. Eu, bêbada da silva, carente até o cu, comecei a contar a minha vida para aquele simpático casal que me ouvia com tanta atenção.

Aí contei a história da perda da minha virgindade e que então havia sabido quem era meu pai. Falei o nome de meu pai. Nesse momento, quatro olhos se arregalaram na minha frente. Sabe quem era o casal? Meu irmão mais velho e minha irmã. Eles já sabiam que tinham uma irmã em algum lugar. Haviam ouvido falar de histórias de nosso pai. Mas eu só havia sabido quem era meu pai aos dezessete. Nessa época, aos dezoito, nem sabia ainda como meu pai havia conhecido minha mãe (isso foi minha avó que contou anos mais tarde).

Quando disse o nome, eles exclamaram: mas esse é nosso pai também!, e eu fiquei imediatamente sóbria do porre lamentável em que me encontrava. Comemoramos até o dia seguinte. E descobri que o meu ser tão diferente de todos os que me cercavam era porque eu era muito mais como essa tribo do que como a outra. Foi uma noite de revelações. Me senti parte de alguma coisa maior, me senti em família, coisa que antes jamais. A família de meu pai tem músicos, gente maluca do meu gênero, e todos loucos por sexo, graças a Deus.

O tal do namorado havia sido namorado de minha irmã, anos antes.

Minha irmã hoje tem uns sessenta anos. Está paraplégica, quase tetra, e mora fora do Rio. Ela havia se apaixonado por um cara em Búzios e resolveu, depois de uma noite de pó e álcool, ir atrás do sujeito. Ela havia vindo aqui na noite anterior me contar a história. O acidente, às vésperas de Mauro nascer, quase me matou de susto. Ano passado, quando fui visitá-la, ela já tinha um namorado novo.

Me diga, como é que nunca havia te contado essa história?

Essa história foi pra mim a prova, material e inconteste, de que Deus existe, e que, seja lá como for, sempre tudo vem para melhor. Mesmo que a gente duvide. Eu sou a rainha de duvidar. Mas quando me lembro do caminho que percorri, tenho essa certeza, que vem e vai, como as ondas do mar.

Bom dia, marujo

**De Lucas
Para Lilian**

coelhinho da Páscoa, que trazes pra mim?

Estou de volta, morena, o paciente de hoje era um caso terminal. Só tem salvação com transplante de peças. É sempre assim: quando a coisa é de pobre, o prejuízo é maior. Esse aí era o motor do barco de um amigo pescador. Nem tava cobrando pelo serviço, era só pra dar uma força, mas não pude fazer nada. Paciência. Muita paciência. Aliás, ela é a grande arma para sobreviver. Ser paciente, sempre esperar o momento certo... Mudando de assunto: gostei, sim, do que você escreveu pra foto. Se você me permite, achei que o texto estava um pouco pesado demais, triste. A história que está por trás da imagem, da vida daquelas crianças, é "pesada", é triste, mas a imagem em si, o instante "roubado", é alegre, indiferente à tragédia ocorrida. Você acha que, se eu não tivesse te passado aquele *briefing* da situação toda, você veria a foto com os mesmos olhos? Deixa isso pra lá. Não consigo achar uma maneira fácil de responder tua pergunta sobre o lugar mais bonito em que já andei com o Obore. Sabe por quê? *No fundo, acho que tenho memórias muito mais fortes de momentos, não de lugares.* Se for para falar da paisagem, bem, diria que foi em uma ilhota das Bahamas, Peterson Cay, um verdadeiro santuário de vida marinha. Considerado um dos mais belos recifes de coral do nosso planeta. *Tive oportunidade de mergulhar com raias, tubarões, golfinhos e todo um universo de vida em movimento. Tudo isso cercado por uma paisagem de Éden, com praias de areia branca, palmeiras, mar azul, pássaros brincando na brisa constante... e meus filhos com os olhos estatelados, como que vivendo um filme, aos gritos de "Isso existe mesmo... não é só televisão nem fotografia..."* Tudo muito mágico, muito paraíso. Mas seria desonesto de minha parte não falar de momentos marcantes, em que a paisagem era apenas mais um "detalhe" para enriquecer o todo da situação. Por exemplo, minha primeira "viagem" com o barco. Mesmo poucas milhas, fora de Stuart a Palm Beach, mas a emoção de ver meu sonho navegando após tanto tempo, precisamente dois anos de parafusos, fios, mangueiras, resinas, fibras. Todo um projeto que construíra com muito carinho e sacrifício sendo realizado. Anos de estudo e dedicação. Lembro-me também, com clareza, da primeira travessia com meus filhos a bordo. Maurício, o caçula, dormia, tarde da noite, quando subimos as velas. Ele já havia participado de algumas viagens por mar na época em que morávamos em Parati. Poderia até dizer que se criou parte em meu antigo barco, o Jaguareca. *Mas ao acordar no meio da noite, noite de lua nova, milhões de estrelas, estrelas cadentes, velas ao vento naquela imensidão misturada de água e céu, deitou-se no deck com os olhos brilhando e perguntou "Cadê a Flórida, isso aqui é a Gulf Stream? Meu Deus, como tudo isso é lindo... grande..." Maurício tinha apenas seis anos, e acabara de descobrir uma parte do mundo de que com certeza jamais esquecerá. Fez questão de permanecer acordado toda a noite, me fazendo companhia e esperando para ver o sol nascer no mar...* Por ironia, outro momento bastante mágico ocorreu exatamente numa situação em que me encontrava cercado de terror. Durante um furacão. Já ouvira falar em "fogo de Santelmo" porém nunca vira. À noite, enquanto pedia ajuda aos céus para que deixasse minhas âncoras coladas ao chão durante ventos de 120/140 quilômetros por hora, percebo o céu explodindo em cores azul néon, os pilares de pontes, troncos de árvores, tudo acendendo como tochas. *Toda a energia cinética das moléculas de ar sendo arremessadas com fúria divina, "incendiando-se", tornando-se fosforescentes.* O fenômeno repetiu-se várias vezes à noite, e aprendi a identificá-lo no horizonte como a chegada de novas rajadas. Lindo, e me provocando respeitoso temor. Bom, estou mais tranqüilo, pelo menos sinto que tentei chegar a uma resposta. Suficiente? Quer mais? A propósito, depois, sem fazer comercial, me diz qual é a marca da tua geladeira. Sabe o que é? Nem tanto o fato de ela falar, isso aí pra mim é normal, mas geladeira que não faz barulho eu não conheço. Te deixaram largada aí pra esperar o coelhinho sozinha? Tava uma zona aqui nos meus arquivos. Resolvi fazer uma faxina no computador. Botei toda a tua correspondência em disquetes. Vai que um dia desses resolvo jogar a caixinha na água. Ao menos salvo o mais importante. Beijos, beijos, beijos.

De Lucas
Para Lilian

morro abaixo

Aproveitando a velocidade da descida da ladeira: você é a única pessoa capaz de me fazer guardar por anos a fio cartõezinhos na carteira...

Tenho até hoje as fotos que tirei de você no alto do Morro da Urca... quando quase tudo daquela época foi destruído.

A única pessoa de quem todo ano tenho cuidado especial para não errar o telefone e o endereço na hora de reescrever a agenda.

A única pessoa para quem tentei insistentemente ligar na porra do último réveillon...

A primeira pessoa para quem telefonei ao chegar ao Brasil.

A primeira imagem que vem à cabeça quando penso em um modelo de mulher, e você me diz que só te procuro quando e porque estou mal. Não me importo com nada do restante da mensagem, mas esta pegou pesado.

Mal estou o tempo todo... com você, estou sempre, mesmo que só um cartãozinho na carteira e uma foto na parede.

Você já pode trabalhar como meteorologista. Teu humor muda aí em Laranjeiras e a Flórida se acaba em vento.

Vou começar a checar o barômetro pra abrir e-mail.

DÉCIMO TERCEIRO CONTO ERÓTICO

Súdita

Sou uma das súditas e amantes de meu rei. Meu rei é um grande rei. Suas terras se espalham muito além do que pisam os pés. Ele estende seu reinado além-mar, onde moram misteriosos monstros e serpentes de muitas cabeças. Lá onde não mais tocam os ventos o oceano. E meu rei jamais pede desculpas por nada do que faz. E jamais se importa com o que qualquer um sente a respeito de nada. Nem a rainha é exceção, muito menos eu. Quando ele me descobriu, me trouxe à força para seu palácio, me arrancou de meus pais, de meus irmãos, das montanhas que me conheciam tão bem. E me submeteu a seus caprichos, da mesma forma como já fez a tantas outras antes de mim. Ele me amarrava, me espancava, me sodomizava. Mordia meus peitos, que mal despontavam no vestido, com a violência de um lobo. Durante dias, vi meu corpo todo marcado como resultado desses intercursos satânicos. Foi assim que um padre que veio a meu encontro chamou os arroubos do rei. Ouvi atentamente as palavras deste senhor. Me sentia muito só, ouvir a voz de alguém era algo de novo. Rapidamente, porém, entendi que o poderoso padre, coberto de jóias cintilantes da Santa Madre Igreja, chamava de intercurso satânico aquilo que ele próprio gostaria de fazer. Uma vez, ajoelhada em seu confessionário, vi que, enquanto eu contava meus suplícios, do outro lado da tela o padre arfava de maneira peculiar a cada palavra minha. E que seus olhos cintilavam de luxúria grudados ao meu decote. Desde este dia, resolvi confessar muitas vezes ao dia. E assistir à degradação contínua daquele que se supunha em melhor condição do que eu. O rei simplesmente fazia o que lhe apetecia. O padre se jactava de seu autocontrole. Que vi dia a dia desmoronar. A cada palavra e a cada suspiro de mártir que eu emitia. O rei de mim jamais se cansava. Coisa que era inédita. Com todas as outras, depois de um determinado tempo, ele corria em busca de novas carnes para seus abusos. Isto não ocorreu comigo. Nunca senti nenhum prazer, então me afeiçoei à dor. A dor, eu sentia. Fiquei amiga da dor, depois sua amante. Para espanto de meu algoz, a cada pancada que ele me dava, principiei a pedir por mais. Insistentemente. Quanto maior sua brutalidade, maior minha doçura. E vi esses dois grandes homens ficando pequeninos diante de mim. O grande senhor de muitas terras e o senhor dos pastos divinos, ambos, lobos transformados em cordeiros em minhas mãos. Percebi que exercia fascínio com minhas faces machucadas, minhas vestes rasgadas, meus olhos súplices de virgem imolada. Minha fragilidade transformada em força, aprendi que, se eu dizia um não, isso só me trazia poder. Os dois me cobriam de jóias e favores. Só porque um dia me ausentava de um ou de outro. Só porque um dia me recusava a participar da volúpia de um que apenas me ouvia, e do outro que julgava me possuir por me dominar. Dois homens tolos. O rei começou a me dar jóias e a me levar para perto de si e da rainha. Quanto mais perto me sentia do poder, mais eu me esmerava na arte de arrancar prazer da dor. Isso enlouquecia o rei. Quanto ao padre, me dizia que eu era qual uma inocente pomba em poder de um falcão, e, além de rezar por minha alma e me fazer orar padres-nossos, trazia-me toda espécie de jóias, e, a cada capricho meu, esmerava-se em me contentar. Eu o incentivava, roçando-lhe levemente as vestes, deixando que meu cabelo tocasse mal e mal suas mãos encarquilhadas. Ao que o cínico homem rolava os olhos em suas órbitas de prazer. Mas sem nada revelar do que sentia. E eis que um dia conheci a rainha. Ela era qual uma sílfide. Ruiva, com muitas sardas, longos cabelos presos em tranças, toda coberta em veludo, mas, de tudo o que a cobria, sua pele é com certeza a mais macia. Seus olhos verdes de feiticeira nunca mais me deixaram dormir desde o dia em que a conheci. Creio que não era isso que meu rei tinha em mente. Acho que a intenção do homem era apenas a de humilhar a esposa. Que me recebeu com olhos vermelhos em seus aposentos. Vi que passara a noite em claro a chorar. Neste momento, odiei meu rei. Que eu chorasse, ora, esse era o meu jogo, nele a mestra era eu, por mais que tudo se apresentasse de outra forma. Mas aquela deusa, quem ele pensava que era para fazer uma mulher daquelas chorar? Prometi a mim mesma devolver o sorriso àquela divina criatura e punir o brutamontes do marido. A segunda parte era fácil. A primeira ainda não sabia como iria realizar. Ao rei, disse mais nãos do que sins, temperando minhas recusas com umas promessas de amanhãs que nunca aconteciam. E o homem foi simplesmente entrando num processo de intoxicação por nãos. Intoxicação de ausências, me sentindo tão próxima. Nisso me descuidei do padre, tão entretida estava em tentar ganhar a confiança da rainha. Descobri que a rainha me odiava, ou melhor, ela odiava a principal amante de seu marido.

Ela odiava a prostituta vendida que imaginava que eu fosse. E que de fato, sim, esta havia sido eu. Mas não mais. No momento, eu era apenas uma mulher que buscava a compreensão e o carinho no lugar mais improvável: o seio da rainha. Foi difícil, mas ela acabou por entender que eu não era uma rival, que não precisava temer de mim nenhuma traição. Percebendo que preferia o seu afeto a competir com ela por uma posição com o rei, ela acabou por finalmente me admitir em seu coração. E talvez por toda a humilhação, todo o abandono a que estava submetida contra a vontade, minha doce rainha, meu anjo de cabelos vermelhos, acabou por se revelar minha grande mestra sem nenhuma hesitação. Uma verdadeira sacerdotisa nas artes do prazer. Um dia a vi mais uma vez chorando, perguntei se eram por causa do crápula aquelas lágrimas. Ela respondeu que não. Que estas lágrimas tinham uma outra fonte que não o desamor do rei. E pousou em mim seus olhos de anjo. Beijei-lhe as faces. Depois os olhos. Senti o gosto salgado de suas lágrimas. Nesse momento, aquela que eu supunha completamente ingênua nas artes do amor pegou minha cabeça entre suas mãos e me beijou. Um beijo bastante experiente. A língua brincando com meu céu da boca, tocando meus dentes como uma serpente. E, não mais do que de súbito, suas mãos agarraram minha cintura e a puxaram para si, impetuosamente. Como uma rainha que de fato era, ela me ordenou que retirasse toda minha roupa. Eu a obedeci, trêmula. E eu tremia mais com o brilho do olhar desta criatura mítica sobre mim do que havia tremido com as investidas violentas do rei. Ela não parava um minuto de me olhar. Até que me abraçou e só me dizia "linda, linda, menina linda". Encaixou sua anca entre minhas pernas e começou um movimento que me fez descobrir o verdadeiro significado da palavra prazer. Gozei pela primeira vez na minha vida. O que me fez chorar de tanta emoção. Ela, ao me ver chorando, perguntou se havia me machucado, e eu, mais emocionada ainda por tanta gentileza, acabei por gozar de novo, naquela mesma posição em que me encontrava. Sim, aquilo é que era o prazer, o verdadeiro prazer, que os homens me haviam negado por tanto tempo. Finalmente eu não estava mais só no mundo. Sabia disso porque meu corpo havia acabado de aprender o significado da palavra amor. O amor que fazia aqueles dois olhos verdes brilharem mais do que as chamas que vinham da lareira de minha senhora. Tudo em nossa volta era de fogo. O ventre de minha amada era feito de fogo, os olhos de fogo também. Se ali ficamos por uma eternidade, ou se apenas por algumas poucas horas, jamais saberei. As intrigas de um pérfido padre, a omissão de um rei que era incapaz de amar sem querer submeter acabaram por me levar ao fogo da Inquisição. Mas, mesmo em meio às chamas, me lembro do calor de minha amada e morro com um sorriso nos lábios, as lágrimas de minha princesa curam minhas chagas, fazem minha alma livre sair daqui do inferno rumo ao paraíso dos beijos dela.

De Lilian
Para Lucas

subject:
DOZE MANDAMENTOS PRA MARIDO NÃO PERDER ESPOSA PRA RICARDÃO

1. ame sua esposa. Ame como costumava amá-la antes de ela virar sua esposa.
2. ouça sua esposa. Ouça tudo o que ela tenha pra lhe dizer com a mesma atenção com que a ouvia no tempo em que ainda não a havia comido trezentas vezes.
3. conquiste sua esposa. Como tentava conquistar quando ela era apenas sua namorada. Leve-a uma vez por mês (mínimo)

a um motel, coma-a com todos os requintes que costumava usar antes de ela virar sua esposa. Leve-a pra jantar num belo lugar, delicie-se com sua companhia, como costumava ser antes de se casarem.

4. em casa: de vez em quando, exatamente no improviso, acenda velas, incensos, compre flores e diga aquelas coisas mais clichês do mundo do tipo "você é a mulher da minha vida", "sem você a vida não vale a pena", "com você aprendi o significado da palavra amor", ou, se não tiver mesmo nenhuma imaginação, vá à papelaria e compre um cartãozinho cafona do Mickey dizendo pra Minnie o quanto a ama. Dá no mesmo. Mulher adora isso. As que dizem que não estão precisando de tratamento psiquiátrico urgente. Não se aproxime delas, que não vão lhe fazer bem.

5. faça sexo selvagem, ardente. Esse negócio de só "fazer amor" é chato pra cacete. Pelo menos uma vez por mês tem de rolar sexo. Sexo na base do puxar pelos cabelos, amarrar os pulsos da parceira na cama, "violentar" no único bom sentido da palavra, o estupro meio consentido, aquele em que homem mostra que é bicho e que desperta na mulher a fêmea ancestral. Homem muito Yin demais cansa logo. Tem de ter aquele quê dos cafajestes, aquela coisa de homem mostrando poder mesmo, pela força. Isso chama em nós a grande putona maravilhosa que todas somos, ou queríamos ser, um dia, la belle de jour. Nada de tanto amor pra cá, amor pra lá, que isso tem de ser na cota certa.

6. faça coisas do tipo ver *As pontes do rio Madison*, aquele filme água com açúcar, que fala sobre uma mulher casada que um dia encontra um Clint Eastwood pela frente e trai o marido. Se marido não vê, pode crer, Ricardão vira Clint em dois takes de filme.

7. sabe exame de sangue? Mulher odeia tirar sangue. Normalmente, as normais, desmaiam. É programa de índio ir a exame de sangue. Programa de índio pra marido. Ricardão ama ir a exame de sangue, dentista, fila de banco, supermercado cheio, shopping center entupido. É fazendo exatamente o que marido não faz que Ricardão leva, na moral, sua esposa pra cama.
8. pelo amor de Deus, marido, abre o olho. Veja que sua mulher cortou o cabelo, mudou a cor da tintura, mudou o perfume, comprou vestido novo, lingerie nova. Se marido não vê, Ricardão que se preza usa visão raio X e adivinha todas. E, é claro, picha o marido, dizendo frases mágicas do tipo "como é que fulano não vê a deusa que tem em casa?". É claro que é tudo caô pra ganhar a esposa. Mas mulher que tá carente nunca percebe esses "detalhes" e acredita em tudo o que ouve.
9. elogie. Elogie muito. Esposa fez Miojo? Miojo é lindo. Esposa fez faxina na casa? Que maravilha. Esposa se esqueceu de fazer faxina na casa? Deixa pra lá. Melhor arrumar uma boa empregada do que perder sua gata. Ricardão é rei de dizer que mulher dele não toca em vassoura. Tudo mentira, óbvio. Mas, você sabe, mulher vira o bicho mais imbecil do mundo quando está na carência. Se critica, tem de elogiar, no mínimo em dobro.
10. nunca se esqueça de ter paciência e tolerância. Aquelas que se tinha antes de alguém ter a péssima idéia de avisar pra vocês que o casamento havia começado. E criatividade, muita. A vida já tem uma cota magistral de chatice pra um homem cair na mesmice. Crie, invente, desoriente-se. Antes que... Você sabe o que estou pra dizer.
11. se ela, mesmo depois disso tudo, insistir em arrumar um Ricardão, deixe que ele a leve. E aproveite os frutos do aprendizado dela com o sujeito, porque, pode ter certeza,

Ricardão que é Ricardão cansa em cinco meses. Às vezes uma mulher precisa mesmo disso pra aprender a valorizar seu marido. Ora, marido, se você pula a cerca e volta depois cheio de amor pra dar, por que ela não pode fazer o mesmo? Mulher que é boa de cama pratica de vez em quando, porque sexo, como todos os outros esportes, precisa de um pouco de treino, e às vezes tem de variar o parceiro pra se aprender truques novos.

12. coma sua mulher todos os dias. Mulher pensa muito mais em sexo do que homem, mesmo que diga o contrário. É só ver o estado de saúde das aeromoças que não têm seus namorados e esposos à mão, que ficam todas doentinhas e deprimidas, pra se constatar o óbvio: mulher que é normal ADORA sexo. Todos os dias, no mínimo uma por dia. Mulher que recusa sexo está sofrendo de alguma moléstia grave, ou descolou um Ricardão bacana e já está de malas prontas. Atenção para isso, esposos: quantidade, qualidade, não importa. Sexo, sexo, sexo. Tá com dor nas costas? Bota ela em cima. Tá cansado? Descansa com ela em cima. Tá brocha? Descola um bom vibrador, use da língua, do dedo e da imaginação. Mas NUNCA deixe sua esposa à míngua. Porque o Ricardão ainda não foi proibido por lei, eles estão todos por aí, nas feiras, nos supermercados, na porta da escola dos seus filhos etc. Mulher normal não gosta de apanhar. Gosta de dar e ponto. Nelson não teve lá muita sorte com elas, mas fez uma boa frase, admito. Mas totalmente inverdadeira.

Ah, e tem a seção "amigos do casal".

O melhor amigo do casal é o que depois das 19:00 dá boa-noite, se você insiste pra ele ficar, ele agradece mas alega ter um outro compromisso às 19:30. O melhor amigo do casal nunca dá conselhos matrimoniais, nem se coloca à disposição pra apartar as querelas domésticas. Nem muito menos fica de trelelê com sua esposa no telefone.

A melhor amiga do casal é aquela que faz essas mesmas coisas que o amigo, com o adendo de que nunca aceita o convite pra dormir no quarto de hóspedes porque ficou muito tarde pra ela ir pra casa. Nem tem problema nenhum pegar um táxi pra ir pra casa. Esse negócio de amiga que fica fazendo corpo mole pra tomar táxi pra ir pra casa, e deixa que o esposo dirija pra levar em casa, é marmotagem pura e simples. De "levada" em "levada" a porca torce o rabo.

E um conselho aos maridos: usem perfume, vistam-se bem e, principalmente, malhem. Ao contrário do que se diz por aí, não é só homem que gosta de ver gatinha com bumbum bonito. Mulheres ADORAM músculos bem desenhados e assim, fortões. Troféu beleza interior é o tipo da coisa que não é a política de um Ricardão que se dê ao respeito. Então, maridos, abram o olho, comprem um bom tênis e vão se tratar que a vida é curta. Ricardão não dorme no ponto.

De Lucas
Para Lilian

trying an answer
OK, lá vou eu de novo, e desta vez respondo, mesmo que você não entenda.

Agora deixa eu te explicar o que rolou com minha saúde: em meados do ano passado, comecei a sentir os primeiros sintomas de um puta estresse emocional, em função dos problemas por que passava e da vida superagitada que estava levando. Trabalhava cerca de onze horas por dia na construção de um supermega veleiro aqui em Fort Lauderdale. O trabalho era realmente pesado, e exigia muito mental e fisicamente. Fazia de tudo na obra. Da parte de engenharia, eu era o cara que fazia a "ponte" entre os peões e as plantas dos construtores, a parte elétrica, hidráulica e de caldeiraria (soldas, o barco era todo de alumínio). Paralelo a isso, ainda acontecia em nosso galpão uma série de trabalhos gigantescos com resinas epóxis e outras merdas químicas, que fodem com o sistema nervoso de qualquer cidadão. Resumindo, fiquei nessa por meses, obcecado pela idéia da grana, que era boa, diga-se de passagem, iria ser meu passaporte para concretizar o sonho da viagem ao Caribe com a família no fim do ano. De repente, tudo começa a fugir ao controle: os problemas começam a tomar proporções gigantescas. Isso inclui desde um súbito câncer já em estado de metástase na minha mãe, um chute na bunda que levei da mulher, furacões que arrastam meu barco pra um banco de areia, um processo criminal do qual não tinha culpa alguma, apenas havia emprestado meu carro a um amigo que fez o favor de passar por cima de outro, deixando as "contas" todas nas minhas costas, uma bagatela de oito mil dólares, e mais um monte de merdas suficientes pra encher uma página de jornal, se fosse listar todas. *Superestimei minha capacidade de negociar com a situação e me isolei.*

Quando me dei conta, a situação já estava bastante adiantada. Havia largado o trabalho, caí em uma profunda depressão, e me tranquei por literalmente três longos meses no Obore. Não fosse por esporádicos telefonemas aos filhos e para saber da saúde de minha mãe, diria que fiquei absolutamente incomunicável. Chorava o tempo todo, mesmo as coisas que sempre gostara me entristeciam. Cortei qualquer forma de bebida alcoólica, música, e o pior era a alimentação. *Caí em um estado radical de anorexia. Quando comia, isto é, quando tentava racionalmente reagir, acabava por vomitar. O sono desapareceu por completo, e passei a ter horror à idéia de dormir, eram pesadelos atrás de pesadelos. Acordado, o cérebro parecia explodir. A cabeça doía muito. As imagens e pensamentos de todas as minhas amarguras ficavam rodopiando e martelando. Não vou esconder de você, principal-*

mente imagens de minha mulher me traindo, trepando com o filho da puta que se dizia meu amigo. Na minha loucura, comecei a ter rejeição a sexo. Não conseguia nem mesmo bater uma punheta; uma ereção, olhar uma imagem erótica ou sensual, aquilo trazia toda a minha raiva à tona.

Nessa brincadeira, perdi mais de vinte quilos de peso, definhei, perdi todo o "tônus" muscular, a capacidade aeróbica, e comecei a me sentir extremamente fraco, sem forças para sair do sofá do barco onde ficava por horas ou mesmo o dia inteiro. Comecei a sentir vergonha de mim mesmo, do ponto extremo de falta de interesse na vida a que me permiti chegar. Não queria que mais ninguém me visse, não aquilo a que estava reduzido, um zumbi de pele, osso e lágrimas. Tinha medo de sair à rua, medo de encontrar algum conhecido, medo de simplesmente "apagar", desmaiar, em um lugar público. A qualquer momento, não interessava onde estivesse, o simples fato de olhar uma imagem, ouvir uma música ou mesmo um pensamento perdido podia me levar a uma nova crise de choro compulsivo. Por várias vezes achei que minha hora havia chegado, em função da tremenda taquicardia que fazia meu coração palpitar todas as veias do corpo. Cada vez que checava minha pressão arterial, era mais um susto. Eu, que nunca tivera nenhum problema desse tipo, estava pra lá do que se considera "pressão alta". Decidi jogar a toalha, procurar ajuda médica...

Resolvi esperar que passasse meu aniversário, e entrei numa que iria até o Brasil, pois a essa altura minha mãe já estava preocupada, ela "sentira" que algo errado acontecia. Essas premonições maternas são infalíveis, impossível esconder qualquer coisa do coração de mãe. Para não aparecer tão derrubado, comecei a tentar me recuperar fisicamente. Iniciei uma dieta de "engorda", mesmo vomitando engolia proteínas de soja, iogurtes e alimentos energéticos. Minha vida estava uma verdadeira merda. Mesmo os prazeres mais simples, como um "cafezinho" matinal, uma cerveja no fim da tarde, ouvir uma canção pra relaxar, dar uma volta a pé no parque, eram proibidos para mim. Se fumasse um baseado, ficava louco, no sentido real da palavra, tinha alucinações, paranóias, parecia que o céu ia cair na minha cabeça.

Chegando ao Brasil, bati um papo com a esposa de um amigo. Ela é terapeuta, e sempre me pareceu uma pessoa bastante competente profissionalmente. Na avaliação dela, bastante superficial, pois conversamos apenas uma ou duas horas, meu caso era passível de tratamento psicanalítico, mas, sabendo que não dispunha de muito tempo para tal, e me conhecendo, recomendou esse psiquiatra amigo dela, um cara mais objetivo, do tipo que reduz os problemas a reações químicas e neurológicas, e trata tudo com bolinhas. O tal doutor foi quem, após alguns bate-papos, fez o tal diagnóstico de que te falei, depressão profunda com doença do pânico. Não sei se ele apenas não quis me assustar mais, falando em "síndrome", ou isso foi apenas uma forma de caracterizar um estado menos adiantado da doença. Sei apenas que nunca tive sintomas tão radicais como algumas pessoas manifestam quando portadoras dessa maldita disfunção, coisas tipo diarréias, "travamentos" em situações públicas etc. Meus medos se resumiam a um reconhecimento da minha fraqueza física, e uma vergonha profunda do que eu era no momento.

Iniciei o tratamento que o cara recomendou: Prozac e mais um "estabilizador", o Tegretol, uma droga cujo genérico é chamado Carbamazepina. Fizemos alguns ajustes de dosagem e ficou estabelecido que deveria engolir essa "lobotomia química" por um período de no mínimo seis meses, e então, se tudo tivesse corrido como o esperado, começaríamos a reduzir a dosagem, até o momento da supressão total.

Aproveitei minha estada no "Brasa" e fiz um check-up médico. Os resultados me supreenderam. Tirando uma "estafa nervosa" crônica, e taxas muito baixas de colesterol, mesmo o tal do "bom colesterol" — isso em função da dieta forçada a que me submetera —, o restante da máquina estava aprovada pra rodar mais alguns quilômetros. Precisava apenas ficar atento ao estresse, e vagarosamente recuperar meu condicionamento físico, junto, é claro, com as bolinhas. *Morria de medo de retornar ao Obore, à solidão e ao sofrido caixote de memórias pesadas e tristes que ele se tornara. Tudo me deixava confuso quanto ao que fazer.* Não tinha jeito: precisava voltar e encarar esse "leão". Foi o que fiz, e, já na chegada, ainda no aeroporto, uma surpresa: havia perdido todo o restante da grana que sobrara, que estava contada pra pagar minhas contas. Não acreditei: já desembarquei tomando mais uma porrada.

Passaram-se mais ou menos quarenta e cinco dias desde o meu retorno. Ainda me sinto um bocado fragilizado emocionalmente, e vez por outra a tristeza volta com toda corda. Reconheço minha dependência dos tais comprimidos, especialmente o Prozac. Um desses dias, esqueci de tomá-lo pela manhã, e na hora do almoço já estava arrasado, um trapo chorão. Percebi o que aconteceu apenas porque vi que os comprimidos continuavam em minha pasta desde que chegara de uma ida a Miami, dois dias antes — a prova de que realmente não havia tomado minha "dose".

Coloquei todos os dados de minha situação na balança. O quadro me pareceu complicado. Voltar ao Brasil, sem grana alguma, abrindo mão de tudo que construíra ao longo desse tempo, seria por demais displicente. Permanecer aqui, idéia insuportável. Já não agüento mais essa cultura anglo-saxônica, misturada a solidão e inércia. Pra não falar de mais uma temporada de furacões, com toda a insegurança e risco que ela traz. Já tive minha dose o ano passado, e foi o suficiente. Também analisei outras propostas, tipo deixar o barco aqui guardado até o fim da *hurricane season* e então voltar para buscá-lo. Tudo isso demanda uma grana que não tenho, e mais um "peso" psicológico causado por uma nova "retirada". Decidi que iria partir. Então, em função de fatores técnicos, que já tentei te explicar e sei como são complicados para quem não é da área, do mar, cheguei à conclusão de que a melhor das opções é arriscar uma travessia, mesmo que em solitário, para o outro lado do Atlântico, onde então, caso tudo corra certo, terei basicamente duas opções: a Europa, onde tenho amigos em Portugal, Espanha, e parentes na França e Suíça, ou retornar à Terra de Santa Cruz, onde, quando chegar, vou correndo roubar um beijo de uma margarida...

Consegui responder um pouco das suas dúvidas? É isso, se for pra resumir, a verdade é que preferiria estar fazendo tudo com mais calma, mais alegria, mais segurança. Mas isso é a vida, raras vezes as coisas são exatamente como queremos, e se tem uma coisa de que já estou de saco cheio é deitar a cabeça no travesseiro e me sentir sem rumo...

Essa viagem, no mínimo, tem esse significado: um objetivo, uma meta a realizar, pois sei que, se simplesmente abrir mão de tudo o que já fiz para chegar até aqui, carregarei pra sempre esse gosto amargo de derrota...

Tem de dar certo, e estou brigando sério pra isso, senão, bem, melhor que acabe...

Milhões de beijos

De Lilian
Para Lucas

acho que entendi
OK, Lucas, acho que entendi.

Mas você ainda não me respondeu uma pergunta crucial: você se sente capaz ou não pra atravessar o Atlântico numa travessia *single* sabendo que rola depressão até pra quem habitualmente não a tem se for fazer isso? Isso é o tipo de resposta que só você tem, tá aí dentro. E a merda é que, se a resposta for não, aí todas as suas sensatas argumentações vão pras picas, porque mais valeria você se endividar, e enfrentar esse negócio de recuar, com a mesma coragem necessária que teria pra atravessar o oceano. Sabe, é preciso muita coragem pra ser humilde e reconhecer um momento de fragilidade e se tratar. Só que eu vejo que isso não é uma derrota, pelo contrário. É uma vitória no mínimo sobre um instinto que tá mais pra instinto de morte do que de vida. A fuga, dependendo dessa simples resposta, pode ser o verdadeiro "encarar" e o "encarar" é que é a fuga. Dá pra entender isso?

Quero mais uma vez te dizer que tenho absoluta fé na sua lucidez. Que, se você disser que pode, é porque vai, e vai dar tudo certo, mesmo que tudo aponte pro contrário. Mas a questão é que vi você fazer um rodeio e não me responder essa pergunta, tão central. Isso me grila. Porque tenho medo que você esteja se deixando levar só por urgências que não têm a menor importância perante o principal, que é você mesmo. Esse papo de o melhor acabar "logo", bicho, odiei. Se é pra acabar logo, quero te dizer que estou detestando a posição de público, sem poder fazer porra nenhuma. Isso é horrível.

Olha, eu te amo. *Estranhíssimo amor, composto por letrinhas, mas, mesmo assim, muitíssimo verdadeiro.* Ontem não escrevi porque, se escrevesse, não ia dizer nada, estava chateada com você, devido a esses seus estranhos silêncios, em que eu me sinto mesmo muito longe de você, e inútil, desesperadamente inútil. E se o provedor resolver desconectar, não funcionar, você vai me odiar? Ora bolas. Not fair. Insisto, quer deprimir? Escreve pra mim que melhora.

Não sou sua mãe, não sou sua mulher, não sou mãe de nenhum filho seu, nem sua irmã, nem nada que conste em algum catálogo familiar, mas gostaria muitíssimo que você percebesse o seguinte: sua pessoa é absolutamente fundamental. Que você corra riscos, tá no esquema. É legal, é até bom pra o seu ser. Mas risco não é a mesma coisa que uma guerra em que já se sai achando que perdeu. Risco é risco. Se for só risco, legal, isso só vai acrescentar à sua vida mais significados, mais coisas que você um dia poderá conversar com seus filhos, com seus amigos, com seus companheiros e companheiras de viagem. Mas, olha, mesmo um cara aventureiro tem de saber como é que está montado o seu esquema, e se está bem ou não pra empreitada. E isso, bicho, não é o psiquiatra que tem de determinar. É você.

Então vou perguntar, pela última vez. Se não quiser me responder, responda pra você mesmo.

Tá legal pra atravessar o oceano ou não? Sente-se capaz ou não? Tem a mesma coragem pra atravessar oceanos e pra correr atrás de ajuda, se for necessária?

Qualquer coisa, me desculpe a caretice e a rude franqueza.

Muitos beijos

DÉCIMO QUARTO CONTO ERÓTICO

Oceano Virtual

Esperar pelo amanhã que não existe? Amanhã é só um dia a mais. Mas pode ser que no amanhã esteja um brilho sobre uma planta, de um jeito que hoje não houve, que me comova até às lágrimas. Então, que venha a noite, para que haja amanhã um amanhã a mais. Hoje o mundo pode estar de mal a pior. E exatamente por isso, porque está de mal a pior, exatamente porque não há nenhuma notícia que mostre que o mundo não está ruindo, exatamente por isso, esse é o momento. O momento. O momento de se fazer o melhor, de se aproveitar o melhor do que ainda está à nossa volta. Hoje, pensarei no seu sorriso pra poder dormir. E pensarei que em algum ponto do mundo você está lá, você e seu sorriso maroto, de menino endiabrado. Você é um solo de jazz, que vai se perdendo, que parece que vai pra um lado, vai pro outro, e vai ficando cada vez mais bonito, por ser tão verdadeiro, tão intenso. E vou fazer o meu melhor hoje. Pra poder ter o que te mostrar e o que te dizer nesse amanhã de sonho, que hoje não existe, mas amanhã pode ser que sim. Vai valer a pena. Porque estou hoje fazendo tudo valer a pena desde hoje. Hoje é o primeiro dia do resto da vida sempre foi uma ótima frase. Hoje que canto, hoje que vejo um carro brilhante desfilando pela avenida, enquanto a moça mendiga negra, tão bonita, com um bebê no colo, olha a todos nós com seus olhos de princesa na sarjeta. Sim, hoje canto, porque cantar é o que de melhor posso fazer, para o instante seguinte vir cada vez mais cheio de significado. E hoje quero perdoar toda a estupidez do mundo para que o mundo gire melhor das pernas. Hoje quero dizer que as rosas irão dançar em jardins em que a lua será toda de eclipses e sonhos medonhos. Mesmo que um médico venha me dizer que meus sonhos se parecem um pouco com o inferno e que isso não fará bem à minha saúde, nem por isso irei parar de sonhar. Considerem-me um caso perdido, considerem-me perdida. Perdida estou. É meu corpo que volta à casa, não eu. Eu já fui. O que ficou é o que sobrou. Estou dançando ao luar sobre as águas, fazendo vento, dizendo palavras em aramaico, abraçando amigas distantes e sendo a melhor amiga de um bêbado que acabei de encontrar, que brinda comigo o fim do mundo. O mundo já acabou, esqueceram-se de nos avisar, mas já acabou faz tempo. Nós sobrevivemos ao fim do mundo. Quando você estiver descendo as ruas, não se esqueça de dizer bom-dia a todos os passantes. Porque somos esses últimos viajantes da última caravana de malucos da existência humana. Não valemos um tostão furado e por isso somos isso. Poesia pura. Inutilidade pura. Beleza em estado bruto. Não há teoria econômica ou filosófica que faça sentido. Nenhuma teoria faz sentido. A vida não faz sentido. O sentido da vida é acompanhar o sentido do vento. E deixar que o vento nos leve de volta a velhas canções, esquecidas há milênios em templos antigos que dizem ser o coração o melhor de todos os instrumentos. O mais afinado, o mais esfaimado dos dementes, o coração de criança que sempre nos faz sonhar. E criar duendes, fadas, criaturas mágicas, nereidas, esfinges, monstros maravilhosos para fazer nossos olhos se arregalarem de espanto. Construímos máquinas que não controlamos mais, que nos controlam. Criamos um mundo que nos vive em vez de vivermos a vida. Somos escravos de quimeras alheias, quando poderíamos inventar nossas próprias. Pois eu, se for pra fazer barulho, sigo a tia Rita, e faço o meu. Invento. E desinvento. Oriento. E aproveito pra me perder melhor. Contanto que tudo termine no beijo que irei te dar. Um beijo sem fim. Um beijo coalhado de estrelas no céu da boca. Um beijo que seja um mar revolto, com ondas maiores que arranha-céus. Um beijo de fim de mundo. Um beijo de fim de tudo. Pra se criar novos começos. E eu te amar muito até o sempre começar a existir e o nunca ir embora junto com um jato de luz e porra que virá de você, nem sei como, nem sei com quem, nem sei quando. Mas será pra mim. Mesmo que não em mim. Sossega, gato. Você já é meu, eu já sou sua. Mesmo que a prática ateste o contrário. A prática e o atestado de óbito não atestam nada a não ser a existência besta dos advogados, essas bestas modernas de que Lúcifer se valeu para poder passear de metrô. O que vale, meu amor, é o beijo na boca. E a tua liberdade mais a minha de nos recusarmos a parar de sonhar. Com demolições. Demolições de tudo o que não é sagrado mas toma espaço. Demolição de tudo o que é só barulho e lixo e tralha, o Cristo que todos amam tanto, virado do avesso. Mas isso já é outra história. A minha história é contigo. De que jeito? Sei lá. Te amo, te beijo, te quero, preciso urgentemente de você, pra dar uma meia dúzia de marretadas nos muros da cidade. Depois a gente faz um passeio no cais. E dá umazinha, que ninguém é de ferro. Casa e vai passear de bicicleta. Que é que você acha? Eu, como boa criatura de ar, quero tudo e ainda mais um tanto que querer pouco é bobagem, como é bobagem a loucura ser pequena. Se eu pudesse não falava mais nada, só cantava e fazia um treinamento intensivo pra sereia. Só pra te acompanhar mais de perto. Espero que algum homem de chapéu com cara de sábio e bengala venha aqui nos dizer que nenhum amor será em vão. Nenhum sonho será em vão. Nenhum riso de criança será em vão. E que tudo que é belo irá se repetir num enorme telão construído por anjos no céu. E mil arco-íris na íris do teu olho. Desculpe, sou um pouco prolixa e não me levo nem um pouco a sério. Infelizmente, em nome do amor, muita merda já foi feita. Então, gostaria agora de inventar uma outra palavra, mas esta já é tão sonora, tão cheia de egregoras, que não dá pra se inventar nada melhor. Então, eu te amo, te amo muito e pronto. Ponto. Com. Br.

De Lucas
Para Lilian

quer saber o que eu sinto?
Alô, alô...
Já estou de volta, cheguei um tempinho atrás, fiquei aqui parado, procurando uma maneira de me comunicar...
É uma coisa estranha, não queria falar nada. Só queria você aqui do meu lado, poder te dar um beijo, deitar a cabeça no teu colo e "viajar", em silêncio, sem palavras. Só "ondas telepáticas" do coração...

Você já está indo dormir?
Tá com cólica?
Tem de fazer social pra "mau humor doméstico"? (Melhor eu não me meter nesses assuntos.)
Faz um favor pra mim se puder? Volta pro computador, fica aí, escreve qualquer coisa, nem que seja a cada dez minutos escrever um "oi, oi".
Sexta-feira, com essa lua que tá brilhando lá fora, periga eu sair andando na água e uivando...
Volto logo...
Ah!! Quase esqueci. O que eu sinto? Muita saudade de você...

De Lilian
Para Lucas

bom dia sem nome nenhum
Bom dia, gato
Escuta, menino, te mandei e-mail à meia-noite no Brasil. Durmo normalmente às 23:00. Como é que eu ia escrever se estava dormindo? Quanto às mulheres dormirem antes, calúnia, vocês é que dormem antes, aliás, é cientificamente provado, homens trepam, gozam, a energia cai, e eles mimem. Nós gozamos, a energia se mantém, ficamos mais relaxadas mas não dormimos até ficar com sono propriamente. Os homens declinam, as mulheres se mantêm no chamado platô energético. Por isso é fácil uma mulher dar pra muitos homens e não tão fácil um homem comer muitas mulheres. Fisicamente, se não fosse o fato de engravidarmos, estaríamos sempre em melhores condições pra muitas relações do que vocês, rapazes. Foi você quem começou. Veio com esse papo de que "nós", mulheres, dormimos antes. Nós o catzo. As suas ex. Não generalize.

Bom, só pra acabar, quer dizer que realmente tem risco essa história, e você não está suficientemente equipado. Neste momento parei de escrever, cocei as sobrancelhas, olhei pra cachorra, pensei que o médico mandou não contrariar. Escute, gatinho, sei que sempre tecnologia é uma coisa cara, e barco deve ser uma estupidez de caro — já que se parte do pressuposto de que quem anda de barco é milionário —, mas não valeria a pena você fazer uns seis telefonemas espertos pra aqueles que talvez possam arrumar um troco rapidinho, se mandar, e depois você acerta com a moçada? Orgulho é um negócio que não alimenta ninguém. Se colocar as pessoas a par dos seus planos e das suas dificuldades, você só poderá receber duas respostas: sim ou não. Qualquer sim você sai no lucro. Dinheiro é uma coisa dessas metafísicas. Não se tem, fica-se num puta sufoco, de repente, passa-se a ter, e o dinheiro vira banalidade. A vida e o bem-estar são o que realmente importa. Deixe de ser tolo e corra atrás da grana, resolva seu problema com o tal equipamento (ou pelo menos arrume um ou outro a mais) e faça a viagem mais na boa.

Disse algum absurdo?

Desculpe, já de antemão. Mas esse é o tipo de problema que pede eficiência na solução. Bote o cérebro na mochila, o coração na mão, e corra atrás. Resolva já isso. Já. Já. Imediatamente.

Se alguém vira o copo de barriga pra baixo, o que cair do céu não entrará no copo. Desperdício. Se virar o copo de barriga pra cima, o que vier do copo, o copo apara. E se aproveita o que veio. Mas tem de virar o copo na direção certa.

Vire esse copo, menino. Peça, que algo vem. Mas tem de virar o copo, pedir em humildade, e receber com gratidão no coração.

Milhões de beijinhos

De Lucas
Para Lilian

sei lá, você dá o nome

Não estou me recusando a falar dos medos, só que, juro, já tentei um monte de vezes escrever e não saiu nada.

A tal da prisão de ventre mental.

Tem medo de um montão de coisa. Quem tem cu tem medo e pra viver precisa de cu...

Medo de não saber o "e depois?" quando chegar ao outro porto, e no outro, e no outro... Essa falta de planejamento na vida, a obsessão de continuar jogando dados com a existência. Medo do mar, acredita? É, tenho um respeito medroso justamente por conhecer a força dele. Medo da primeira vez, isto é, embora tenha minhas milhas navegadas, e longas permanências no mar, essa é minha primeira *great passage*, uma travessia oceânica, e ainda em solitário. Só isso por si só já é uma preocupação. *Se existe todo o prazer e o lado agradável do feito, por outro lado o fracasso, mais que uma derrota, pode te custar a vida. No mínimo uma porrada de sofrimento. Você sabia que um dos terrores dos navegadores solo, como o nome já diz, é a solidão, e a depressão crônica que ela pode causar?*

Agora, por exemplo, tenho medo de te falar essas coisas e você começar a ficar estressada, tendo pesadelos (risadinhas). Não é nada disso assim, tipo ondas gigantes, serpentes marinhas ou polvos gigantescos, mas na real é um "leão" pra ser morto a cada dia. Sei como fazê-lo, só que por vezes questiono a decisão em função do momento, tudo meio/bastante corrido por causa da época certa dos ventos e fatores técnicos, bem como de alguns equipamentos de que não disponho, e que no mínimo aliviariam um bocado de estresse e fariam tudo mais seguro. *Na real, estou indo de uma forma bastante "primitiva".*

Vamos dizer que, em alguns aspectos, com ao menos duas décadas e meia de atraso no que tange à segurança no mar. Essas quinquilharias eletrônicas, se não funcionam, ao menos servem como muleta do "emocional", ajudam a relaxar.

Sei do meu estado psicológico. Estou tratando uma depressão profunda que deixei que se arrastasse radicalmente por meses até procurar ajuda médica, bem como uma disfunção, não a síndrome mas a doença do pânico. Uma variante atenuada da doença. Em contrapartida, se não saio agora, fico "preso" aqui no mínimo até fins de novembro, agüentando novamente toda a insegurança de uma temporada de furacões, mais o peso psicológico do lugar e minha situação inercial que não estou mais suportando. *Sinto um "quê" de energia presa, precisando ser movimentada.*

É um montão de coisa junta. *No final, tudo isso tem no mínimo uns dez anos de sonhos, livros, estudos e muito trabalho.* Mas é sempre assim, na hora "H" dos desafios, tem mesmo de dar um frio na barriga. Isso impõe respeito, cautela que, junto com canja de galinha, já dizia minha vó, não faz mal a ninguém. *Só que em alguns momentos — por exemplo, quando me pego conversando diariamente com um cisne, ou com os olhos cheios de água lendo um texto seu no computador — duvido de minhas faculdades lógicas. Percebo que estou num puta dum conflito entre o mundo real e o que vivo. Uma sensação de "apátrida planetário", um ET que não sabe mais se está sonhando porque beliscão de sonho também dói. Então resta apenas aguardar o fim da noite... pra saber se "acordamos".*

Tá ficando complicado, né? Melhor parar.

Tem mais uma coisa, importante pra te falar... lá do fundo do coração.

Você é linda, linda mesmo, e não sabe o quanto, mesmo você não estando aqui, me faz feliz saber da sua existência.

Seu texto do "Oceano virtual" vale dez. Sem dúvida dos mais bonitos que já recebi.

beijos cheios de amor

DÉCIMO QUINTO CONTO ERÓTICO

Entre Ostras

*A **contradição*** é o que diferencia o homem das máquinas e dos animais. Que frase linda. Aí fui falar pro Arnaldo, e ele soltou um hum-hum e me disse que já tava na hora do rango. Arnaldo só fala "demorou", "falou, brou" e "gata" isso, gata aquilo. Mas sou eu que sou o problema. O Gigante, um baixinho engraçado que é o melhor amigo dele, me chama de A Pequena Loja de Frases. Até que o Gigante é um cara legal. Ele é o único da turma que presta atenção às coisas que eu digo. Aliás, ele até decora as frases. Quando soltei o "assisto a televisão, logo existo" que ouvi alguém dizer, ele adorou e saiu repetindo pra namorada dele que nem papagaio, assisto logo existo, assisto logo existo. Umas quinhentas vezes no mesmo dia, a namorada era nova, ele queria impressionar. Quando falo alguma coisa, ele é o único que sempre está lá, com uma antena apontada na minha direção. Fora isso, ele é igualzinho ao Arnaldo. Namoro o Arnaldo há cinco anos. Há cinco anos, venho pra praia com ele e seus amigos, e as namoradas deles, fico na areia durante horas e horas só esperando ele voltar. Enquanto eles pegam onda, nós, as namoradas, conversamos sobre roupas, moda, coisas que compramos, coisas que eles fizeram conosco de que não gostamos, coisas que eles fizeram com a gente e que a gente adorou. Somos quase civilizadas, quando estamos sem eles. Aí, quando eles voltam, a gente não conversa mais nada, vai pra casa de algum deles. Eu e as meninas cozinhamos, eles comem, a gente lava os pratos, eles dormem. A gente limpa tudo, arruma tudo. Eles comem, dormem, apertam morras, fumam, falam sobre ondas e campeonatos e fumam de novo, e dormem de novo. De vez em quando eles namoram a gente um pouquinho. Como é que é com o Arnaldo? Bom, no começo ele era muito carinhoso, nunca foi de falar coisas bonitas nem mandar flores, mas era carinhoso. Ele punha seus olhos azuis nos meus olhos castanhos e me namorava na rede de seu apartamento na Joatinga. Bons tempos. Ele era atento ao que eu sentia, prestava atenção se eu estava molhada e preparada pra ele ou não, se eu estava mais quieta ele ficava em silêncio, junto comigo. Em sintonia, acho que a gente estava em sintonia. E era muito gostoso ficar com ele assim, fosse onde fosse, fazendo o que quer que fosse. Com o tempo, ele passou a só querer estar com o bando dele. Aí já não presta mais atenção ao que estou sentindo. Nem na cama. Mesmo que esteja seca e que doa, ele não está nem aí. Ele quer o gozo dele mesmo. Ele entra em mim pra gozar, não entra pra curtir estar junto, não tem a menor atenção a nada mais, nem ao que eu falo, nem a como estou. Mas na praia somos sempre a mesma galera, acabei gostando deles todos. E das meninas. Eu, a Sandrinha, a Beth e a Carla somos as namoradas. O Gigante não tem namorada e o Cecéu tinha, mas não tem mais. Mas é isso. Estamos sempre todos juntos. Viajamos juntos, acampamos juntos, sempre todos juntos. O máximo que acontece é mudar a namorada de algum. O Peixe namorava a Paty antes da Carla. E o Otávio namorava primeiro a Ilma, depois a Suely e só agora está com a Beth. A Sandrinha é a mais antiga das mulheres na turma. E a Sandra quase não fala. Fica só no seu silêncio, com aqueles olhos verdes lindos que ela tem. Aliás, reconheço, somos todas muito bonitas. Eles também são uns homens bem interessantes, todos com físico forte, atléticos mesmo. Mas, sei lá, de um tempo pra cá começo a pensar que posso estar perdendo alguma coisa, mas também não sei o quê. Me pego imaginando como seria viver de um outro jeito, andar com outras pessoas, falar de outras coisas. Ah, e eles são, todos eles, extremamente ciumentos. Se algum homem bota o olho em alguma de nós, o pau come imediatamente. De lei. Não há festa, boate, bar em que já não tenha rolado alguma baixaria. Nenhuma de nós recebe moleza, como eles gostam de dizer, mas ai de nós se olharmos pro lado, ou se algum cara vier fazer alguma graça. Nem gosto de pensar. Mas tô assim. Acho que ninguém que venha fazer análise deve estar lá muito contente consigo mesmo, não é, doutor? O senhor deve estar acostumado com isso, lógico. Mas ando assim com a cabeça fora do meu corpo, não presto mais atenção a aula nenhuma, fico imaginando que estou viajando. Que estou, pra variar, numa praia sem onda nenhuma, sem surfista nenhum. E que vejo um outro mundo. Minha mãe resolveu pagar essa terapia porque acha que emagreci demais nos últimos tempos. Não quero comer, não quero acordar, mesmo sem conseguir dormir. Acho que tudo começou no dia em que uma amiga da escola contou que o namorado dela que mora na Espanha mandou pra ela uma passagem e ela estava indo embora. Aí ela ficou contando o que eles iam fazer. E aquilo tudo que ela falou me trouxe essa sensação de estar de repente perdendo uma grande festa, que fica em algum lugar, e que só eu não estou lá. O senhor entende? O

Arnaldo é legal, mas não quero continuar e acabar ficando que nem a Sandra, que parece estar sempre meio triste e ainda por cima está com filho e não pode mais mudar nada. A única vez em que consegui conversar com ela ela estava meio bêbada. Sabe o que ela me disse num canto? Que nunca gozou na vida. O senhor acredita nisso? A Sandra já tem um filho do Minhoca. Já devem estar juntos há uns dez anos. Como é que ela, aquela mulher linda, com aquele homem lindo, pode nunca ter gozado? Pergunto isso porque o senhor é um homem mais velho, é médico, é psicanalista, já deve ter visto muita coisa estranha nesse mundo, e ouvido muitas histórias. Mas como é que pode um casal estar junto há dez anos, ter um filho, e a mulher nunca ter gozado na vida? Uma menina que namorou o Gigante um tempo atrás falou pra mim que eles dois haviam transado com a Sandra. Não acreditei na história porque achei meio absurda. O Minhoca é o mais violento de todos eles, é o que tem o pavio mais curto. O Gigante não seria besta de fazer algo assim. O Minhoca matava ele. Mas essa ex do cara me disse que eles haviam transado com a Sandra. E que ela gostava de apanhar. Meio demais isso, não é não? Sandra é uma moça tão quieta que o apelido dela é Sandra Salamandra. De tão na dela que ela é. Aí, essa moça, não lembro o nome dela, essa ex do Gigante, disse que ela entornava um litro de vodca e pedia que eles batessem nela, que era isso o que ela gostava mesmo. Não sei, doutor. Quando perdi minha virgindade, levei muito tempo pra aprender a gozar. Transei com vários caras. Me lembro que fiquei tão triste numa época que queria até morrer. E era porque não conseguia gozar. Melhorei porque conheci o Arnaldo e ele me fez gozar pela primeira vez. Acho que é por isso que ainda estou com ele, mesmo ele não sendo mais o cara legal que era antes. Sei lá se encontro outro que me faça gozar de novo. Vai que não encontro. Aí fico com ele. Mas essa moça, a Sandra. Será que esse negócio de ela querer apanhar não é só porque ela não consegue gozar? Se ela arrumasse um cara que, em vez de só entrar dentro dela, resolvesse beijar sua xoxota — desculpe, doutor, não queria falar essas coisas —, mas, olhe só, se ela arrumasse um cara que beijasse a xoxota, ficasse ali, só curtindo, o cheiro e o gosto dela, será que ela iria continuar querendo apanhar? Duvido, doutor. Duvido muito. Mas acho estranho. Será que o Minhoca não vê que a mulher não está sentindo nada? Ou será que ele só enche ela de porrada e fica satisfeito com isso, achando que, se ela pediu, é porque este é o único jeito e pronto, não tenta mais nada? Será que é assim lá com eles? Mas bobagem minha me preocupar com eles. Vim aqui pra falar de mim. O que é que eles podem ter a ver comigo? Eu gozo. Ou melhor, eu gozava. Bom, deve ser isso. Também não estou mais gozando nada, nem vontade de transar tenho. A Sandra é tão bonita. E o silêncio dela é tão significativo, nunca vi silêncio com essa qualidade na minha vida. Acho que eu sei do que ela precisa. E sabe do que mais, doutor? Acho que tive uma idéia que está me trazendo o apetite de volta. Vou sair daqui e comer alguma coisa. Quero comer ostras, suculentas e tenras ostras. E nunca mais ouvir falar em pranchas. Doutor, sei que não é assim que a psicanálise funciona, já ouvi falar que se fica vinte anos fazendo análise, mas eu, o senhor pode ficar orgulhoso, acabei de me curar. Em uma sessão. O senhor é um gênio. Ostras, tudo o que quero agora são ostras. Chega de pranchas. O senhor deve entender disso tudo melhor do que eu. Muito obrigada, doutor, pela boa idéia. A idéia foi minha? É, tá certo, a idéia foi minha. Mas foi o senhor, com o seu silêncio de Sandra Salamandra, que me cochichou o caminho da idéia. Para eu não me precipitar? Precipitar em que, doutor? Minha mãe já não agüenta mais me ver sem comer. Vou comer ostras, que mal há nisso? Além do mais, seu doutor, a vida só se vive uma vez. E ela é tão breve. Por que não viver o que desejamos? Por que o desejo dá e passa? Mas a vida, também por acaso, não dá e passa veloz? Meu brinde às ostras. Quietas e maravilhosas ostras.

De Lucas
Para Lilian

devolvendo minha insônia
Estou com insônia, das brabas, o Lobão fica repetindo na minha orelha que eu "vou te levar"...
Lá fora o olho do dragão está um pouco mais aberto, ele deve estar acordando... já recebi visita de golfinho, de uma brisa maravilhosa nada adiantou, porque aqui dentro tá chovendo mais do que lá fora.
Só não dou um puta grito por respeito a alguma entidade dormindo nos arredores.
Juro que, se soubesse um número pra te acordar agora, ligava, e ia dizer um monte de obscenidades na sua orelha, se estivesse do seu lado na cama, te encoxava, metia minha perna em meio às suas e te esfregava, só pra te sentir arrepiada, bico dos peitos duros, então acho que conseguia dormir, abraçado, cheirando teu pescoço... bons sonhos, te "vejo" amanhã, isto é, logo mais. Estou aproveitando que não durmo pra checar o preço de umas velas na internet.
Você sabe da existência de alguma lei cósmica que previna de "fechar" negócios na madrugada? Preciso ser tão cuidadoso na administração das "finanças" que, se brincar, começo a seguir uma "Tabela Solar de Energia Cósmica para Multiplicação dos Dólares". Já devem ter alguns manuais nesse sentido, preciso ir procurar numa livraria de aeroporto...
Tem certeza de que não quer um copo d'água?
Qualquer coisa, responde...

Por que vocês mulheres sempre dormem antes? (Xi!! isso vai dar umas três páginas de imeio, só esporro e justificativa!)
Você não está dormindo em casa?
Alô, quer fazer o favor de responder?
Desisto, só vou tentar mais uma vez, dar uma olhada pra ver se chegou resposta...

De Lilian
Para Lucas

overgoze
Virei em verdade a pessoa mais pragmática. *Em função de tanto medo, aprendi a respeitar os limites, meus e alheios, muito bem. Sou muito terna com a vida, prefiro sempre perguntar a responder e cultivo a gentileza.* Quando vejo as coisas, arregalo o olho e guardo bem o que vi. Sei mentir muito bem, mas qualquer um sabe o que está acontecendo comigo se resolver olhar bem, porque faço questão de deixar tudo transparente, no macio, muito bem situada a verdade, mesmo que com alguma mentira no meio, porque nem sempre falar a verdade é ser verdadeiro. Meu signo no horóscopo chinês não por acaso é o javali, o único a quem é permitido que entre na lama e saia sempre imaculado, guardião dos tesouros da terra. Já caí de boca tantas vezes em tantas coisas mas, mesmo assim, brinco de tigre na praia. Sofri e ressofri, mas nem por isso fiquei cínica, cética, revoltada ou coisa que o valha. É a minha natureza, que tem a ver com lama mesmo. *Até este presente momento, acreditei piamente que o sexo era a base de uma relação. Mas estou meio na dúvida, pois estou nessa relação apaixonante com um homem que não me come no presente nem vai me comer no futuro, então estou fechada pra balanço. Não acho nada, por enquanto. Sou sujeita a chuvas e trovoadas, mudo de cara, de idéia, de gosto, fácil.*

No começo do ano não gostava de Cesaria Evora, agora gosto. Desde pequenininha sempre fui muito sem jeito, descoordenada até a alma. Derrubo tudo, sou pior que terremoto, tropeço nas minhas próprias pernas e costumo fazer tudo de um jeito só, pra evitar incêndio, e guardar as coisas no mesmo lugar, porque me esqueço demais de tudo. Não sou autodidata, faço muitos cursos ao mesmo tempo, nem tudo levo ao fim. Sigo nuvens no céu e ouço o vento. Não sei o nome das estrelas no firmamento, nem entendo de vinhos. Do jeito que sou, tenho de ser muito amada, porque é preciso muita paciência com meus vacilos, que não são poucos, pra se estar ao meu lado. Acho graça porque tem gente que me "adora". Fico sempre pensando que só me adoram porque não vivem comigo. Mas o engraçado é que essas pessoas dizem que sou muito fácil. Não concordo. Volta e meia tiro férias de mim.

Se você tava na dúvida, taí. Um bilhão de beijos em overdose.

De Lilian
Para Lucas

desculpe o abrupto fim
Desculpe o abrupto corte.
Tem umas coisas que o simples falar sobre elas é duro, aí eu dou send, só pra evitar o delete, o faz-de-conta, o racionalizar o que não é pra ser racional.

Eu também, na vida, traí, mais do que fui traída, mas fui rejeitada um zilhão de vezes. Então, minha idéia é ser gentil até o fim, seja debaixo de chuva ou tempestade: o que começa com amor tem de terminar com amor. Não com ódio, nem mágoa, nem rancor, nem indiferença. Até acabar, tem de ser com amor, mesmo que um outro tipo de. No meu caso, as rejeições trabalharam a minha consciência, atingiram, além do coração, a mente.

Meu assunto predileto na vida, o que me comove, é o encontro e o desencontro entre as pessoas. Isso me toma por inteiro. Pra eu tratar um homem mal, o cara tem de ter feito da minha vida um inferno. Se não, eu sempre vou tratar bem. Um pouco pela minha natureza, outro tanto pela consciência. *O sofrimento faz crescer, mais do que o prazer, isso é certo. Mas não basta sofrer pra se ter consciência. Tem gente que sofre e é uma besta. Consciência é capacidade de observação. E, por sua vez, consciência traz transcendência.*

Eu, que não sou oriental, que sou rebelde por natureza, que não aceito o jugo de disciplina nenhuma, que não me proponho fazer seva pra nenhum mestre, que só faço "seva" pro meu filho, me aproximo da espiritualidade pelo caminho da carne, das pessoas, de me colocar no lugar do outro e então aprender. Até tenho simpatia pela bela Gurumay, mas não entro pra nenhuma Igreja, seja Sidha Yoga, Daime ou Meninos de Deus.

Acho tudo isso, essa coisa de crente, de ficar repetindo palavras alheias, uma bela maneira de alienar o ser, não importa se o que é falado é mais cristão, mais hindu, mais o que for. Embalagem pode ser diferente. Os crédulos e desesperados são os mesmos. Veja só, por que será que nunca pessoas contentes consigo mesmas entram pra nenhuma Igreja? Já reparou como só vira Hare Krishna, ou evangélico, ou daimista, quem tem baixa auto-estima, quem não conseguiu se situar na vida? Pois.

Toda Igreja joga com o desespero alheio.

Eu, quando estava muito aperreada com meu pânico, fui a tudo. Aliás, um cara do Daime disse que eu só curaria se tomasse daime, que só o daime liberta a pessoa do medo através da fé. Lindo discurso. A mesma coisa que o meu psiquiatra, com sua fé nos remédios. Renego tudo isso.

Minha cura tem sido mesmo amar, fazer o que gosto, ter disciplina pra caminhar e malhar horas todo dia e ficar sempre reestruturando meu pensamento. E conquistar no mundo meu lugar ao sol. Isso cura. Não ficar me sentindo culpada porque não estou trabalhando com shiatsu. Ficar feliz com meus hábitos monásticos que permitem essa liberdade. Poder ficar aqui horas, escrevendo pra um cara que é um tesão de homem. Isso cura. Mais do que qualquer droga, meditação ou carolismo marxista ou cristão.

Se é para tomar drogas, prefiro as que o psiquiatra manda. Essas são drogas mesmo, devidamente pesquisadas, com tarja preta pra não enganar o consumidor, essas coisas.

Beijinhos

DÉCIMO SEXTO CONTO ERÓTICO

Homem Bonito

Não faço idéia de quantas mulheres já comi na vida. Tenho trinta anos, sou modelo profissional desde quando tinha cinco anos, tenho uma penthouse em Nova York, sou invejado por homens e mulheres e minha vida parece saída de um anúncio de cartões de crédito. Tenho tudo o que alguém pode querer, mas eu mesmo não quero nada ou, se quero, não sei mais o que é. Vivo sozinho com meu cão, a única coisa viva a que tenho algum apego e que me inspira alguma emoção. Sou heterossexual e nunca tive de seduzir uma mulher em toda minha vida. Elas sempre se jogaram aos meus braços. Especialmente depois que fiquei famoso. Elas entram e saem de meu apartamento, aos montes. No começo, ainda tentava me relacionar com elas. Hoje, eu sei o que esperam de mim. Devo ficar no máximo meia hora com cada uma. E elas não param de chegar. Assim que têm acesso a mim, se entregam num piscar de olhos. Antes de eu ter tempo de dizer abracadabra. Sei de cor aonde vai me levar um beijo na boca. Já nem mais tenho vontade de dar beijo na boca. Antes, quando era mais jovem, eu era cínico. Agora sou triste mesmo. Mas nem sempre foi assim. Já fui um menino mais amoroso, mais atirado. Mas tive de ser responsável muito cedo. Minha mãe me levou para trabalhar aos cinco, e me explicou que tinha de ser sério, que tinha de fazer tudo o que eles me mandassem, que eu iria ganhar muito dinheiro, que todo mundo era pobre, que eu valia ouro, que meus dentes brancos, meu cabelo louro, meus olhos azuis valiam mais do que a vida de todos os que me cercavam. Já odiei minha mãe. Agora nem isso. Nem ódio, nem pena, só desprezo. Desprezo todas as mulheres e morro de tédio. Cada vez que trepo, sinto um vazio enorme no meu peito. Nada faz nenhum sentido. Por que esta mulher quer tanto chupar meu pau? Eu nem sei quem ela é, ela nem sabe quem eu sou. Há muitos anos estuprei uma moça. Mas foi sem querer. Estranho. Estuprei a moça e pedi desculpas. Fiquei surpreso comigo mesmo. Não sei o que me deu. Há muito tempo não conversava tanto com uma mulher. Ela era linda, engraçada e estava absolutamente bêbada. Primeiro ficamos num bar, onde ela bebeu todas. Depois convidei essa moça, de que não me lembro o nome, só me lembro de como ela era apetitosa, para fumar um baseado na Floresta da Tijuca. Morena, parecia feita para se morder. Tudo ia correndo muito bem. Ela ria de tudo, ria muito. Conversava, brincava comigo. Num certo momento, não lembro direito, eu estava dando um beijo na boca, tocando os seios dela, levando a mão dela para meu sexo, e ela começou a dizer não. Como assim, não? Nunca havia recebido um não em toda a minha vida. Não acreditei que era um não. Todas as mulheres com quem havia dormido pareciam implorar por sexo. Como essazinha estava a me dizer não? Acho que foi por isso que a estuprei. Não acreditei que ela estava mesmo me dizendo não e que não era um não de faz-de-conta, que era de verdade, que era sério, era não e ponto. Achei que era tudo um jogo. As mulheres sempre jogam comigo. Jogam com minhas fantasias, com as fantasias delas. Achei que era isso. Um não de faz-de-conta. Ela estava muito bêbada, já fumada. Ela se debateu, tentou fugir, eu a dominei. Eu a comi de roupa mesmo. Apesar de estar bêbada, ela conseguia escapar um pouco. Então nem tirei a calcinha dela. Os peitos arfavam, ela parecia estar tendo um troço. E aquilo de algum jeito me dava o maior tesão. Foi ali, assim, a seco, sem tirar a roupa, sem carinho, sem beijo na boca. Imobilizei-a numa chave de braço. E gozei como nunca havia gozado na vida, com ela gritando alto que não, que não queria. Depois que gozei, olhei pra ela, assim, machucada, chorando, e tive noção do que havia feito. Mas já era tarde. Estuprei e pedi desculpas. Nunca mais ninguém me disse não de lá para cá. E nunca tirei essa moça da cabeça. A única mulher que me disse não. Sei que ela também se lembra de mim. Mas, com certeza, o jeito de ela se lembrar é bem diferente do meu. Já pensei em tentar encontrar a moça, que no silêncio da noite vi saindo do meu carro, morta de vergonha por suas roupas amassadas e cheirando a sexo. Na hora, não tive vergonha. Mas depois... bom, até isso, hoje já não importa mais. Hoje, milhões e milhões de peitos e bundas depois, nada importa. Não importa a moça que estuprei, nem nada. Se um dia senti, já não sinto mais. Não valho nada. E todas as mulheres do mundo não valem nada. Talvez essa que me disse não valesse alguma coisa. Mas como vou saber? Hoje já nem tomo mais tranqüilizantes. Não sou mais cínico. Estou mais morto do que outra coisa qualquer. Meu cachorro me olha, é o único que me entende. Ele vê o que está por trás da máscara que nunca mais consegui tirar. Nunca tive nenhuma dor de verdade, nem nenhum prazer. Vivi minha vida toda posando pra foto. E a vida passou. Se ao menos eu tivesse procurado pela moça quando tive chance, se eu tivesse consertado o mal que eu fiz... Tudo o que eu queria era saber se ela está bem e se poderia me perdoar. Talvez alguma coisa fizesse sentido, talvez não. Com certeza, alguma coisa não seria como é, mesmo que eu não saiba bem, exatamente, o quê.

De Lilian
Para Lucas

pensando em voz baixa com o computador ligado
Nesse estado em que me encontro, passando a ter coragem pra fazer certas coisas, percebendo o mundo com olhos muito mais abertos, com o coração mais sensível, fiquei pensando uma meia dúzia de coisas.

Quando eu era casada com o Marco, me lembro de ter escandalizado algumas amigas dizendo que eu o amava, mesmo não tendo sexo com ele e nem tendo desejo. Todos se escandalizavam, e mesmo pra nós dois essa situação era complicada e de difícil manutenção.

Nem nós aceitávamos ou compreendíamos o que nos acontecia. Éramos casados, nos amávamos e, apesar de dormirmos juntos, não tínhamos nenhum desejo sexual. E isso, na modernidade, choca. É como uma moça de vinte e cinco anos dizer que é virgem — todos acham que uma moça assim só pode ser um aleijão, um fenômeno de circo. Mas foi assim que fiquei casada com o cara uns bons seis anos e meio numa relação que foi bastante boa para mim em alguns aspectos — e que só acabou porque pedi insistentemente que ele fosse fazer uma terapia reichiana. Foi bom ter acabado. Mas, agora, que estou vivendo uma outra coisa meio inacreditável, fico pensando: será mesmo que só se ama se houver sexo?

Sexo é bárbaro, sou extremamente sexista, inclusive. Mas fico questionando essas intransigências da ética moderna sobre amor

& sexo. Acabei, na vida, cedendo ao que todo mundo dizia. Como ninguém acreditava que eu pudesse ter amado um cara que não queria comer, nem ele a mim, tendi a achar que, se tantos achavam isso, era porque os outros é que estavam certos: eu não podia amar sem sexo o cara que era marido. Mas, pela quantidade de gente que se cansa sexualmente de seus parceiros constantes, começo a crer que cada coisa é diferente, cada uma ocupa um lugar distinto. E volto a achar o que já achei no passado: realmente amava o marido que não comia.

Por que não? Quem disse que tem de ser assim ou assado? Vale a pena pelo menos pensar um pouco sobre essa tirania da ética sexual, das coisas terem de ser assim ou assado. *Acho que o amor e a vida transcendem todos esses limites babacas que a razão impõe, e não importa se as coisas vêm engessadas num modelito moderninho de liberação sexual ou se numa repressão vitoriana dos sentidos. Não importa. O que importa é que só cada um sabe o que se passa pela sua fantasia e no seu coração.* E isso não pode ser dito por ninguém nem nada do que está de fora de quem sente o que sente.

De Lilian
Para Lucas

aha, dá pra continuar a falar
Mais detalhes a meu respeito: *das mulheres que já conheci na vida, sou das poucas que sabem distinguir entre uma enorme vontade de ter sexo ou estar apaixonada.*

Você sabia que a maior parte das mulheres não consegue fazer tal distinção? É cultural. Mulher foi ensinada a só fazer sexo por amor, então, quando quer simplesmente dar, inventa que se "apaixonou", o que na prática quer dizer que a maioria se apaixona muito menos do que imagina, e quer mesmo é dar, mas não tem coragem de admitir nem pra si mesma. Uma coisa!

No meu caso, desde sempre, acho eu, não tive dificuldade em admitir que às vezes tinha um enorme tesão por caras por quem não tinha o menor sentimento, e que o excesso de tesão dá barato, mas dar barato é diferente de estar apaixonada. No vasto território que tem a bandeira do amor, muitas diferentes energias têm o seu chão. E tudo se mistura: tesão, paixão, amor. Mas são daquelas químicas em que as coisas parecem ser a mesma coisa, parecem estar juntas. Mas não estão de jeito nenhum.

Apaixonada, vejo qualidades (mesmo que inventadas por mim mesma) no objeto do meu desejo. Com muito tesão, eu fico completamente doida enquanto não dou. Depois que rolou, não tem mais nem assunto, fica constrangedor permanecer por perto.

O engraçado é que conversar sobre isso com outras mulheres se torna um problema. Tive uma terapeuta (boa terapeuta, mas...) que, quando eu contei uma foda sensacional e que era só uma foda, a moça disse para mim que estava tendo engulhos. Fiquei me sentindo culpada por tabela. Na hora, porque ela era minha terapeuta querida, com todas as projeções que se fazem ao longo de um processo psicanalítico, fiquei triste, queria corresponder ao que ela desejava pra mim. Nos meses seguintes, acabei conversando com ela e dizendo que, de fato, eu preferia sempre ter consciência das diferenças entre querer transar — e ser só querer transar — de querer amar ou se apaixonar. Isso, ao contrário do que ela dizia, não era por falta de auto-estima nem por desrespeito ao meu próprio ser — e sim por eu ter aguçado senso de observação de mim mesma. Ficamos em suspenso nessa questão. Ela, contra-argumentava, argumentava questões de ordem espiritual, blablablá. Olha, acho muito ruim pra minha espiritualidade ficar com o corpo nervoso e não saber distinguir isso de amar. *Ter tesão é ter tesão, amar é amar, estar apaixonado é estar apaixonado, cada coisa é cada coisa e tudo uma parte do todo que Deus bolou. Podemos amar*

e ter sexo, podemos amar e não ter sexo, podemos ter sexo e não amar, e podemos amar de mil maneiras diferentes e tudo ser verdadeiro. Só o que precisamos é de sinceridade. Aquela sinceridade que temos com nossos próprios botões. É por tesão que às vezes somos obrigados a nos relacionar. Este talvez seja o propósito divino: graças ao tesão somos obrigados a esbarrar com as diferenças porque é necessário ter par para trepar. E saber lidar com tais diferenças é sinônimo de crescimento espiritual.
beijos

DÉCIMO SÉTIMO CONTO ERÓTICO

Não Dou a Mínima

Por que não vou raspar os cabelos, Almeida? Só por que você não quer? Olha bem pra mim, Almeida. Tá vendo minhas tatuagens descendo até quase minhas mãos? É como se sempre eu estivesse vestida com uma camisa em que as mangas vão até os pulsos. E você acha que este monte de tatuagens e mais os quinze piercings que tenho espalhados por todo o meu corpo e rosto são porque estou muito preocupada com o que um cara como você possa achar ou deixar de achar? Pensa bem. Vê se situa. Você me conheceu com cabelos azuis, pentelhos rosa, tatuagens, piercings, você tem alguma dúvida de que não dou a mínima para o que você ou qualquer outro pense de mim? Acorda, cara. Posso até chupar o seu pau. Mas já foi o tempo em que eu queria sempre agradar. Sabe o que já fiz pra um cara que estava apaixonada? Liguei os faróis do carro dele, botei uma música, *Come to the wild side*, acho eu, e no meio da avenida, em plena Barra da Tijuca, comecei a fazer um striptease completo. O cara ficou louco de tesão, é óbvio. Um vendedor de cachorros-quentes que estava na área também. Aí tudo bem, o cara me comeu com gosto, eu, aquela mocinha crocante de tão gostosa. E suponho que o cara do cachorro-quente deve ter dado uma noite inesquecível lá pra patroa dele, se ele tivesse uma, nessa noite ela foi feliz. Além de striptease, sabe o que mais fiz por esse cara? Um dia cheguei à casa dele, ele estava amarelo, lívido. Perguntei o que era. E ele só me apontou para uma pilha de louça suja de sabe Deus quantos pratos, uma pilha monumental de louças sujas de uma moqueca para a qual ele tinha chamado os amiguinhos e amiguinhas na noite anterior. O sem-vergonha. Nem me convidar convidou. Mas havia moqueca pra tudo quanto é lado, até no teto tinha moqueca. E o cara olhava praquilo e tinha engulhos. Aí, eu, boa moça que era, fazendo concurso pra santa, fui lá e lavei toda aquela merda. Uma moqueca para a qual nem tinha sido convidada. Numa noite em que ele provavelmente comeu alguma outra imbecil que não eu. Fiquei horas ali, lavando e lavando, limpando ralo, jogando fora lixo, limpando parede de dendê grudado. No final, eu, lindinha que era, ainda desci, comprei remedinho pro enjôo do traste, dei remedinho na boca, cuidei, ajeitei e, é claro, ele me comeu até de noite, quando já tinha algum compromisso marcado anterior à minha chegada. Eu sempre compreensiva, bonitinha, preocupada, atenciosa. Topando tudo, entendendo tudo. Um anjinho que era eu. E depois, dessa e de tantas outras, sabe o que ele fez, o sujeito? Me trocou por uma vadia que recitava Marx e os problemas da conjuntura econômica só para bancar a inteligente mas morava num apê da Vieira Souto. Muito Marx e caviar. Mas nem sequer foi pela inteligência ou pelo dinheiro dela que o puto resolveu ficar com a peça. Não. Ela tinha uma bunda monumental, isso é que sim. Conjuntura, fome, violência, o catzo que ele estava tão interessado nisso, não me faça rir. A bunda dela é que era o grande motivo pra tanto interesse no Brasil e no mundo. Não nasci ontem, meu caro. Foi-se o tempo em que me importava o que os outros achavam. Já fui assim, deixei de ser. Quando eu era assim, sabe o que eu virava no final de contas? Um troféu. Sabe aquelas coisas que os meninos ganham em competições, mostram para os outros, mas deixam lá na prateleira, tomando poeira? Um mísero troféu. Meu corpo, minha alma, meu coração não importavam muito. Era só mais uma, mais uma pra alguma coleção particular. Aí cansei das glórias do amor, Almeida. Comecei furando um monte de furos na orelha, depois comecei a tatuar tudo, chega de corpo com pele de cetim, chega de ser azeitona pra empada alheia. Eu sou minha, meu corpo é só meu e eu faço o que quero, pinto pentelhos de rosa, cabelo de azul e se quiser raspo tudo. Que é o que vou fazer nesse momento, pode dizer o que quiser. Pode espernear, berrar, quebrar os copos da casa. Eu raspo meus cabelos, minhas sobrancelhas, se eu quiser furo meus olhos, arranco minha língua, faço o que quiser. O corpo é meu. Não sou sua. Não sou de ninguém. Se você não tinha entendido isso, entenda agora. Nunca mais vou ser pros outros. Sou pra mim. Por que está me olhando assim? O que é que tem demais? Todo esse drama é por conta dos cabelos? Tudo bem. Não raspo hoje. Não fica assim, não. Não é por causa dos meus cabelos? Você até me ajuda a raspar? Então o que é? Pára com essa cara, Almeida. Não é nada contigo. Você é o cara mais legal que já conheci. Mas já vi demais disso, essa coisa do desejo, enorme hoje e totalmente inexistente amanhã, já vi tudo isso demais. Você é o único que me quer mesmo quando estou tão bolada, tão torta. Você fica me olhando com esse olhar de adoração, como se eu fosse a mulher mais bonita do mundo. E a sua paciência? Você tem mais paciência comigo do que minha mãe. Eu vou, desapareço na noite, sumo por dias. E você sempre está pra mim. Você é muito bom, Almeida. Tem de encontrar alguém bom como você. Você quer a mim? Mas, Almeida, seu louco, você vai se dar muito mal. Eu não vou te dar o que você precisa. Não importa? Mas como não importa? Almeida, eu chupo o seu pau, eu deixo você comer a minha bunda, mas o meu coração eu não dou porque nunca mais vou dar. Porque quase perdi o meu próprio coração, de tanto que me dei. Dei muito mais do que devia, dei muito mais do que podia. Então, agora, só dou meu corpo, essa casquinha, que um dia não será mais do que pó. Meu coração, que é a minha alma encarnada, isso não dou, nem pra você, nem pra mais ninguém. Meu coração é meu, eu grudei em mim à força. Porque decidi que não ia mais sofrer. Então não tenho nada pra te oferecer. Só a carne. Por que você me beija assim, com tanta paixão e tanto carinho? Por que você se entrega se eu não me entrego? Por que o que, Almeida? Porque me ama, você diz. Amor. Sempre se fala em amor. Mas amor é o que, afinal, se as pessoas acabam sempre se fazendo tão mal em nome do amor? Isso que você falou agora é bonito, Almeida. Sobre o amor ser paciência e fé. Lindo isso, Almeida. Parece até com as coisas que um dia eu já disse pra alguém. Você parece comigo, com o que eu já fui um dia. Mas hoje não tenho nada pra te dar. Mas, se você quer tanto assim, fico com você. Ia ser bonito se tudo fosse só uma questão de paciência e fé. Ia sim. Se você paga pra ver, se você acha que vale tanto, OK. Quem sabe, você pode estar certo... Pensando bem, não vou raspar os cabelos. Quem sabe até deixo crescer. Mas não fique achando muita graça não, porque senão eu raspo já. E você que se dane.

De Lilian
Para Lucas

estranho falar da morte logo de manhã
BOM DIA!
O Rio está que é uma São Paulo, chove, tá frio, frio, frio. Hoje não vou fazer Mauro nadar, deixa o menino dormir. Eu gosto desse frio: um, dois dias, três no máximo. Hoje tô amando.
Dar de cara hoje com este e-mail sobre a morte logo de manhã me faz ficar meio com vontade de me teleportar pra Flórida. Se você vai morrer, melhor eu te agarrar antes.
Lucas, você não vai morrer e vai morrer. Não sei o que é o tal do GPS de que você falou, nunca fui apresentada a tal criatura, mas suponho que, apesar de todos os números e conhecimentos tecnológicos serem falhos, existe uma relativa segurança para navegadores como você — que devem ser poucos, mas devem ser mais do que um ou dois — conseguirem ir e voltar aos lugares. Quanto aos perigos do mar, perigos na terra também existem, minha irmã tá paraplégica por conta, e era uma pessoa completamente cheia de vida e independência, como eu e você.
Perigos há o tempo todo na vida, basta estar vivo. *Aliás, quem resolver que não vai mais enfrentar perigos e que não vai mais sair de casa fica ali na frente da sua inofensiva TV, radioativa. Aí se entope de comida e acaba tendo obesidade, diabete, câncer etc., o que demonstra que perigos existem em todas as formas, inclusive as que nem parecem perigos.*
O ser humano é o único ser sobre a terra que vive dessa maneira tão artificial e não morre mortes naturais (o ser humano e seus cães, gatos, peixinhos, passarinhos). *Aí vai morrer uma morte de hospital, que é muito mais sinistra do que qualquer morte no mar que se invente.* Eu li *O náufrago*

do Gabriel García Márquez. O naufrágio é terrível, passa-se fome, fica-se alucinado de solidão, come-se sola de tênis, fica-se com tudo ressequido, mal se conseguindo respirar, o relato era de um cara que ficou um tempão e conseguiu sobreviver — e foi real. Olha, o naufrágio do cara não é pior do que ficar num hospital com câncer.

Tive a chance de mais de uma vez acompanhar tristes histórias assim. **Nenhum naufrágio é pior do que o naufrágio num hospital.**

Sou uma pessoa muito medrosa. Me pelo de medo de inseto, de altura, de mar bravo. Mas, se você quer saber, hospital é pior. Se Deus chegasse pra mim e dissesse: escolhe aí que morte você quer: 1. hospital com muita morfina e enfermeira; 2. um naufrágio num mar com onda de botar medo em Amyr Klink; 3. morte numa trilha à Katmandu de frio, escolheria opções 2 e 3. Jamais a 1. *Essa piedosa morte moderna é um horror na prática.* Se um dia rolar isso, certamente vou tomar algo que abrevie minha vida enquanto tiver lucidez. À mercê dos homens de branco é que não fico.

Mas você não deve naufragar não. Se naufragar, eu serei uma que acharei que foi a morte digna de um homem do seu top.

Num outro sentido, você certamente vai morrer. Devem morrer todas as crenças que só tão te fazendo peso na vida. Você está prestes a fazer horas de uma puta meditação. Uma vez na vida fiquei num secchin, que era ficar dias sem abrir a boca, meditando numa dieta de monge zen, sem direito a nada de mordomia, só no trampo e silêncio. Olha, foi uma coisa! Um dia tomo coragem e faço de novo. Ficar em silêncio, por dentro e por fora, sem se distrair, é uma dessas coisas duras e lindas da vida. Essa morte é também uma boa morte. A morte do ego, da vaidade, do apego. A merda é que, se não fizer isso o tempo todo, volta tudo quanto é gordurinha da alma. O ego volta a inflar, o apego, a vaidade, tudo.

Acho que essa viagem só vai te acrescentar. Não deve subtrair nada. Depois você me conta.

E sabe do que mais? Não sei exatamente por quê, pode ter sido você ter a experiência com filhos, ou ter passado poucas e boas na vida, pode ter sido o convívio com o mar e o balanço das ondas... sei que você hoje é muito mais profundo do que era antes, acho você muito mais inteiro, muito mais lúcido do que era antes.

Você tá no lucro. Se somar mais ainda, puxa, melhor! Mas você já tá no lucro em relação aos milhões de humanos sem noção de nada do planeta. E pode até ser que seja essa história com o mar que tenha te dado isso.

Milhões de beijos
tenha um bom dia!

De Lucas
Para Lilian

about numbers and time

Tô aqui, madrugando. De volta à realidade. A minha realidade. *Sinto o cheiro de uma morte que se aproxima.* Os números viram no relógio, números no GPs, números no radar, na carta náutica, na carta de tempo... *Fico pensando quão falsa é a segurança que a precisão dos números nos cria.* Lá no fundo sei que não são os números, os botões digitais, mas os cabos e parafusos que botarão minha casa com as asas abertas... *me sinto um pouco lagarta, prestes a passar pela experiência de vir a ser borboleta...* Penso em você, em toda essa água entre a minha realidade e o mundo. *Sei que daqui a pouco só terei como companhia as estrelas, o mar, as nuvens, os dias e noites. Num ciclo interminável, e que tudo isso vai sepultar um Lucas...* Quiçá, baleias, gaivotas, tubarões e golfinhos serão as testemunhas... Mais fácil deve ser *para as taturanas que sem consciência, involuntariamente, constroem seu casulo em um sonho. Nós, humanos, tentamos manter o cordão umbilical eterno entre a realidade e a poesia...*

De Lucas
Para Lilian

tô roxo de saudades

Você é mesmo um doce, meu amor. Quem mais se preocuparia em consultar o livro do dr. Werner pra cuidar de um marinheiro na puta que o pariu com um dedo quebrado? Também tenho esse livro aqui, faz parte da seção médica da biblioteca de bordo. Tirando-se alguns pequenos erros, tipo "dê uma aspirina" ou coisas ultrapassadas em farmacologia, é bárbaro, vez por outra dou uma espiada. Estou realmente dolorido, deve ser assim que aqueles índios de filme de caubói amanhecem depois de toda a cavalaria passar por cima. Hoje o sorriso acabou, acordei de cara séria, só preocupação. Te juro, tem horas em que penso em largar tudo, just give up, correr pra você e pedir um pouco de carinho, cafuné e cuidado. Esse sentimento de solidão, saudade e um puta cansaço, quando bate, bate pra valer, não brinca em serviço, derruba mesmo... Bom, ao menos posso realmente dizer que estou roxo, de saudades, de hematomas, de paixão... beijos...

DÉCIMO OITAVO CONTO ERÓTICO

Vizinho

Ele me olha todos os dias quando vou estender minhas roupas no varal. Aí, quando o vejo, faço de conta que não tô vendo que ele tá me olhando com aquela cara de homem com fome. Ele é bonito, eu acho. Tem cara de homem de verdade, homem que, quando ama, vai até o fim do mundo pelo seu amor. Mas eu me seguro. Ele é casado, tem uma filha pequena e, pra piorar, mora assim, tão perto. A mulher dele é boazinha comigo, já me arrumou uma xícara de açúcar, outra vez me arrumou uma xícara de farinha. Boazinha ela. Boa mesmo. Sempre que o vejo chegando, sinto esse frio na barriga, o coração já mal cabe no peito e minhas pernas ficam bambas. Mas não devo, não posso. Nem olhar esse homem eu posso. Eu vejo o que ele tem nos olhos. Se eu olhar demais, não vai dar certo. Não mesmo. Então passo por ele, passo apertado, quase sem respirar, e sem ver mais nada. Bom, eu sei que ele tá me olhando e me querendo. Então, eu rebolo pra ele. Sei que ele vê meus peitos arrepiados, então deixo que ele veja bem, deixo que ele me saboreie com os olhos. Que é o que pode. Quando ele não tá me olhando, aí sou eu que aproveito pra olhar ele direitinho. Vejo as pernas dele, fortes, o peito aberto, o jeito dele de caminhar e rir. Vejo tudo. Presto atenção a cada detalhe. E sempre dou um jeito de ter muitas roupas molhadas pra secar no varal. E aí ponho esses meus vestidos de chita, cheios de flores, bem velhinhos, todos bem leves, desses que sabem voar com o vento. Porque tenho certeza absoluta de que ele adora me ver assim. Outro dia, vi que a mulher dele tinha saído, aí fui sem calcinha. E ele ficou lá, que nem um bicho que tá preso, andando de um lado pro outro. Sei que ele é sob medida pra mim. Mas ele tem dona. A única vez que nos vimos na cidade trocamos só duas palavras. Era um dia de lua cheia, ele estava lindo, todo de branco. E, vejam que coincidência, eu também estava toda de branco. E, quando ele me viu, olhou pra lua, e disse, ai, que não esqueço, ele disse que a lua nunca brilhava sem feitiço, que não havia lua sem intenção, e me olhou com seu olhar cheio de intenções. Eu escapei dessa lua. Escapei desse olhar. Sei muito bem a hora de ir embora e não olho pra trás. A música que tocava toca sempre no meu coração. Nesse dia, imaginei, sozinha, no meu quarto, que a gente dançava à luz da lua. E me toquei nesse dia, delirei de prazer, sozinha no meu quarto, só a lua de testemunha. Estava molhada, cheguei a molhar a cama de tanto que eu queria esse homem. Que está sempre ali, do meu lado, todos os dias, todas as noites. Respirando, ali, debaixo do mesmo céu que eu. Mas que é tão distante quanto a mais distante das estrelas no céu. Mas, hoje, tô tão feliz. Vi a mulher dele saindo com uma mala, levou a menina, a menina com uma mochilinha. E tô radiante de felicidade, mesmo sem ter nenhuma razão pra isso.

Tenho uma pilha enorme de roupas pra pendurar no varal. E, desde que a mulher saiu, ele não sai da janela. Hoje ele vai ser meu, mesmo que seja só por uma única vez apenas. Estou nua por baixo do meu vestido cheio de flores. E o sol está brilhando no céu, cheio de luz. Perdi todos os meus receios, com o sol que eu sei que hoje brilha só pra eu ser feliz.

**De Lucas
Para Lilian**

parece que só eu estou trabalhando por aqui hoje
Dei um break nos meus trecos por conta da chuva e do vento... Tá mais calma? Passou aquela sensação do "vazio" a ser preenchido? Tomara que sim, senão mais um e-mail desses e eu largo tudo aqui. Já tá uma foda trabalhar no sol de quarenta graus, ainda você faz meu sangue ferver, isso pode ser perigoso às coronárias... Bom, meu humor deu uma pequena melhorada. Agora já posso dizer que 3/4 do trabalho do Olho Vivo está concluído. A merda é que hoje é feriadão aqui, Memorial Day, os caras vão encher a cara e chorar toda a galera que eles mandaram pra guerra e não voltou. Por conta disso tem lancha e jet-ski pra dar com o pau. Só marola e barulho. Mais um bocado e eles devem rapá fora, se arrumar pra começar a segunda-feira, que vai ser na terça.
Sobre suas dúvidas, qualquer mar pode ter ondas gigantes, isso não é privilégio do Drake, ou Cabo Horn, muito embora ali seja um dos "piores" mares do planeta. O problema com ondas não é o tamanho, mas sim o intervalo entre elas, a tal seqüência, e a forma, isto é, se são "cheias", tipo o swell, ou ondas "quebrando". Uma onda de trinta metros, cheinha, toda gordinha e redonda, você navega na boa, mas uma de cinco metros quebrando já dá um susto do caralho, ou mesmo duas

ondas pequenas se chocando, e isso acontece com freqüência em temporais com ventos acima de quarenta nós, fazem o mar virar uma máquina de lavar roupa... Melhor parar, senão vou queimar de vez qualquer chance de um dia te botar pra navegar comigo... Beijos salgados de suor

De Lilian
Para Lucas

impossível

Só mais um detalhe importante: impossível é o que ninguém fez, até que alguém o faça. Tem essa história que é engraçada. Não me lembro até qual década, muitos tratados médicos explicavam, detalhadamente, por que nenhum ser humano poderia correr uma milha em menos de quatro minutos. Aí veio um cara — por sinal, estudante de medicina — e correu. No ano em que ele fez isso, 19 outros atletas fizeram o mesmo. Aí você pode perguntar: por que será que ninguém conseguiu antes? Porque todos tendemos a acreditar num saber com aspecto de autoridade, a gente tende a reverenciar quem se apresenta com cara de verdade absoluta. Mesmo que eventualmente sejam uns completos babacas, um doutor PhD de Harvard sempre irá impressionar muito com o que diz. É preciso que venha um zé mané estudante com muita garra, muita crença em si mesmo, muita confiança em sua própria prática que prove ao contrário.

Aí, depois que houve um, fica fácil. Vem um monte. Mas esse cara, o que fez primeiro, este derrubou os totens, os dogmas. Todo limite pode ser ampliado.

Depende, pra começar, do nosso próprio desejo, da nossa própria disciplina, da nossa vontade de vencer os obstáculos.

Já pensou se eu, dois anos atrás, tivesse ido no papo do meu psiquiatra e tivesse continuado o remédio? Estaria com diabete, enorme de gorda, completamente nas garras dos meus próprios fantasmas, sem ter andado um milímetro pra frente. Com a postura de desafio e de acreditar em mim mesma, consegui virar exceção à regra, virei o caso da moça que está se mantendo sem pânico à custa de exercício e reestruturação cognitiva. Não digo que você deva fazer nada assim, agora não.

Quando você já estiver firme consigo mesmo, quando você puder se dar o crédito, aí, bom, você deverá saber o que deve fazer. E faça. Mesmo que todo mundo diga o contrário. Isso em tudo na vida. Travessia ao Atlântico, travessia da deprê, qualquer coisa. Tente. E só diga que não conseguiu se tiver tentado muito. Mas conheça os seus limites, aprenda consigo mesmo, ouça seu coração, fale com seus pulmões. Dê-se conta de tudo o que você já conquistou, valorize isso. Lembra o que acontecia no ano passado? Lembra o que você estava fazendo de sua vida há, sei lá, dez anos? Lembra-se de quem você era, em que acreditava? Veja agora. Olha, tem um bonito percurso já conquistado. E muito ainda a ser feito. Não perca de vista a imagem dos que você quer por perto. E o que você deseja fazer da sua vida.

Tenho profunda admiração pelo homem que você se tornou.
Mil beijos

De Lucas
Para Lilian

enquanto você dorme
Lua cheia lá fora. Fico aqui pedindo pra ela te trazer, lágrimas nos olhos. Lembro-me de um mapa astral, em que nunca acreditei, dizia que quando nasci ela estava em Áries. Achei curioso, Áries, regido por Marte, Deus grego da guerra, e eu aqui, "pedindo sangue", raivoso, quase uivando, gritando... *Te*

digo uma coisa: se você viesse, pra estar contigo, quebraria datas, calendários, projetos, enfrentaria furacões, icebergs, contraventos. Tudo isso fica tão pequeno perto da vontade de te beijar... e, por favor, não diz que isso é poesia, isso é querer, paixão... a alma procurando a sua metade...

DÉCIMO NONO CONTO ERÓTICO

Flor

Oh, minha amiga, por que você não teve mais paciência? Se você esperasse mais um dia, eu a levaria pra o seu verdadeiro cenário. Eu a levaria pra uma aurora boreal ou pra um caudaloso rio em algum ponto estratégico do globo imenso que gira nas minhas mãos, inúteis sem você. E o globo vira todo a mais inútil paisagem sem teus olhos verdes e teu andar de gazela sempre a dois palmos do chão. Oh, minha flor do cerrado, eu deveria ter me transformado num cais, alguma coisa que pudesse ter te trazido algum alento. Eu deveria ter sido mais atenta, ter te dado mais carinho, ter preenchido melhor teus silêncios, sempre tão cheios de significados. Agora lá se vão teus passos de balé, teus olhos verdes, teus silêncios, tua falta de nexo, teu sexo ambíguo, não mais ambíguo do que o meu. A gente ficava entre almofadas tão coloridas, cheias de cetim, uma com a outra, falando de mil homens e de homem nenhum, eu me recusava a entender o óbvio, e você a dar bandeira. No máximo, deixava que eu lesse seus pensamentos, eu que nunca li pensamento de ninguém. Você era tão só, dizendo mil nãos, assim, com todo o corpo, pra todos aqueles homens tolos. Todos eles viam em você uma deusa, uma princesa, e você era só uma moça muito só. Todos eles disputavam a tapa o sim a que você se recusava, porque sua natureza não dizia seu caminho ser pra lá, e sim pra cá, exatamente pra mim, que mal sabia como achar minhas próprias chaves na bolsa. Eu só em busca de um homem. Você só em busca de um amor. Eu morrendo de inveja da sua facilidade de provocar grandes paixões, simplesmente porque dizia não na maior, pra todos os galãs e galinhos da faculdade. E você provavelmente querendo poder dizer todos os meus sins, que vinham assim tão simplesmente quanto os seus nãos. Eu gozando na parede grudada à sua, com todos aqueles rapazes que sonhavam com você, e você sonhando comigo, em silêncio absoluto, num imenso e terrível segredo. Ô gatinha, pra que tanto mistério? De que adiantou toda a elegância, todo o orgulho e quilos de autocontrole? Pra você se pendurar em pleno carnaval numa estúpida corda num armário? Com certeza eu teria continuado a gostar de rapazes e você de moças, mas com certeza a gente poderia ter aproveitado melhor o tempo, viajado mais, uma na companhia da outra, e teríamos sido menos sós. Eu poderia ter dito sim a você também, já que o sim faz parte da minha natureza, ter pelo menos fingido ser você meu único amor, até você ter se encontrado e descoberto uma outra moça tão linda quanto você. Mas o que eu não queria, minha cara, era esse teu fim estúpido no meio de um trio elétrico no meu carnaval da Bahia. Você sozinha no Planalto Central e eu lá longe, com pescadores baianos e outros idiotas mais. Trocaria todos os gozos que tive então por ter tido a chance de lhe dar mais um bom-dia no café da manhã. Sabe, você teria adorado o balé da Pina Bausch, teria adorado conhecer minha amiga coreógrafa holandesa, teria gostado muito de saber que tive um filho, poderíamos ter ido a trocentas praias desertas, teríamos sido um escândalo, duas moças assim como nós, fazendo tudo aquilo que só muito tempo depois descobri ser o que você teria, profundamente, desejado fazer comigo. Ai, que idiotice, não ter esperado o dia seguinte, era só esperar a manhã, o novo sol do novo momento, que tudo teria sido diferente. E, sabe, descobri depois, também, que eu não acharia ruim não. Pelo contrário. Acho ótimo também. Talvez não sempre, não daria pra casar, mas daria pra acompanhar. Você acha isso pouco? Melhor do que o nada a que você se reduziu. Melhor do que ser pó e areia fina na ampulheta do tempo. Conta pra mim, agora que você certamente virou a mais bela anja dos jardins de Deus, faz sentido o sexo aqui nessa terra ser determinante de coisas que nada têm a ver com sexo? Por que as pessoas se matam e matam outras por causa de sexo? E por que chamam de amor o que é muitas vezes só sexo? Por que precisam de tantos pretextos pra se entregar ao prazer? Por que acreditam ser escolhas fatos fisiológicos, imposições da natureza de cada um? É tão complicado ser diferente? Por que quem é muito livre e libertário tem sempre final infeliz se tudo o que faz é cuidar da própria vida? Olha, minha amiga, você só havia começado a faculdade de filosofia. Mas isso tudo deve ter lá sua explicação. Eu é que não sei de nada disso. Sei que muitas vezes penso em você e sempre acabo por me espantar. Era só você ter me dito. Eu não teria te negado. Porque meu coração tem muitos cômodos, e um poderia ter sido seu. Os beijos que você não me deu, outras, na maior cara-de-pau, rapidinho, ganharam, foi só saber chegar. E, justo você, nada. Santa tolice. Malditos tabus. Agora me sinto uma sala vazia, num mundo que está pra se acabar. Tudo à toa, tudo em vão, como a vida toda sempre me parece ser. Se apenas houvesse um depois, duvido que tudo tivesse sido assim como foi.

De Lilian
Para Lucas

que loura!
É inacreditável. Se não tivesse acontecido comigo, nem eu teria acreditado. Mal pus os pés na festa lá no tal do Meli Melô, me surge uma loura, sei lá Deus de onde, mas uma loura... A moça parecia uma modelo ou atriz, saída de um dos meus contos, aquele do supermercado. Uma cara linda, um corpo escultural, só de topzinho mínimo. Aí a moça, mal eu ponho os pés no salão junto com Lulu, Paulete, Marcelo, namorada de Marcelo e mais sócios e estagiárias lá da Paula, essa moça vem, abre um sorriso enorme pra mim — que fiquei pensando que nem era comigo tal sorriso —, chega perto, me abraça e só diz repetidas vezes que eu era linda, linda, linda, e que ela não costumava falar isso para nenhuma mulher, mas que eu era linda, e repete os outros lindas, lindas. Fiquei tão pasma que não consegui ter reação, só agradeci a moça e disse que ela era linda também e fui para o salão. Minhas amigas todas boquiabertas, os caras todos me sacaneando dizendo que eu tinha de ter pelo menos pegado o telefone da moça, essas coisas. Aí dancei, dancei, e observei que os caras, mesmo não sendo gays, dançavam em grupos de homens, as meninas ficavam em grupos de mulheres, e eles não faziam nada. Quando queriam demonstrar interesse, davam umas ombradas, uns encontrões, e ficavam olhando com uma cara seríssima, que a mim não se parecia nada com tentativa de azaração. Me fazia, sim, era pensar em psicopatas furiosos. O que sei é que lá pe-

las duas e trinta da manhã, quando já estava indo embora, a mesma loura me aparece de novo, com um copo de chope, meio doidona, e olha pra mim, vem de novo pra cima, repete o mesmo você é linda três vezes e que não costumava dizer isso para nenhuma mulher. Nesse momento, eu já estava mais esperta, e consegui dizer, além do clássico "você é linda também", que ela era com certeza e em disparada a pessoa mais simpática que tinha visto ali e que desejava para ela boa sorte, do fundo do coração. Isso tudo dito ali, corpos colados, o peito dela arfante perto do meu, um escândalo. Ela, nesse momento, parece que se comoveu, me deu mais abraço, eu me despedi dela e fui embora. Agora, no meu tempo, nunca uma loura desse top estaria sozinha até às duas e meia da manhã numa festa, não mesmo. *Acho que os caras estão apavorados com o comportamento sexualmente explícito da mulherada, então ficam lá, todos fortões e musculosos mas por dentro numa enorme confusão, sem saber o que fazer com a mulherada. Todos eles devem bater mil punhetas pedindo a Deus pra cair uma loura dessas no colo deles. Aí, quando aparece uma dessas dando mole — até pra cadeira se cadeira pudesse falar e praticar um pouco de sexo —, eles ficam ali, com cara de pastel. Uma incompetência só.* Pensei em você, aí todo sozinho, indo parar em tudo quanto é canto pra ver se descola algum broto, e essas americanas malucas que não te deram nenhum mole, puxa, se pudesse materializava a mim e a loura aí só pra sua alegria.

De Lucas
Para Lilian

zip zap zupt
Morena, meu coração,
   a julgar pela hora de seu e-mail da madrugada, você ainda deve estar se recuperando da loura.

Uau! Quem mais poderia encontrar uma mulher bonita assim e pensar no amigo senão você? Fiquei de cara.

Sabe por que ninguém quis a loura na festa? Decerto era você que todo mundo desejava...

Beijos

VIGÉSIMO CONTO ERÓTICO

Sexo Sexo Sexo

Sabe o que eu queria agora? Me debruçar sobre a tua pica dura e ficar lá, primeiro enchendo minha boca com ela. Depois me colocaria sobre ela. Xoxota primeiro. Depois o cu. E nada, nem uma palavra. Nada de "eu te amo", nada de olhar estrelas e falar poesia, nada disso. Só foder contigo, imperativamente, até a boceta ficar absolutamente além-buceta e o teu pau, um além-pau. E então, depois de muito dar tudo o que houvesse pra dar, de chupar tudo o que houvesse pra chupar, depois de muito apertar o que houvesse pra apertar, de comer o que houvesse pra comer, bom, aí sim. Poderíamos finalmente falar de estrelas, constelações, Marx, Fernando Pessoa, Nise da Silveira, Foucault, Augusto de Campos, Jim Morrison, aí teorizaríamos todos os absurdos e todas as coisas sensatas que houvessem pra ser teorizadas. Poderíamos falar sobre o que fizemos ontem e anteontem, o que gostaríamos de fazer amanhã e depois de amanhã. Mas, até lá, ser só o que se está sendo, fazer só o que se deseja, sentir só o indispensável pra se fazer o que há para ser feito. Talvez ouvir músicas primitivas, totalmente telúricas, algo com o som do batimento cardíaco. Talvez não. Nenhum cenário, só o lençol e a cama. Simplicidade absoluta. Meu corpo, com seus múltiplos desejos, teu corpo e tuas angústias todas. Teus olhos, meus olhos, tua língua, minha língua. O que é que se precisa mais? Isso já é muito. A lua fica gostosa, os carros ficam musicais, a fumaça, fumaça. Talvez caia bem um pouco de chocolate em calda pra botar no teu pau. Talvez sim, talvez não. Talvez algumas feras mais curiosas saiam das tocas e venham farejar nosso gozo. Fora isso, poderemos dizer bom-dia pras travessas de queijos dos hotéis de Copacabana e boa-tarde pras lojas de conveniência vinte e quatro horas do Leblon. Eu dou uns telefonemas. Você dá uns telefonemas. E a gente se exime de culpas e continua fazendo tudo de novo. De novo, de novo, de novo. Como se habitássemos os espelhos e nos multiplicássemos infinitamente. E nossas peles ficariam cada vez mais finas e transparentes, até virarmos bichos borboletas. Nesse momento, você poderia finalmente fumar um cigarro e respirar, que eu deixava seu pau em paz.

De Lucas
Para Lilian

stoned

Morena, meu jasmim em noite de verão. A saudade aqui dentro tá tão apertada hoje. Fico pensando encantado na capacidade sua de me fazer rir novamente. Você reparou? Nesses nossos últimos telefonemas, me senti tão próximo de você, tão capaz de rir da vida, poder brincar com coisas sérias, e ao mesmo tempo te senti tão próxima de mim, como se a qualquer momento fosse escutar a campainha, abrir a porta e te dar um beijo de boas-vindas... Isso é tão mágico, tão diferente das outras formas de euforia que havia sentido nos últimos tempos, em que ficava racionalizando a euforia como a anunciadora de uma depressão, uma espécie de mecanismo de defesa do emocional pra não chegar ao limite. Estou a imaginar você nessa festa... Às onze e trinta daqui vou receber mais um boletim de tempo. O vento começou a rondar pra sul e isso é ótimo, a hora tá chegando. Manda notícias. Beijos na Colombina.

De Lilian
Para Lucas

sobre heróis

Olha, gato, cada um tem o herói que merece. Você falou que são heróis os que vão todos os dias trabalhar por uma merreca.
Desculpe, não concordo. Isso é ser sobrevivente, não necessariamente implica coragem, que é o básico para compor um herói. Sobreviver em tais condições é ter capacidade para tolerar e possibilidade de se conformar com as agruras da vida. Não é coragem.
Não faço pra mim herói um homem ou mulher que simplesmente caminhe com a manada. Esses tipos nunca me fizeram suspirar. Sei que é politicamente incorreto fazer uma afirmação como esta, mas eu não daria nem pro Lula, mesmo ele nem sendo um cara que caminhe com a manada. Acho o cara uma pessoa incrível, o caminho dele é fantástico, como um homem do povo, que nunca fez uma faculdade e consegue ter tantos insights sobre economia e política, toda lucidez e integridade do cara — acho lindo. Voto nele desde quando ele nem era tão ele como é hoje reconhecido. Mas isso não me faz pensar nele como um herói. Sei que é uma heresia dizer isso, mas não é nem por ele ser feio. É porque não acho fazer política a coisa mais bacana que um ser humano pode fazer. Mais fácil eu dar pro Stevie Wonder, que é cego, e conseguiu com-

por aquelas músicas todas tão lindas, sendo cego e preto, conseguiu seu lugar ao sol. Mas mesmo o Stevie não me ganha o título de herói. Herói não. Pra ser meu herói tem mesmo de ter algumas dessas coisas que você tem. *A primeira é sua capacidade de entrega pra tudo o que você fez.* Você foi fundo em cada coisa, da foto ao casamento, passando pelos filhos ou pela história com o barco. *A segunda é seu senso de humor, uma certa humildade misturada com iconoclastia e lucidez que acho do cacete, você não se emenda, você não se encaixa, você não se deixa rotular, você brinca com seu próprio orgulho, com sua própria vaidade.* Isso é lindo, pra mim. *A terceira é você ser capaz de arriscar sua vida real pelo que é o seu sonho, pelo que você ama. Se você ama o mar, você vai até ele, de peito aberto, apostando o que tem, sem blefe, sem faz-de-conta, ali, no sangue e no suor. Isso é outra qualidade admirável e rara, tão rara que não conheço mais ninguém assim. E você, como se não bastasse, é um homem tão bonito, tão sexy... Acho que há certas coisas que vêm com uma pessoa pelo merecimento, um merecimento que não é para nós julgar, que veio de outros tempos, de sua mãe, de seus ancestrais. Meio que decreto divino, doa a quem doer, faça inveja a quem fizer. Essa força toda junta é poderosa.* Por essas e por outras, você é meu herói. Conheço muitos homens inteligentes, criativos, batalhadores, ou mesmo corajosos. Mas eles não combinam tantas coisas legais num pacote como só você faz, naturalmente. Os inteligentes podem ser, por exemplo, muito comodistas. Os criativos, muito covardes. Por aí vai. Se eu conheço alguém que eu possa encher a boca e dizer que é herói, esse alguém é você. Mesmo que você não queira, é assim que vejo sua pessoa. Aliás, mesmo que eu não queira. São minhas células que esbravejam.

beijos meu herói

**De Lucas
Para Lilian**

acredite se puder
Bom meio-dia, meu doce
Só recebi o e-mail do herói hoje pela manhã, fiquei lisonjeado.
Noite passada, enquanto você dançava, eu também bailei. Das duas da manhã daqui até às quatro, foi uma tempestade só, daquelas que não deixa pregar o olho. Isso é uma coisa que talvez seja difícil pra você entender, mas barcos não são caranguejos, se tem coisa que eles não gostam é de terra por perto, especialmente daquelas com pedras. Essa era minha situação aqui, de olho ligado pra ver se não arrastava a âncora. Tô zonzo, aquela sensação de "não dormi", e a previsão já informou, pra hoje à tarde e começo da noite, mais "pancadaria". Dessa vez vem uma daquelas tempestades elétricas, e isso sim me assusta. Um raio é o suficiente pra dar fim a todos os eletrônicos de bordo. Mas o que quero dizer é que não estranhe se não conectar durante o fim do dia, só por garantia do equipamento. A merda é que nem arrisquei deixar o barco sozinho pra ir às compras. Vou esperar mais essa "onda" passar. Fico impressionado com a imprevisibilidade do tempo aqui. Ninguém consegue saber nada por um período maior que doze horas. Então fico nessa ansiedade de ficar aguardando uma série de fatores de "probabilidades" pra poder jogar as fichas na mesa. De qualquer maneira, quase certeza, amanhã tô indo mesmo, do contrário essa espera pode me custar perder a temporada. Se existe risco em cruzar a Gulf Stream com ventos de norte, pior é ficar no meio do Atlântico, sem comunicação, sabendo que o Deus Hurricane pode estar dando uma banda por aquelas águas...

Lembra que ontem te falei que tinha apenas dois vizinhos aqui onde estou? Pois bem, hoje pela manhã conheci um deles, esse sim, um herói, melhor ainda, uma heroína. O nome dela é Arlett, uma senhora canadense de cabelos brancos, mais ou menos nos sessenta, que tá viajando pela América *single hand*, é mole? Tudo bem que o barquinho dela, um pouco maior que o Obore, tá todo equipado com "máquinas" que tornam desnecessários quaisquer esforços físicos, mas, mesmo assim, essa digníssima senhora, se seguisse o caminho da maioria dos mortais, provavelmente estaria cuidando dos netos ou jogando bingo nos fundos de uma igreja qualquer. Não nessa vida, em que a natureza é quem dita as regras, a hora em que se pode dormir, comer, tomar banho ou mesmo relaxar.

É isso, vou aproveitar pra uma pestana no meio da trégua...
Beijos

VIGÉSIMO PRIMEIRO CONTO ERÓTICO

O *Exercício*

Escrito no manual, tenho de fazer essas bolinhas entrarem e saírem só com o movimento da minha vagina. OK. Isso parece bem simples. Mas não é. Se fosse, meu namorado não teria dito que só sabia ser boceta pra outra coisa que não pra dar prazer ou pra ir ao ginecologista. Com certeza, se fosse simples, mais mulheres fariam esses exercícios, tão preventivos, tão saudáveis pra se manter uma boceta em bom estado. Ainda mais nos tempos de hoje, que há quem malhe até para fazer o tamanho das orelhas aumentar, todo mundo quer ser fortão. Moças e rapazes horas por dia num suadouro sem par. Se fosse fácil, haveria propaganda no jornal: "Aumente sua força vaginal. Aprenda com quem faz. Como jogar pingue-pongue usando só a força dos músculos da vagina." E proliferariam palestras e cursos, todas as mulheres sendo entrevistadas no *Fantástico* e dizendo ao mundo "como minha vida mudou fazendo exercícios para minha vagina", ou "como consegui vencer minha rival apenas pelo tônus muscular de minha xoxota", enfim, o mundo seria outro. Todas saberiam como quebrar nozes apertando coxas e colombinas. E as mulheres seriam menos bobas. Saberiam que só da união se faz a força e quem não se comunica se trumbica. As esposas conversariam com as amantes, as amantes entendendo as esposas, as esposas entendendo as amantes, e juntas chamariam seus homens e levariam um papo sobre o que fazer, para onde ir e por quê. Mas o fato é que essas bolinhas não são fáceis. Tudo é tão molhado. Como é que a boceta irá sugar a bolinha, se está úmida? As bolinhas saem, com facilidade, mas entrar sozinhas, isso não é fácil não. Ainda não peguei o jeito da coisa. Ou então minha xoxota é uma dessas que não têm mais jeito. Será que vou ter de fazer vinte anos de exercício? Já soube que xoxota pode até tragar fumaça de cigarro. A minha não, coitadinha. Só uns míseros orgasmos múltiplos, uma coisa assim, banal. Trivial simples. Quero mais sofisticação, mais requinte xoxotal. Não quero nunca mais essa coisa tola de simplesmente gozar, ou fazer xixi. Chega de só ir ao ginecologista. Não. Quero mais. Quero que minha xoxota bata asas e saiba voar. Ou saiba falar francês. Esse negócio de só saber dar prazer e ir a ginecologista é muito amador. Assim se acaba em São João de Meriti. E eu quero muito mais pra ela. Quero uma vida melhor, um mundo mais justo. Quero que o Lula vença a próxima eleição, quero que o trabalho valha mais que o capital, que o coletivo interesse mais que o privado, que as baleias vivam felizes com as baleinhas, que o lixo seja jogado no lixo, que cada um cuide da sua vida em vez de reclamar que o governo não cuida de ninguém, que todos se ajudem, começando por ajudarem a si mesmos, que se vá menos ao hospital, que se perceba melhor a si mesmo, que se use menos papel, que se salvem as árvores, que se compre menos e se contemple mais, que todo mundo possa ser bonito como quando era criança, que brilhem os olhos, que todos toquem um instrumento, que todos saibam pintar, dançar, que todos saibam falar e se comunicar, ler e escrever, que se escrevam mais poemas, que se leiam mais poemas, que se namore mais, que se encontre mais prazer e mais cor nas cores simples da vida, que se fale com cachorros, com patos, com formigas, que se possa ser louco sem ir preso, que se possa roubar beijos sem que isso seja crime, que se possa amar e amar, sem ficar na culpa e no remorso de não se amar do jeito como manda o figurino. E que minha boceta sugue esta bolinha rosa. Ai, que é tão difícil sugar essa bolinha. Olha, eu sou mesmo louca. Fui à loja de conveniência erótica e, sem nem perguntar direito, comprei umas outras bolinhas, de ferro, lindas, mas que a bula delas estava em chinês, e eu nada sei de chinês. Aí essas bolinhas não tinham cordão. Resolvi que ia fazer o exercício de pompoirismo com elas. E fui e enfiei elas pra dentro. Me distraí. Comecei a me empolgar com a sensação das bolinhas lá dentro de mim. Aí gozei. Nem me dei conta. Mas, quando fui tirar as bolinhas, cadê que elas saíam? Nada de sair. E não havia esse cordãozinho que nem essas que agora estou usando. Então fiquei muito nervosa. E se as bolinhas não saírem? Terei de ir ao prontosocorro, falar pro médico que estava na onda do pompoirismo e que não perguntei na loja como usar essas bolinhas eróticas, cujo nome técnico desconheço. E que aí as bolinhas entraram mas não saíram. Um desastre. E tudo culpa desse meu jeito impulsivo e curioso demais. Felizmente acabei conseguindo. Aí ontem, quando fui à loja, contei meu dilema e a moça me falou que essas bolinhas que eu havia adquirido antes não eram para iniciantes. Eram para as mulheres já experientes no assunto. Que para mim, estágio um, era daquele outro tipo, com cordinha. E que nem precisava botar todas as bolinhas pra dentro. Podia deixar umas duas bolinhas pra fora. Essa vendedora era ótima, sabia tudo de tudo, conhecia todas as pastinhas, já deve ter usado metade da loja. Aí cá estou, há horas, nesse negócio de tentar sugar bolinhas. Vou botar elas pra dentro. É. Lá dentro fica mais gostoso. Fico apertando elas. É gostosinho. Aí puxo o cordãozinho. Saem umas duas bolinhas. Boto elas de novo pra dentro. E tiro de novo. Que delícia. Uma das bolinhas, quando sai, fica na altura exata do meu grelo. E apertar as bolinhas é tão gostosinho. Grande invenção. Acho que minha xoxota não irá falar francês, nem tragar um cigarro. Mas pode ser uma xoxota bem feliz, bem tratada, ah, isso sim. Ai, que delícia. Se meu namorado me visse aqui, totalmente nua, só com um colar de pérolas e essas bolinhas rosa num cordão, eu colocando elas lá dentro e tirando, hum, acho que iria ficar de pau duro. Mas iria ficar curioso. Ele acharia graça também. Certamente gostaria de assistir a esse negócio de botar bolinhas e tirar bolinhas e puxar bolinhas com cordãozinho. Iria chupar meus peitos. E eu iria acabar gozando com ele chupando meus peitos e essas bolinhas, ai, meu Deus, que delícia de bolinhas. Como será o nome técnico dessas bolinhas? E do exercício? Ai, meu amor, como gostaria que você estivesse aqui e juntos pudéssemos ver se minha xoxota tem jeito, se o mundo tem jeito ou se deixa tudo pra lá. Do mundo eu nada sei, mas sei que eu tenho jeito, e que meu amor me ama e tem jeito sim.

De Lucas
Para Lilian

falando da vida dos outros

Já chegou, antes mesmo da chuva. Não dá pra entender direito esse negócio de "tempo na entrega" de e-mail. **Deve ser** *problema de tráfego no éter, provedor, ou simplesmente computadores também têm preguiça.*

Fiquei decepcionado. A tal senhora de que falei aproveitou uma trégua do tempo e correu pra uma marina, onde deixou o barco bem amarradinho e deve estar agora em alguma mesa de restaurante. Mais um herói que me decepciona. Talvez por isso não goste desse adjetivo. Mais cedo ou mais tarde, eles se provam de carne e osso, com cu e medos. Nada igual às histórias em quadrinhos, onde até no último segundo, logo após os comerciais, ou na próxima edição, eles apagam o pavio da bomba amarrada ao umbigo que estava prestes a explodir... *Há muitos desses heróis inventados pela mídia, cujo maior mérito, em verdade, consiste em saber vender o peixe mais do que propriamente em saber como pescá-los.* Já conheci muitos desses que todo mundo considera herói, mas na verdade tudo o que fazem é só cena e pose de herói. Posteriormente vim a conhecer mais um porrão de pessoas, estas desconhecidas da mídia, que fazem coisas surpreendentes. *Mas, se essas coisas não são feitas pela busca do prazer de vivê-las, acho que perdem o sentido.* Matei meus heróis, como dizia o Cazuza, eles morreram de overdose, overdose de ego, da busca da fama e fortuna. *Essa coisa tão típica da nossa cultura de "homem branco" de querer construir grandes coisas, deixar a marca da existência em vez de vivê-las. Mais uma vez te digo, herói é o cara que responde por impulso, faz parte da índole. É o cara que, sem pensar, entra na jaula do leão pra pegar o brinquedo da criança. O resto é tudo cálculo, jogo de probabilidades, riscos planejados.* Que é isso que eu tô escrevendo num domingo? Deve ser fome. Vou pro miojo dominical e depois volto. Beijos

De Lilian
Para Lucas

OK, mas você ainda é o meu herói

Lucas, só se você me provar o contrário vai deixar de ser meu herói. Pra mim você está ali pau a pau com Piazzolla. Fiquei doida para conhecer o Piazzola depois de ouvir um disco dele.

O Henry Miller foi outro que ficou me assombrando. Nunca me recuperei, depois de ler *Sexus*, *Plexus*, *Nexus*, do fato de não ter nascido a tempo de ter pego o cara ainda vivo. Meus heróis têm mistura de coragem, que é mesmo essa coisa de momento, que dá e passa, com algumas coisas que nem eu sei direito como é que funcionam. *Pra um cara virar meu herói tem que me passar essa possibilidade de paixão pela vida, ou pelas coisas que faz, ou pelas pessoas que o cercam, algo assim, maior que o ego, maior que as ilusões que o mundo oferece de fácil encantamento e fácil desencantamento. E ao mesmo tempo ter humildade, achar graça de si mesmo, não se achar fodão, porque o que mais destrói a minha imagem de herói é gente muito convencida de sua importância histórica.*

Ontem na festa tinha um menino muito bonito, 22 anos. Aí minha amiga Luciana (Luciana é uma dessas pessoas muito generosas e muito ingênuas, apesar de ser tão inteligente) comentou que o menino era muito legal e que ele seria um homem fantástico quando tivesse uns trinta. Ao que respondi que aquele cara, o grande momento pra conhecê-lo era agora, ou depois dos cinqüenta, e que aos trinta ele seria um chato insuportável. Explico: um menino tão bonito como aquele agora não percebe que é tão bonito. Daqui a pouco, já terá percebido e se corromperá, coisa que é a contra-indicação do sucesso e do reconhecimento públicos, seja por ser um homem (ou mulher) muito bonito, ou muito inteligente, ou muito qualquer coisa que saia da média, que destaque a pessoa da manada. À medida que as pessoas ficam babando o ovo de alguém, rola a corrupção da alma. Sobreviver ao elogio é uma arte. Pra mim, o herói é também aquele que consegue perceber isso tudo, e não se deixa enganar por todo esse teatro da existência. *Pouca gente consegue continuar sendo legal, íntegro, criativo, humilde, espontâneo depois do sucesso, seja lá o sucesso uma coisa pública ou de ordem privada.* Em geral, pessoas bem-sucedidas ficam muito arrogantes e convencidas da sua importância. Sentem-se especiais e acham que merecem tratamento vip da vida e dos outros full time, como se não cagassem e mijassem como todo mundo, merda e xixi, e sim ouro em pó. Aí é só o egão funcionando. E isso pra mim as torna simplesmente parte do rancho das pessoas tolas. Não heróis. *O herói sabe que é humano, que caga e mija, que pode morrer, que pode falhar.* Como todos nós. Nós, os mortais banais.

Quando o conheci, você quase virou meu herói. Mas ainda faltava um tanto. O tanto que você vem percorrendo ao longo desse tempo. Naquela época, você tinha a semente. *Você é o cara que fez da sua vida a grande obra de arte.* Desculpe, estou te elogiando, e sei o que isso pode resultar. Mas confio no seu senso, confio no seu humor, na sua humildade. Acredito que posso te elogiar à vontade. Acredito que você seja de verdade um herói. Os heróis de verdade podem receber carinho e elogio sem que isso resulte num babaca completo. Por isso me permito falar com você sinceramente. Você ganhou minha admiração e respeito de um jeito que é definitivo. Pra você fazer isso virar outra coisa vai ter de desdizer tudo, desfazer tudo, virar um outro. Esse, com quem tenho o prazer de conversar de vez em quando e de trocar letrinhas e confidências, esse é o meu herói. Mesmo o que não entendo direito adivinho um pouco, e percebo coisas que só me levam a continuar achando que você é um homem muito legal.

Mas o fato é que continuo achando, sentindo, pensando: meu herói.

beijos

De Lilian
Para Lucas

nem sei por que estou assim
Não seria mau
amanhã ser encontrada na estante de ofertas irresistíveis
uma latinha em promoção
contendo todo o meu ser
apenas uma pequena etiqueta
nenhum querer
nenhum desejo
nenhuma dor
qualquer um pegasse
qualquer um levasse
depois parar no pé dos moleques
virar jogo de futebol
quando cansassem de brincar comigo poderia enrolar linha de
   pipa
ou simplesmente virar um lixo
meio a outras latas papéis embalagens do lixo
não mais horror às baratas
não mais horror à solidão ao abandono
apenas uma coisa em oferta
apenas uma coisa
meio a paredes cinza e azuis
longe de tudo o que fosse do universo humano
perdida no supermercado

completamente perdida
nem feliz nem triste
nem amada nem odiada
só uma oferta especial
sem poder ver teus olhos
sem mais os meus imaginando os teus
longe de mim

De Lucas
Para Lilian

Se você virar latinha de super, veja se ao menos pode ser de alumínio, daquelas que não enferrujam em barcos, aí vou poder carregá-la pra cima e pra baixo. Acho que o mar mais longo a ser atravessado é o da saudade. Como ele é longo.

Lembra que uma vez falei no saco de abandono com coisas úteis pro caso de uma emergência em que eu tenha de abandonar o barco? Pois é. O meu, além do normal — facas, lanternas, kit de primeiros socorros, ração de náufrago —, o meu tem Prozac, cigarros e, o melhor, uma foto sua, que vai me ajudar a manter o moral. Fim do tempo que me permiti para o break.

VIGÉSIMO SEGUNDO CONTO ERÓTICO

Traição de Pescador

Todos os dias ele sai pra pescar de manhã bem cedinho. No fim do dia, ele volta e vem pra mim. Nós dois juntos somos um belo casal. Ele é negro, quase azul. Forte, com aquele sorriso branco, tão aberto. Eu sou mulata, cor de chocolate. A gente às vezes sai pra dançar. Outras a gente vai pra praia namorar. E ele é tão gostoso, tão carinhoso. Me abraça forte, me dá aqueles beijos de cinema e me come gostoso com aquela sua jeba enorme e sempre molhadinha. Adoro tudo nele, o cheiro, o gosto e, é claro, a pica grande e bonita. Acabo nem ligando muito pro fato de ele ser semi-analfabeto e falar umas coisas meio rudes, meio engraçadas. Às vezes, na hora de gozar, ele diz assim: "posso despejar?". Acho horrível esse "posso despejar", fico me sentindo como se fosse uma coisa, uma coisa que recebe despejos. Já reclamei com ele. Ele se cala. Ele sempre se cala quando o faço lembrar nossas diferenças. Digo que posso ensiná-lo a ler, afinal, é esse o meu trabalho. Já alfabetizei tantos adultos antes. Só que ele é muito orgulhoso. Sente-se humilhado porque a mulher dele sabe mais do que ele, que é professora e ele um pobre pescador. Não adianta dizer que há um monte de colegas dele na minha aula, ele não vem de jeito nenhum. Orgulhoso demais pra admitir que precisa da ajuda de alguém pra aprender a ler. Ele fica bravo comigo quando faço algum comentário que lembre nossas diferenças. Aí talvez seja por isso. De uns tempos pra cá, ele some de noite. Não aparece. E a ilha tá cheia de gringas. As gringas adoram o meu Tião. Comecei a suspeitar de uma, que andava muito alegre pro lado dele, toda hora querendo assuntar se ele não a levaria pra lá e pra acolá, e tal. Aí, só pra assustar, fui eu, mais uma colega, peguei uma peixeira do pai dela emprestada e fiquei desfilando com uma peixeira na frente da gringa e olhando para ela bem feio. Acho que ela pegou o recado. Nunca mais se engraçou pro meu Tião. Mas será que ele arrumou outra? Ele continua desaparecendo, toda noite. Estou ficando só e triste. Já saí pra dançar, dancei com outros homens, mas nada adianta, só penso nele e nele e nele. Quanto mais penso que não quero pensar, mais eu penso. Já conversei, já perguntei se ele quer acabar tudo comigo, ele diz que não, que ainda me ama. Mas aí some de novo. Pra me esquecer dele, até dei uns beijos num outro. Mas nada me faz parar de pensar. Hoje vou segui-lo, sem que me veja. Vou ver aonde ele vai que não vai me procurar. Quero saber que gringa safada ele arrumou, se é aqui, se é na cidade, não quero nem saber, vou atrás. Lá vem ele, com aquele gingado que me deixa louca. Olha, está tão sério, parece que está com pressa e a pressa é tanta que nem me viu, e teria sido fácil me ver. É coisa com mulher. Nenhum homem fica assim, tão cego, se não tem mulher no meio. Cabra safado! E cínico, diz que me ama. Ama nada. Se amasse não ia ficar assim louco por nenhuma gringa. Epa, e se não for gringa? E se for uma dessas cretinas da ilha? Aí eu mato. Juro que faço um estrago na piranha que estiver me enganando, sabendo que ele tem dona e ficando com ele. Todo mundo sabe que ele está comigo. Não tem como fazer de conta que não sabe. Mas, que estranho, ele está indo pro rio. O que é que ele está indo fazer no rio numa hora dessas? E aqui está deserto. Não tem vivalma aqui. Nem homem nem mulher. Tô ficando é com medo. O que é que esse homem vai fazer no rio numa hora dessas? Ai, que frio que está me dando. Ele está tirando a roupa. Por que ele está tirando a roupa? Vai nadar no rio a uma hora dessas? Muito esquisito, gente. E vai nadar completamente nu? Está jogando alguma coisa no rio. O que esse homem faz nu num rio, jogando sabe-se lá Deus o que no rio? Esse sujeito é maluco. Só pode ser. Mas, olha só, vem um boto saltando na água. Que bonitinho. Ele vem todas as noites brincar com botos no rio. Que gracinha. Mas não faz nenhum sentido. Se era pra brincar com botos, por que não me chamou? Eu também poderia vir brincar com botos, adoro bichos. O boto está muito perto dele. Ele está fazendo alguma coisa, está dançando com o boto? O que ele está fazendo? Virgem Santíssima! Parece... Parece que ele está transando com o boto. Meu Deus, não é um boto. É *uma* bota! Tião está comendo uma bota! Se me contassem eu não acreditaria. Pra que ele está comendo uma bota se tem a mim a hora que quiser? E ele está gemendo tão alto... Está quase gritando. E o bicho está deixando ele fazer isso, como é que pode? E não acaba nunca... Vou deixar que ele me veja. Quem sabe ele não sai desse transe. Isso só pode ser um transe, esse homem está possuído por algum espírito do rio, sei lá, qualquer coisa. Vou deixar que ele me veja. Pensando bem, vou chamar ele. Tião! Tião! Olha, estou aqui! Pára de fazer sexo com esse bicho. Vem pra mim. Olha, eu sou gente, sou como você, sou sua mulher de verdade. Isso que você está comendo é um peixe, uma bota. Eu sou uma mulher. Veja, olhe meus peitos, olhe minha xoxota cabeluda, sou gente, que nem você. Você é um homem, não é um peixe. Olha pra mim! Por que você não me olha? Pára, Tião, isso é obra do demo, pára com isso, homem. Se Deus quisesse que um homem fizesse o que você está fazendo com um bicho, a gente não iria ter consciência, iríamos ser como os peixes, os cães, os gatos, só viveríamos e nem saberíamos os nomes uns dos outros. Pára Tião, vem pra mim, eu te amo, pára, me veja, me olhe, eu estou aqui, eu sou para você, vem pra mim, eu te perdôo, eu te quero, faço o que você quiser. Você quer que eu não fale mais, que fique muda como uma bota? Eu fico. Quer que eu mude de profissão, que largue de ser professora, que vire só uma dona-de-casa, que só cuide de você, tá certo, faço tudo isso, mas pelo amor de Deus, larga essa bota, homem! Ai, graças a Deus, você parou. E que maravilha, ainda está de pau duro. Vem pra mim, meu amor. Por que me olha assim? Ei, aonde você vai, o que é isso? Você está diferente... Você parece um peixe... Você parece... Um boto! Tião! Tião! Volte, meu amor! Volte pra terra, volte a ser um homem! Se ainda alguma coisa em você é um homem, veja se entenda o que vou dizer: eu te amo, Tião! Te amo tanto que te quero feliz. Se você é feliz sendo um boto e se perdendo no rio, então adeus, seja feliz. Meu coração é teu. Nunca te esquecerei. Adeus, Tião! Adeus!

De Lucas
Para Lilian

blablablá ao cubo
OK, criatura divina,
Vamos ver se agora consigo me livrar dessa prisão de ventre cerebral em que me encontro e consigo escrever algo um pouco mais conciso.

Tem tanta coisa acumulada, que nem sei por onde começar. Vamos tentar começar pelas perguntas mais simples: não, não fui ver o *American Beauty*. Mistura de falta de tempo com preguiça assumida. Continuo acreditando que, mais cedo ou mais tarde, o filme vai sair em vídeo, então vou poder assistir de cuecas, com direito a pause rewind, fumar cachimbo e o escambau. É sempre mais confortável. Quanto ao The Wall, bem, esse aí já vi trocentas vezes, mesmo no telão. Foi um filme que marcou muito minha adolescência. Top. Tem a cara do Roger Waters, aquela coisa maníaco deprê, como tudo que ele faz, mas é lindo. Cada vez que penso nele, o filme, associo a meus filhos e dá uma puta vontade de cantar, "we no need no education, we no need mind control, hei teachers, leave the kids alone..."

Falemos de seus textos. Olha, não tem nenhum que tenha dito que não gostei. Disse apenas que gostava mais de alguns que de outros. E isso é verdade. Quanto à maneira como me sinto quando leio as coisas que você escreve, bem, isso aí dava pra fazer uma dissertação, uma monografia ou no mínimo encarar uns quatro anos de análise bem-feitas, daquelas tipo no mínimo duas vezes por semana. Que você quer que eu lhe fale? Me sinto, como já disse antes, bobo, apaixonado. Nunca, e isso é nunca mesmo, nenhuma mulher disse tantos elogios e palavras de carinho e admiração à minha pessoa, como você o faz. É lógico que isso acaba por insuflar um pouco o ego, levanta o moral, faz a gente se sentir querido, amado. Havia muito que já estava disposto a não me expor mais às pessoas, me poupar um pouco das críticas, mas aí surge você, demonstrando tanto amor e afeto, que me sinto na obrigação de me mostrar, ser quem eu realmente sou, e, ao contrário do que imaginava, acabo por receber mais apoio, mais compreensão. *Mesmo quando criticando, sinto um profundo carinho de sua pessoa para comigo, bastante diferente da maneira como* outras pessoas buscam apenas mostrar as imperfeições alheias. Então suas críticas se transformam em um incentivo, um estímulo para tentar melhorar.

Ufa, isso aqui tá virando um parto. Não, nada a ver com o assunto. A cabeça é que está um redemoinho de coisas. Ainda tenho de negociar com o porra do Honk, que roubou na cara dura minha sandália Havaiana de dentro do bote, e desapareceu com ela. Um só pé, e não me pergunte pra fazer o que, mas ele pegou e sumiu justo com essa que tinha valor afetivo, bandeirinha do Brasil na correia e o caralho. O último par das "legítimas" de que dispunha aqui na Flórida.

Tá tudo parecendo meio sem nexo? Desculpa, é que o cérebro está meio cansado. Você não imagina quanta coisa passando simultaneamente nos meus pobres neurônios. Sair para o mar sempre me provocou um certo frio na barriga, mas essa viagem em particular está de arrebentar. Não fique você aí pensando que não tenho cá meus temores. Alguém já disse que quem tem cu tem medo. Fato é que para vencer esses temores tenho de usar da razão, recapitular cada bit e bite de informação que adquiri ao longo dos anos para não pisar na bola nessa que sem dúvida é até o momento a minha maior aventura no mar. Uma vez lá fora, não tem mais pra onde correr. Terei cerca de cinco mil quilômetros de água me separando do meu próximo destino, e ninguém pra contar. Fico aqui me afogando em listas de coisas a fazer, precauções, cuidados etc. Talvez realmente o grande desafio seja um bom planejamento. Isso inclui o cuidado com o tratamento da água que será embarcada, uma simples bactéria pode arruinar todo o suprimento, dietas para situações especiais, tipo diarréias, prisão de ventre, alimentos não perecíveis de alto valor energético e protéico, com rações especiais para os dias de tormenta, em que não há a menor chance de trocar o leme pelo fogão, kits de primeiros socorros, material de sobrevivência no mar para eventualidades, peças de reposição, combustíveis, cartas náuticas e, o pior de tudo, as tais burocracias alfandegárias. Dá pra imaginar o tamanho do pepino em que teu amigo aqui se meteu? Lembro-me das minhas conversas com o Amyr, e ele sempre me dizia: presta atenção ao detalhe, é lá que mora o perigo. Ele tem razão, um simples parafuso solto pode causar uma merda sem precedentes. Tudo bem, com calma eu chego lá. Bem que eu queria receber um beijo seu na chegada. Aí seria capaz de quebrar uns recordes de tempo, mudar tudo, não parar nos Açores, não ir para a Europa e cruzar o Atlântico Sul logo na seqüência, sedento por um cafuné.

VIGÉSIMO TERCEIRO CONTO ERÓTICO

O Homem Feio

Na rua, aonde quer que vá, não consigo mais dar dois passos sem algum fã me parar. Coincidência ou não, só depois de ler um livro sobre como obter o sucesso consegui transformar muitas noites de salto alto, rolando de um evento social para outro, em algo concreto. Muitas bocas já havia beijado apenas para conseguir selar promessas que não se cumpriam. Havia perdido a conta de quantos bares na noite do Rio já havia feito, com quantos bêbados já havia me aborrecido, quantas noites sem dormir por tão pouco. Meu único companheiro era o violão. Nele derramava todas as minhas queixas, toda a poesia que escapava entre as lágrimas de alguém que só queria cantar suas canções. Era incrível como eu conseguia às vezes estar em tantos lugares ao mesmo tempo só na esperança de entregar minhas fitas, minhas canções para o fulano que poderia me apresentar para beltrano que me encaminharia para alguém que estava num cargo poderoso de uma grande gravadora. Muitos anos. E só conseguia despertar a atenção de toda essa gente graças à minha exótica aparência. Minha mãe é japonesa, meu pai é alemão. Então meus olhos são puxados, mas são azuis. Meus cabelos são lisos, escuros e compridos, como o das orientais. Mas sou alta como meu pai. Sou uma figura que ninguém consegue, em lugar nenhum do mundo, descobrir de onde vem. Eu mesma me sinto assim, sem pátria, sem raízes. A vida sempre foi dura comigo. Não ganhei nada na sorte. Sempre causei estranheza em uns, inveja em outros. Meu primeiro namorado foi o único que me apoiou, foi a única alma no planeta que me tratou com carinho e compreensão, mas um dia, sem mais nem menos, ele me deixou. Tivemos uma noite maravilhosa, ele me cumulou de toda espécie de elogios e carinhos. Entre beijos que eram tíquetes para o paraíso, disse que eu era maravilhosa, que merecia tudo de bom e, no dia seguinte, quando fui procurá-lo, ele havia se mudado, sem deixar nenhum bilhete ou endereço, sumiu, escafedeu-se. Fiquei arrasada, pensei em morrer, o mundo me parecia inóspito e vazio de sentido. Nessa época, vaguei sem destino por ruas, becos e avenidas, e não havia saídas. Só mais ruas, mais becos e mais avenidas. Um belo dia, dei de cara com uma foto dele no jornal. Não faço idéia de como isso aconteceu. No jornal, ele estava se casando com uma famosa artista, consagrada internacionalmente. Não me perguntem sobre isso porque até hoje não entendi. Tudo o que sei foi que nesse momento minha vida tomou outro sentido. Ele um dia havia de se arrepender. Eu seria rica, famosa, tanto quanto aquela perua da foto. De lá para cá, muita coisa mudou. Hoje sou uma celebridade nacional. Nunca mais toquei meu violão porque não tenho mais tempo, mas tenho a melhor equipe de produção, a melhor banda, a maior mídia, o melhor cenário, o melhor figurino. Sou considerada o rosto mais bonito do cenário pop nacional. E nunca mais havia pensado em Marcelo. Até que hoje, quando estava correndo pela praia com meu personal trainer, eu o vi. Estava vindo do mar com uma criança no colo. Uma mulher, que não é mais aquela com quem ele havia casado então, recebeu a criança com um abraço e a ele com um beijo apaixonado. Aquilo me pareceu tão estranho no momento! Depois, mais uma vez, aquela mesma dor de quando o perdi pela primeira vez. Só que pior. Estava acostumada a pensar que ele havia me trocado por uma mulher poderosa e que este era o motivo para ele não estar comigo. Mas aquela mulher que estava com ele na praia, aquela mulher visivelmente não era rica, não era famosa, não era nada. Só uma mulher comum. E com ela ele havia tido um filho. Sempre achei que era a mim que ele amava verdadeiramente, que se, por alguma razão, ele acabasse a história com a maldita velhota, seria para mim que ele iria voltar. Acreditei que, se ele não havia voltado, era porque ainda devia estar com ela. E que estava com ela por seu dinheiro. Então dei tudo de mim para alcançar um lugar ao sol. Queria ter algo a oferecer para ele, mostrar que era alguém muito importante, muito especial. Queria que o mundo me ouvisse para que ele me ouvisse. No mundo inteiro, só quem contava era ele. Permaneci correndo na praia. Ninguém viu o que se passou comigo. Minhas lágrimas se confundiram com meu suor. E tudo no mundo permaneceu absolutamente igual. Nenhuma estrela se apagou, nenhum cataclismo varreu o mundo. Só em mim, maremotos, furacões destruíam todas as minhas ilusões. Fiquei reduzida a menos do que nada e não adiantava ver minha foto espalhada pela casa, pelas revistas. Cansei do meu quarto bem decorado, da minha casa com jardim inspirado em Burle Marx. Não avisei ninguém e tirei meu carro da garagem. Fui parar num bar, um bar onde já havia cantado há séculos. Todos os que lá estavam faziam de conta que não me reconheciam. Assim era melhor. Ao fundo um piano. Tomei uísque até me perder de mim.

À medida que bebia, o piano foi ficando cada vez mais nítido. Há quanto tempo não ouvia uma música? Tudo o que ouvi nesses últimos tempos era sempre para ser gravado, ensaiado, decorado, arquivado. Nem sei mais se era música. Nunca mais compus uma canção, nunca mais escrevi um poema. Como era lindo o som daquele piano. Que música mais bonita. Olhei para o homem que tocava aquele piano divino. Era um homem muito feio. Tinha um queixo que parecia ter sido deslocado do resto do rosto. O desenho daquela cara parecia mais um mosaico de enganos de um deus mau. Como alguém poderia ser tão feio? E como poderia ser tão feio e tocar uma música tão bela? Quando dei por mim, já estava sentada no colo do pianista. O homem mais feio que já havia visto em minha vida. Que quadro devíamos ser! Eu, que a natureza havia resolvido ser sua opus magna, e o homem saído de um pesadelo escabroso de uma mente doentia. Da música para a cama foi um passo pequeno. Ele morava num cubículo em Copacabana. Baratas para todos os lados. Apesar de sua aparência, ele era nobre. Um príncipe horrível num pardieiro infecto. Com poucas palavras, me atirou num poço de carinhos. Passos em falso no cadafalso de uma estranha paixão que nesse dia nasceu. O homem fazia arte no meu sexo. Qual feiticeiro, sabia que truques para fazer finalmente aparecer a mulher que eu era e de mim mesma se escondia. Ritmos e melodias em que meus gritos soavam como o canto de mil rouxinóis enlouquecidos. Você sabia que o rouxinol nunca repete a melodia de seu canto? Pássaros noturnos traziam a inspiração para nossos corpos em fuga. Ele poderia ter o rosto mais feio do mundo, mas o caralho tinha a forma mais perfeita, cada centímetro parecia ter sido encomendado sob medida para minha racha. E dessa fenda, desse buraco donde nasce o prazer e a dor de ser mulher, renasci. Gozos metafísicos em que aprendi a falar com Deus. Finalmente humana, finalmente aceita e redimida. Nos meus peitos ele mama a beleza do mundo. O pau dele comigo é a bandeira de um país sem fronteiras. Desse dia em diante, eu sou a bela. Ele, a fera do meu desejo. Ele adivinha se estou ali pela música ou pelo desejo. Num caso ou noutro, somos dois incendiários, dois que se encontraram para desafiar a sorte. E serem eternamente um. Redescobri o sentido da vida. Simplesmente o amor. O prazer foi apenas um sinal para não perder o norte em meio às ilusões que o mundo me mostrou.

De Lucas
Para Lilian

dorme, Cinderela
Pra fechar a noite, que já estou sendo acusado de acabar com seu sono, mudar o relógio biológico e o escambau... e ainda tenho "milhas" de cartas pra navegar. Sabe que também já me perguntei o porquê de justamente você voltar assim à minha vida, com toda essa força misteriosa. *Então, você responde, será que não foi você que realmente se transformou em uma "amante ideal", profissionalizou-se na arte de seduzir e aperfeiçoou o que já fazia tão bem, dessa vez não me deixando outra opção que não seja assumir que sonho com você, que olho pra lua e vejo você e que, quando vejo golfinhos aqui do lado, queria que você visse também?* Planos, já te disse não tenho na vida, mas sonhos tenho muitos.

De Lilian
Para Lucas

Poemas do Manoel de Barros

O FOTÓGRAFO
Difícil fotografar o silêncio.
Entretanto tentei. Eu conto:

madrugada a minha aldeia estava morta.
Não se ouvia um barulho, ninguém passava entre
as casas.
Eu estava saindo de uma festa.
Eram quase quatro da manhã.
Ia o Silêncio pela rua carregando o bêbado.
Preparei minha máquina.
O silêncio era um carregador?
Estava carregando o bêbado.
Fotografei esse carregador.
Tive outras visões naquela madrugada.
Preparei minha máquina de novo.
Tinha um perfume de jasmim no beiral de um sobrado.
Fotografei o perfume.
Vi uma lesma pregada na existência mais do que na pedra.
Fotografei a existência dela.
Vi ainda um azul-perdão no olho de um mendigo.
Fotografei o perdão.
Olhei uma paisagem velha a desabar sobre uma casa.
Fotografei o sobre.
Foi difícil fotografar o sobre.
Por fim eu enxerguei a Nuvem de calça.
Representou para mim que ela andava na aldeia de
braços com Maiakovski — seu criador.
Fotografei a Nuvem de calça e o poeta.
Ninguém outro poeta no mundo faria uma roupa
mais justa para cobrir sua noiva.
A foto saiu legal.

O CASAMENTO
Tentei uma aventura lingüística.
Queria propor o enlace de um peixe com uma lata.
Uma lata é uma lata é uma lata é uma lata.

Busquei contigüidades substantivas para fazer o casamento.
A lata morava no quintal da minha casa entregue às suas ferrugens.
E o peixe no rio.
Veio um dia entrou uma enchente no quintal da minha casa.
E levou a lata com ela.
A lata ficou no fundo do rio.
No fundo do rio as ferrugens são mais espessas.
E a lata estava pegando craca no corpo.
Deu-se que o peixe se enferrujou da lata.
E penetrou em dentro nela.
O peixe estava enferrujado (apaixonado) na lata.
Penso que se deu um quiasmo: uma contaminação retórica do peixe com a lata.
Houve o casamento.
Moral da fábula: o peixe que não gozava de ser sucata quis gozar.

De Lucas
Para Lilian

about sex

Querida, a depressão quase voltou. Fui a uma farmácia comprar o restante das bolinhas que faltavam. Preço: 150 dólares, desse jeito fica realmente difícil curar depressão com alopatia. Tenho de rir... Vamos falar de sexo: quer saber mesmo? Adoro um papai/mamãe, e também sexo oral, daqueles deitado, só o pau pra cima, olhos fechados. Gosto de comer um cu de quatro na minha frente, daquelas enrabadas com a mão tocando a xoxota e mordidas leves no pescoço. Porém imprescindível é sempre um bom começo. Um corpo feminino deitado nu, pronto pra ser todo acariciado, chupado, virado de lado, lambido dos pés a cabeça, com direito a dedos, línguas e gemidos é o "top". Não tem começo melhor. Ai, tô ficando de pau duro só de pensar, mas adoro também ser "cavalo", aquela tradicional cavalgada com a parceira de frente, peitos balançando na minha cara, as mãos apertando as nádegas, e todas as demais formas de sexo que possam ser descobertas na hora, aproveitando lugares e posições propícias ao momento e ambiente (escadas, balcões de cozinha, chuveiro, banheiras, motocicletas, guarda-roupa, elevadores, avião...). No fundo, acho que isso é uma coisa muito mais de ocasião. Tem momentos em que adoro aquele sexo romântico, cheio de beijos na boca, trocas de olhares. Já por vezes sou mais uma sacanagem, "putaria" explícita, porém em ambos os casos reconheço que sinto um verdadeiro prazer ao saber que levei a parceira ao limite, que cumpri com minha função de macho e amante, e então nada melhor do que aquele abraço e beijo final, aguardando o retorno das "forças" pra mais uma... Bom, vou ali no banheiro, e depois volto... Mandar beijo depois disso tudo é pouco.

De Lilian
Para Lucas

pôr-do-sol no Rio
Em maio ventos frios e quentes, preguiça de carioca, chope no bar pé-de-chinelo. Existe uma festa permanente, gente falando alto, se abraçando, tapinhas nas costas, homens olhando bundas, mulheres cochichando olhando homens, meninos do surfe chegando de noite depois de horas de ondas, dondocas e poodles, muitos poodles, de lacinho, de casaquinho, de topetinho, de língua de fora, poodles nervosos que, se tivessem corpo de pitbull, fariam um tremendo estrago, pitbulls com espírito de vacas. Aliás, meu amigo

geminiano francês me disse que só no Rio ele havia visto tantos pitbulls tão pacíficos convivendo alegremente com seus donos maconheiros madrugada afora, códigos de honra entre os homens e os meninos, uns no chope outros no baseado nosso de cada dia, gatinhas com calças largas lá embaixo do umbigo, na linha dos pentelhos, de novo, a moda é cíclica, a vida é cíclica, tudo vai, tudo volta. Bala perdida, favela, morro, cana, rato, pivete, moça preta linda que vive na esquina com seu bebê no peito, camelôs, briga com comerciantes locais, classe média que já dançou e média que nem é mais, mas conserva a pose, paga cana, disfarça, dá as ordens, banca extermínio e acha bom, sensacional a pena de morte, vota em Fernando, detesta Lula, detesta política, mas dança em descompasso com a globalização, dessituados total e absurdamente do progresso, do porvir, Mad Max que espera por todos nós, Hong Kong que seremos todos, muitos eletrodomésticos, nenhum sindicato forte, nada pra se opor aos desígnios dos megacapitalistas internacionais, poder dividido entre o narcotráfico e os oligopólios. Nada de saúde pública, nem escola pública, o mundo mergulhado nas trevas da ilusão, consumir ou não consumir é a questão, assistir na tevê à vida dos outros, sonhar com a devassidão de um pop star, viver sob anestesia, a perspectiva do abismo, o futuro assusta mas é porque está no futuro, o presente é celebração, a vida impondo caminhos, rotas alternativas, criação de novos vínculos, fortalecer o corpo e a alma, encher de sol toda a rotina, olhar pra tudo com bons olhos, não reclamar à toa, não enfurecer os deuses, dizer amém na hora da avemaria que a vida é mesmo sagrada, respeitar a dor do semelhante, encontrar o que é parecido em mim e em você, construir pela gentileza laços mais fortes do que a morte, fazer a minha parte, estar atenta, não ler jornal jamais, as notícias são feitas pra se desistir da luta, o pessimismo é fatal, aliás, mais fatal do que o dólar que cai, o Tibete existe há muito mais tempo do que o capitalismo do que o computador do que a Internet, tudo não passa de uma fase, sabem eles, e fazem seus jardins no ritmo lento dos que sabem o óbvio: a vida é além do que nossos olhos vêem e tudo é passageiro, menos o motorista e o trocador, uns amigos que foram a Katmandu descobriram que por lá todo mundo dirige sem sinais nem regras de trânsito, tudo é só feeling, de repente meu carro vai pra direita, o seu para a esquerda, tudo é organicamente constituído no caos, mas ninguém bate, nem rola montanha abaixo, e tudo segue num compasso baiano, sabe como são os baianos? Carioca atrasa meia hora. Baiano nem vai. Não se apresse, não corra o risco de morrer de estresse, come um banana que nem diz o macacão do Mogli, meus olhos procuram os seus, somos amantes, somos muito amigos, somos o que seremos ou somos o que somos? Golfinhos simpáticos mamíferos olham pra mim na minha sala presos numa fotografia.

De Lucas
Para Lilian

sunday morning news

Bom dia, morena, tô morcegando aqui, lendo seus contos e poemas, sentindo saudade... Sabe, só essas poucas horas sem "condições" de trocar letrinhas e já fico passado com o tamanho da falta que tô sentindo de você, imagina daqui a pouco... No final das contas, eu e o Erik só conseguimos chegar já à noite ao barco, e realmente ficou difícil achar um jeito de a gente se comunicar. Isso não significa que deixei de pensar em você, principalmente depois de sua descrição da maneira como se sentia para sua reunião social noturna. Quando li seu texto, fiquei com vontade de lambuzar sua boca de batom, bem lambuzada, e então te beijar compulsivamente... Olha, amanhã cedo, isto é, agora, caso você continue madrugando aos domingos para sua sessão de endorfinas, vou aproveitar a ajuda do *bros* aqui pra ver se termino o serviço do OlhoVivo, em seguida, acredite, contra minha vontade, vou fazer um cicerone até à praia com o cara. Nada em absoluto contra ele, pelo contrário, gente dez, mas pelo tanto de coisas atrasadas a serem feitas... So, it means, domingo de pouca "correspondência", ao menos até à tarde... Tudo bem? Se você disser que não, paro tudo e fico aqui, sonhando com você... Vou lhe dizer isso mas não é pra ficar vaidosa, não. A primeira coisa que meu amigo perguntou ao entrar no Obore e ver sua foto aqui na parede foi quem era a gata. Viu só? Já tá causando impacto internacional... Queria ter o "poder" do Mauro de te atrair para a cama dele, só com um pedido, aí também não te deixava mais sair... Um domingo maravilhoso pra você, minha flor... Não sei por que, mas estou quase certo de que, se for me deitar agora, vou sonhar com você... Beijos mil.

VIGÉSIMO QUARTO CONTO ERÓTICO

Sou Baixinho

Sou baixinho, barrigudinho, mas todas as mulheres caem aos meus pés. É. Que posso fazer? Sou um fenômeno. Meu talento é tão espantoso que outro dia o Eusébio, para mostrar a uns amigos dele que eu sou mesmo incrível, fez uma aposta. Escolheu uma boazuda no meio da rua e lançou o desafio. Vocês querem ver, perguntou ele, como o Silva ganha todas só no tato? E fez um lance, que todos acompanharam. Lá ia eu, mais uma vez. A mulher escolhida era um avião. Que morena! Devia ter uns vinte e poucos anos, uma bundinha de fazer padre esquecer missa, peitinhos que nem passarinhos no ninho, uma flor, uma margarida morena bem à luz do dia. Chego eu, exatamente esse eu, esse homem baixinho, e vou sorrindo. Sei que vou ganhar. É uma coisa natural à minha pessoa. Deus deve ter me dado isso para compensar os centímetros de que se esqueceu de me enviar. Olho pra moça, bem no fundo dos seus olhos morenos, miro a boca grande e carnuda, cheia de mimosuras insuspeitadas, e pronto, lá está essa conexão, esse quase milagre. Faço as moças sorrirem. E elas olham pra mim, assim, baixinho e gordinho, ficam confiantes, baixam a guarda e caem no meu papo em dois tempos. Deve ser porque não sou do tipo que pensa a si mesmo como o dono de um membro intumescido. Penso que tenho um caralho, um pinto, um pau, um pênis. Mas membro intumescido não consta no meu dicionário interno. Acho sexo uma coisa maravilhosa, fantástica, que só mesmo um ser genial poderia ter inventado. Membro intumescido é meio bobo demais pra se falar de um pau duro. Ah, não sei por que as mulheres me adoram. Deve ser porque suspeitam da verdade: que, apesar de pequeno, meu pau, tal como meu coração, é grande. E grosso. Muito grosso. Essa aí, essa morena safadinha, essa mesma, vai gostar, tenho convicção. E vou com calma. Ouço a moça, ouço o silêncio da moça. No que ouço o silêncio dela, descubro, na intuição, pelo jeito dela de morder a boca, ou roer as unhas, o que essa mulher precisa ouvir nesse momento. Se é uma mais velha, sei que terá filhos. E que cuida de muita gente, mas que ninguém cuida dela. Pronto, está feito o meu prato. Essa, que é muito jovem, pensa que todos os que dela se aproximam só pensam em sexo. Então, eu faço de conta que não estou nem um pouco interessado nos peitos que estão ali, pulando da blusa, se precisar finjo que sou impotente. Sério. Mulher jovem fica cansada de ter tantos homens atrás delas só por causa de sexo. Elas querem que alguém do sexo masculino sente com elas e converse. Sobre qualquer coisa. Nuvens, conjuntura econômica, poesia, trabalho, qualquer coisa. Qualquer coisa que faça a alma que está lá, tão jovem, crescer. Isso dá tesão nas moças inexperientes. E nas experientes também. Pensar que podem interessar algum homem, especialmente os mais velhos, com suas conversas. Então é só conversar, saber a hora de ouvir e a de calar. Essa, por exemplo, ninguém conversa com ela na casa dela, nem pai, nem mãe, nem irmão, tá na cara. Tá seca por um bom e longo papo. Mesmo que de botequim. E olha que, pelo brilho nos olhos dela, essa é das inteligentes. Mas, bonita desse jeito, ninguém nem acredita que possa ser inteligente. É um inferno. Mulher assim custa a dar certo na vida. Às vezes nem dá. Porque parece que cara bonita não combina com cérebro. Não para mim. Eu vejo, rápido, pelo brilho, pela cor dos olhos, pela rapidez com que se movimentam, se estou ao lado de uma criatura inteligente ou tola. E, pra me enganar, olha, é difícil. Pra não dizer que nunca me enganei, uma, na semana passada, me deu um susto. Uma moça estrábica que não juntava léu com créu, que cismei que era uma coisa e era outra. Mas foi um caso isolado. De qualquer maneira, gozou gostoso na minha mão. Adoro mulher. Pode ser estrábica, pode ser manca, pode ser gorda, magra, jovem, velha. Dou minha vida por elas. Me apaixono por todas, me sinto até incompreendido. De vez em quando, alguma se chateia e me diz que não sei amar, porque quero muitas, todas, de uma vez. Mas, Deus é minha testemunha, amo-as todas. Cada uma delas é especial. E fico arrasado quando me dizem algo assim. Como é que vou explicar uma coisa dessas? Cada uma é especial para mim, mas meu coração anseia pelas outras, as que ainda não encontrei. Estou sempre em busca. Numa busca que não sei nem que é busca. Mas é. E tenho esse incrível talento. Ganho todas. Porque sei, absolutamente sei, do que elas precisam. E tudo o que elas precisam é de um homem que as ame. Fico triste de desapontar algumas, que esperam de mim coisas que não posso dar.

Mas nem por isso as amo menos. Amo, amo de coração. E por isso, sempre que chego, chego sorrindo. Elas são meus anjos, minhas deusas, minhas pequenas, minhas grandes iluminações. Meus amigos estão lá no bar, todos boquiabertos. A morena já me deu beijinho na bochecha, já me deu telefone, já me convidou pra almoçar. E eles lá, secos, roxos, mortos de inveja. Sem entender como um cara baixinho e gordinho, já meio careca, pode ser tão atraente pra tantas mulheres. Mamãe passou açúcar em mim. Como vou saber? Já pensei em largar esse meu emprego de merda e dar cursos de sedução para os homens. Mas não entendo meu talento, então como dar um curso? Na semana passada, uma, que tem cinqüenta anos, me disse que eu era descendente de um deus da Nova Zelândia, uma encarnação direta do Deus que encantava as mulheres. Mas acho que era viagem dela. Se eu fosse um deus, por que raios viveria como vivo? Ah, não. Eu me daria no mínimo, sei lá, uma fazenda à beira-mar, cheia de mulheres, claro. Só o que me deixa triste é que ninguém me entende. Os meus colegas me invejam, se pudessem me capavam. As mulheres acabam, depois de muito gozar comigo, me odiando. Me querem loucamente, depois me expulsam do paraíso, sempre porque olhei a bunda de outra. Mulheres. Eu sei do que elas precisam, mas não sei como mantê-las perto de mim. Aquilo que dou de bom grado e que tanto as faz feliz é o mesmo que depois é motivo para me mandarem embora. Juro que isso eu não entendo. E fico tão triste. Mas nada que o beijo dessa moça morena não resolva. Como ela beija bem! Quase tão bem quanto eu. Será que finalmente encontrei minha musa? Será que finalmente alguém que me queira como eu sou?

De Lilian
Para Lucas

ida à Paula

Passei na Paula, que vive no Jardim Botânico. Aí, na seqüência, fui andar na Lagoa. Mil rostos, mil corpos, mil olhares, caras e bocas, faróis, pôr-do-sol cheio de um azul de olho de gato, aí pensei que essa coisa da violência é uma dessas coisas cármicas. Na Lagoa tem umas senhoras que caminham morrendo de medo, visivelmente, dos pivetes ali da Cruzada no final do Leblon. Toda grande cidade tem seus territórios, seus códigos, e cada um sinaliza seus temores. Quer saber? Meu pânico vem totalmente de dentro de mim. Não tenho medo do que dá medo nas pessoas. Sabe o que me disse meu ginecologista quando fui parir? Eu tinha passado muitos meses tendo ataques e mais ataques de pânico. Volta e meia eu ligava pro pobre, assim, qualquer hora, do dia ou da noite, completamente desesperada. No entanto, na hora H, espantosamente, estava calma, calma. A outra moça que ele teve de atender logo depois de mim entrou em pânico com o lance da cesária, parto, anestesia, médico, hospital. Aí ele disse isso: que eu era a pessoa que só se assustava consigo mesma. E assim é de uma maneira geral. Em situações em que todo mundo fica fora do eixo, eu fico na boa, apenas nervosa, num nível absolutamente controlado. Ninguém me entende, nem eu, se você quer saber. As coisas que me dão medo são as coisas em torno das quais construí alguma fantasia terrível. Aí essas coisas, que podem ser inocentes shopping centers, ou sei lá o que, isso me deixa com a garganta colada, quase sem respirar. Mas mesmo para os comuns mortais, que não sofrem do que eu sofro, o fato é que não adianta fugir da violência. Já vi gente que saiu do Rio por causa da famosa violência, foi morar no Pantanal, pra ser assassinado violentamente no Pantanal. Carma. É que nem minha irmã. Ela escreveu uma peça infantil, trinta anos atrás, em que o personagem central era uma sereiazinha que tinha como pior queixa não poder andar, porque, em vez de pernas, tinha rabo de sereia. O que aconteceu com minha irmã? Ficou paraplégica. Todo mundo tem essas antevisões do seu próprio destino e não adianta ficar na fuga, no escape, porque não é isso que afasta o aprendizado. Melhor é, quando se tem algum desses medos muito fortes, olhar bem pra ele, imaginar que ele já está lá, acontecendo, e como é que se soluciona viver tal situação. Quem consegue enfrentar na mente seus fantasmas pode até não evitar seu destino. Mas, com certeza, responde muito melhor à situação quando ela se apresenta. E não faz fugas inúteis. As coisas são como são, meu amigo. A gente tem de fazer que nem os monges: aprender a ficar contente com tudo. Mesmo no meio das maiores calamidades, das maiores misérias, a beleza está lá, a vida na sua força se apresentando, sem máscaras, sem humanas expectativas, sem moral, sem ordem, livre, caótica, cheia de energia. *Como rosas abrindo suas pétalas, como a luz do sol penetrando a escuridão da noite, lá vem a vida, o bem mais precioso, o milagre do amor de um deus que dança — em meio a uma selvagem, desordenada, muitas vezes imunda, aparência. Crueldade e beleza. O sorriso escondido da natureza. Desdenhando de nossos códigos, de nossas expectativas, de nosso egoísmo, de nosso torpor. O belo nem belo é. É terrível, como são os mistérios.* A gente tem de ser forte e atento, escolher a alegria, fazer as pazes com o perigo, e deixar que a vida entre pela janela dos nossos olhos. As estrelas olham pra nós e piscam seus olhos de estrelas. E todo amor, até o nosso, brilha mais porque brilham estrelas. Quer saber? Viver sem você foi possível. Mas prefiro você por perto, mesmo que esta espécie de perto esteja a milhões de quilômetros. Por mais absurdo que pareça. Ficou assim o quadro que pintei. Bobagem talvez. Muita endorfina na cabeça, muitos poetas na sala.

De Lucas
Para Lilian

about fear
E dentre tantos medos, grandes e pequenos, o pensamento de não ter nunca mais uma chance de "sossegar" dentro de você,
Carregar junto comigo toda essa vontade de amar
para bem longe, para um jardim sem margaridas...

Este foi o último e-mail que recebi de Lucas. Quando chegou à ilha de Saint George, no Triângulo das Bermudas, ele me telefonou de lá e contou suas aventuras para chegar até o lugar em que se encontrava, um lugar onde a água para beber custava cinco dólares. Um lugar onde ninguém ficava, todos só passavam. Falou sobre as calmarias, sobre o ar parado em que nem os peixes se movem, e que a fumaça de um cigarro parecia cair em vez de subir. Falou sobre cardumes de baleias no meio das quais mergulhou. Também contou sobre as águas geladas próximas aos icebergs. Falou sobre pássaros e peixes, particularmente sobre os tubarões, animais que jamais adoecem, porque já estão no fim de sua própria evolução como espécie; me explicou sobre milhas náuticas e constelações, achei tudo muito bonito mas não entendi grandes coisas. Contou como havia sido bom ouvir um "bom-dia" dado através do rádio por algum capitão de um navio, depois de ter ficado praguejando exatamente contra os grandes navios, que pareciam ignorar seu pequeno barco, quase passando por cima dele como se fossem caminhões enlouquecidos na Dutra.

Ainda nos comunicamos quando chegou a Portugal.

Mas de repente, de maneira súbita, ele parou de se comunicar. Do mesmo jeito repentino como havia começado a me procurar, sumiu. E não foi no Triângulo das Bermudas.

Durante muitos meses não tive notícia dele. Não me preocupei porque sabia que ele estava em terra firme. Fiquei triste. Mas não surpresa.

O tempo foi passando. Muitas águas rolaram. Fiquei grávida de minha filha Alice, numa dessas surpresas que a vida nos dá. Aí foi aquela trabalheira toda que bebês dão e eu acabei me esquecendo, um pouco, não muito, de Lucas e seu paradeiro insólito.

Até que um dia ele me ligou dizendo que havia conhecido uma moça espanhola chamada Lola por quem estava completamente apaixonado.

Muitos anos depois eu o reencontrei e tive a oportunidade de conhecer sua nova companheira. Eles haviam casado há alguns anos. Seu filho mais velho morava com eles na Espanha. Lucas acabou fazendo uma operação para reverter sua vasectomia. Agora ele era pai de uma linda menina, a quem ele deu nome de... Lilian.

Continuamos nos escrevendo até hoje. Sempre amigos, sempre atentos um com o outro. Muito próximos, muito distantes.

Um dia serei apenas pó e sombra. Mas Lucas, com seus olhos cheios de mar e céu, só pode voltar para alguma estrela, porque foi de lá que saiu. Uma estrela que me diz que a vida pode ser mais plena. Sua presença para mim sempre tem um ar de surpresa. Surpresa que deuses marotos me colocam no meio do caminho. Ele geralmente aparece quando começo a ficar muito convicta a propósito de alguma coisa da vida. Depois que ele aparece, passo a não saber mais de nada. E o coração a bater mais forte.

Este livro foi composto na tipologia
Minion, em corpo 11/15, e impresso em papel
Chamois Fine 80g/m² no Sistema Cameron
da Divisão Gráfica da Distribuidora Record.

Seja um Leitor Preferencial Record
e receba informações sobre nossos lançamentos.
Escreva para
RP Record
Caixa Postal 23.052
Rio de Janeiro, RJ – CEP 20922-970
dando seu nome e endereço
e tenha acesso a nossas ofertas especiais.

Válido somente no Brasil.

Ou visite a nossa *home page*:
http://www.record.com.br